Tagebuch eines Sommers

Das Buch

Elizabeth hat sich nach Ausbruch des Ersten Weltkriegs in ihr Schweizer Chalet bei Crans Montana zurückgezogen. Mitten in der Schönheit der Schweizer Alpen, wo das strahlende Licht die Seele zum Leuchten bringt, und das Erlebnis der grandiosen Natur Ruhe und Frieden vermittelt, will sie sich eine Auszeit gönnen, die Krise nach ihrer enttäuschenden und zermürbenden Ehe mit Francis Russell überwinden. Elizabeth beginnt ein Tagebuch, als ihr eines Tages zwei schillernde Gestalten ins Haus schneien: Die beiden lebenslustigen Engländerinnen verscheuchen nicht nur Elizabeths trübselige Gedanken ...
Trotz der ambivalenten Haltung allem Deutschen gegenüber, die nach dem Ersten Weltkrieg in England herrschte, entwickelte sich das »Tagebuch eines Sommers« nach seiner Erstveröffentlichung dort zu einem wahren Kultbuch und besticht auch heute noch durch seine Atmosphäre und durch die Kraft der Persönlichkeit von Arnims, die durch jede Zeile des Buches scheint.

Die Autorin

Elizabeth von Arnim (1866-1941), Cousine von Katherine Mansfield, wurde in Neuseeland geboren. Sie heiratete in erster Ehe den preußischen Grafen von Arnim und veröffentlichte unter ihrem Ehenamen zahlreiche Bestseller. In Deutschland gehörte sie zu den meistgelesenen Autorinnen ihrer Zeit.

Von Elizabeth von Arnim sind in unserem Hause bereits erschienen:

Anna Estcourt
Elizabeth auf Rügen
Die englische Reise
Die Farm im Jasmin
Fräulein Schmidt und Mr. Anstruther
Das Geheimnis der Schwestern
Die Glücksammlerin
Liebe
Die preußische Ehe
Die sieben Spiegel der Lady Frances
Sommer ohne Gäste
Vater

Elizabeth von Arnim

Tagebuch eines Sommers

Roman

Aus dem Englischen
von Fred Schmitz

Mit einem Nachwort
von Annemarie Stoltenberg

List Taschenbuch

List Taschenbücher erscheinen im Ullstein Taschenbuchverlag,
einem Unternehmen der Econ Ullstein List
Verlag GmbH und Co. KG, München

Titel der englischen Originalausgabe: *In The Mountains*
Übersetzung: Fred Schmitz
Umschlagkonzept: HildenDesign, München – Stefan Hilden
Umschlaggestaltung: Hauptmann und Kampa Werbeagentur, CH–Zug
Titelabbildung: René Stoeltie
Druck und Bindearbeiten: Ebner & Spiegel, Ulm
Printed in Germany
ISBN 3-548-60252-5

22. Juli

Ich muß ganz ruhig sein.

Ich kroch heute morgen aus dem Tal hier hinauf wie ein kranker Käfer, kämpfte mich zu dem Häuschen auf der Hangseite hoch, das ich seit dem ersten Kriegs-August nicht mehr gesehen hatte, und ließ mich davor ins Gras fallen, ganz erschöpft und kaum fähig, Gott dafür zu danken, daß ich nach Hause gefunden hatte.

Jetzt bin ich wieder hier, allein zurückgekommen zu dem Haus, das immer so voller Leben und Fröhlichkeit war, daß die kleinen Holzwände zu bersten schienen. Ich hätte mir nie träumen lassen, daß ich einmal allein hierher zurückkäme. Nur fünf Jahre zuvor – wie reich war ich gewesen, reich an Liebe. Und wie arm war ich jetzt, von allem entblößt, was ich besessen hatte. Aber es ist nicht so wichtig. Nichts ist wichtig. Ich bin so müde. Ich brauche Ruhe. Bis ich nicht mehr so müde bin. Könnte ich nur ruhen …

23. Juli

Gestern habe ich den ganzen Tag lang im Gras vor der Haustür gelegen und den weißen Wolken zugesehen, wie sie gemächlich und in großen Abständen vorüberzogen, über die Blütenkerzen vom Rittersporn hinweg, den ich vor all den Jahren gepflanzt hatte. Ich habe an gar nichts gedacht, ich lag einfach da, in der heißen Sonne, blinzelnd, und habe dabei gezählt, wie lange die Intervalle der Wolkenwanderung über den Kerzenspitzen dauerten. Sehr deutlich nahm ich die Farbe des Rittersporns wahr, der scharf in den Himmel stach, wie blau er war, und dennoch nicht so blau, so tief und strahlend blau wie der Himmel. Dahinter war diese riesige Mulde, die angefüllt war mit dem Blau der Luft, diesem lieblichen violett abschattierten Blau; der Berg, auf dem ich liege, fällt nämlich scharf vor dem Rand meines winzigen Terrassengartens ab, und der Raum dazwischen leuchtet den ganzen Tag lang in blauem und violettem Licht. In der Nacht scheint das Tal wie ein großes Wasser, und die Lampen des Städtchens rings herum sehen aus wie vibrierende Widerspiegelungen der Sterne.

Ich möchte wissen, warum ich über all das schreibe. Als wüßte ich nicht schon alles darüber. Warum erzähle ich mir selbst, schriftlich, was ich ohnehin schon weiß; ich wußte doch schon alles vom Berg und von dieser strahlenden Fülle blauen Lichts. Vermutlich weil man so einsam ist, wenn man allein in sich gefangen ist; man muß aus sich herauskommen und reden. Und wenn man kein Gegenüber hat, dann erfindet man eines – als schriebe man einen Brief an jemanden, der einen liebt und mit liebevollem Eifer und zärtlicher Besorgtheit wissen möchte, was man macht, und wie es dort aussieht, wo man sich aufhält. Man fühlt sich nicht mehr so einsam, wenn man so empfindet und alles niederschreibt, wie für einen Freund, der Anteil nimmt. Denn ich habe Angst vor der Einsamkeit, große Angst, und es schaudert mich davor. Damit meine ich nicht das übliche Alleinsein. Denn hier bin ich allein, vorsätzlich von London hergereist, in diese Weite hier und deren heilende Kraft. Ich meine die furchtbare Einsamkeit des Geistes, die die eigentliche Tragödie des Lebens ist. Wenn man diesen Zustand erreicht hat, darin ohne Hoffnung und ohne Ausweg eingeschlossen ist, stirbt man. Man erträgt das nicht. Man stirbt.

24. Juli

Sehr merkwürdig ist dieser Drang, sich selber auszudrücken, sich sein Wesen mit Worten klarzumachen. Wäre ich nicht einsam, würde ich natürlich auch nicht schreiben. Ich würde reden. Doch fast alles, was ich sagen möchte, wäre im Grunde unsagbar. Es sei denn, ich könnte es einem wunderbaren, vollkommenen und alles verstehenden Zuhörer erzählen, einem, der so ist, wie man sich Gott vorstellte in der Zeit, da man noch betete. Und doch nicht ganz wie Gott, denn dieser Zuhörer würde hie und da liebevolle und gütige Dinge sagen und einem manchmal zart über die Hand streichen, zum Zeichen, daß er verstand. Im körperlichen Sinne ist es ein Segen, allein zu sein. Nach allem, was geschehen ist, wahrhaft ein Segen. Vielleicht werde ich hier in der Einsamkeit genesen. Nur hier auf diesen honigduftenden Grashängen zu sitzen, wird mich vielleicht allmählich heilen. Ich sitze hier und lecke meine Wunden. O Gott, wie sehne ich mich nach einer Besserung. Wie sehne ich mich danach, wieder Vertrauen in Redlichkeit und Güte gewinnen zu können.

25. Juli

Drei Tage lang habe ich nichts getan. Ich habe nur in der Sonne gelegen, außer, wenn mir Mahlzeiten in die offene Tür gestellt wurden. Dann stand ich widerwillig auf wie ein Tier, das man aus dem Schlaf gerissen hat, ging zum Essen und trat wieder hinaus.

Abends ist es zu kalt und taufeucht im Gras. Dann hole ich mir einen tiefen Sessel in die Tür, setze mich hinein und starre auf den Himmel, der langsam dunkler wird, und die Sterne, die immer heller strahlen. Um zehn Uhr kommt Antoine, der Mann für alles, der in den Kriegsjahren nach dem ins Schweigen versunkene Haus geschaut hatte, schließt alles ab, mit Ausnahme der Tür, in der ich sitze, und zieht sich auf sein Zimmer und zu seiner Frau zurück. Gleich darauf gehe ich auch hinein, verriegele die Tür hinter mir, wiewohl da wirklich nichts auszusperren ist außer der wunderbaren Nacht, und ich krieche die Treppe hinauf und schlafe schon in dem Augenblick ein, da ich ins Bett falle. Ich glaube auch nicht, daß ich am Tag sehr viel wacher bin als in der Nacht. Ich bin so müde, daß ich nur noch schlafen will, jahraus, jahrein, immer und ewig.

Es gab nichts auszupacken. Alles war noch hier, so wie ich es vor fünf Jahren verlassen hatte. Vor fünf Jahren nahmen wir nur mit, was jeder tragen konnte, und an der Wegbiegung winkten wir noch einmal zurück und riefen, was auch die deutschen Soldaten ihren Lieben in der Ferne zuriefen: »Weihnachten wieder zu Haus.« Infolgedessen kam ich auch nur mit dem zurück, was ich allein tragen konnte, und brauchte nichts auszupacken. Ich ließ lediglich meine kleine Tasche auf den nächstbesten Sessel fallen und warf mich ins Gras, und in dieser Stellung verharrten wir beide bis zum Schlafengehen.

Nichts kann Antoine überraschen. Früher hatte meine Fröhlichkeit ihn nicht überrascht, die ihm doch übertrieben vorgekommen sein mag, da er an den Ernst der hiesigen Bauernfrauen gewöhnt war. So ist er auch jetzt nicht über mein Schweigen verwundert. Er hat ein paar Fragen über das Wohlergehen und den Aufenthalt der anderen Mitglieder unserer zuversichtlichen Gruppe gestellt, die vor fünf Jahren zurückgewinkt hatten, und zeigte keinerlei Überraschung, als die Antwort bei fast jedem Namen lautete: »Tot.« Seit ich wegging, hat er geheiratet und hat kein einziges Kind – statt der fünf, die er hätte haben können, und auch das scheint ihn nicht zu überraschen. Ich allerdings bin erstaunt. Während ich fort war, stellte ich mir vor, daß das Haus immer voller würde, und dachte immer, wenn ich zurückkäme, würde es dort von Schweizer Babys wimmeln. Schließlich hätten es sogar zehn sein können, hätte Antoine zufällig ein gewisses Talent für die Zeugung von Zwillingen besessen.

26. Juli

Die Stille hier ist erstaunlich. Es gibt fast keine Vögel. Es gibt kaum Wind, so daß das Laub reglos hängt und das Gras sich selten bewegt. Grillen sind eifrig zugange; auf den Almen weiter oben weiden Kühe, und von fern schwebt der Klang ihrer Glocken zu mir herab. Aber sonst herrscht hier nur eine große sonnendurchflutete Stille.

Als ich aus London wegfuhr, hat es geregnet. Die Fahnen vom Friedenstag hingen noch in den Straßen, regenschwer; man hätte denken können, es wäre November, so düster war es und so feucht die Luft. Ich hatte gefürchtet, hier in einem dieser Nebelschleier anzukommen, wie sie sich manchmal tagelang auf einer Bergspitze niederlassen, breite, nasse Gebilde aus grauer Materie, wie eine kalte, durchtränkte Decke, die einem mit ihrer Umhüllung die gegenüberliegenden Berge, das Tal und die Sonne entrückt. Statt dessen kam ich im Sommer an, in einem herrlichen, klaren Sommer, so frisch und zugleich warm, wie nur die Sommer auf diesen honigduftenden Hängen sind. Die Bauern fangen an, das Gras zu mähen, denn hier geschieht alles einen Monat später als im Tal, und wenn man noch höher steigt, erwischt man noch den Juni, und noch weiter und immer weiter klettert man sogar in den Frühling, wenn man das will. Aber an meiner Stelle will man das nicht. Da will man nur ruhig bleiben, wo man ist.

27. Juli

Wenn es mir nur gelingt, nicht zu denken und mich nicht zu erinnern – dann sollte ich doch wohl in dieser Schönheit hier, in dieser lieblichen Landschaft genesen können. Ich habe noch den ganzen nächsten Monat vor mir und den September, und vielleicht ist sogar noch der Oktober warm und voll goldener Tage. Danach muß ich zurückfahren, denn das Wetter in dieser Höhe ist während des Übergangs von der Herbststille zur Ruhe eines wundervollen Alpenwinters sehr schlimm und niederdrückend. Aber ich habe noch zwei Monate, vielleicht drei. Dann werde ich doch wohl sicher wieder stärker und zäher sein? Zumindest wird es mir dann doch bessergehen? Den Winter in London könnte ich gewiß nicht ertragen, wenn diese schwere Verzweiflung, dieser Argwohn gegenüber allem und jedem noch auf meiner Seele lastete. Ich möchte nicht über meine Seele sprechen, das ist mir äußerst zuwider. Aber wie sonst soll ich mein Innerstes nennen, dieses Selbst, das so verwundet worden ist, so verletzt und so matt geworden, daß ich entsetzliche Angst habe, es könnte aufgeben, untergehen, aus mir herausgehen und mich allein zurücklassen in meiner Dunkelheit?

28. Juli
Es ist schrecklich, wie Hiob zu sein.

Wie ihm hat man mir alles gänzlich genommen, was das Leben schön machte. Wie er habe ich in einer Zeit, die eigentlich zu kurz ist für so viel Mißgeschick und Unglück auf einmal, fast alles verloren, was mir lieb war. Das war nicht nur der Krieg. Der Krieg überrollte mich, wie jeden anderen auch, wie ein furchtbarer Zyklon, der Hoffnungen und die Fruchtbarkeit menschlichen Tuns niederwalzte und Blut und Ruinen zurückließ. Aber das allein war es nicht. In den Verlusten des Krieges, im Schmerz, seine Freunde zu verlieren, gab es immer noch den schauerlichen Trost einer Gemeinschaft im Leid. Doch darüber hinaus ist mein Leben ein Scherbenhaufen. Ich fühle mich wie Hiob, und das ist nicht zu ertragen. Es ist so erniedrigend, derart heimgesucht zu werden. Ich komme mir lächerlich vor und zugleich unglücklich – als drückte mir jemand das Gesicht gewaltsam in den Staub.

Aber dennoch zwinge ich mich wie Hiob, mir so gut es geht den Glauben an das Gute zu bewahren, denn sonst, das weiß ich, bleibt mir nichts als der Tod.

29. Juli

Ach, was soll dieses Gerede über den Tod? Heute wurde mir plötzlich klar, daß alles, was ich geschrieben habe, seit ich hier bin, nur Klagelieder sind, und dabei war ich jeden Tag, an dem ich klagte, ringsum von schönen Dingen umgeben und wirklich so sicher und vollkommen betreut wie ein Baby, das zu seinem Glück in die richtige Art von Familie hineingeboren worden ist. Müßte ich mich nicht schämen? Natürlich, und ich schäme mich auch. Denn wenn ich mir die Stunden ansehe, jede einzelne Stunde, die ich beginne – sie sind alle gut. Warum sollte ich sie mir vergiften, die Stunden, die ich jetzt erlebe, mit der lebhaften Erinnerung, mit dem qualvollen Leiden der dunklen Stunden, die hinter mir liegen? Sie jedenfalls sind vergangen, aber die Stunden, die ich nun durchlebe, sind hell und gut. Was Hiob anlangt, dessen Bild mich gestern so bedrückt hat, kann ich mich wirklich nicht ganz mit ihm vergleichen, denn wenigstens mußte ich noch nicht nach einer Tonscherbe greifen und mich in irgendeiner Ecke damit kratzen. Aber da sollte ich wohl auf Holz klopfen, denn in diesen Tagen muß man vor Gott auf der Hut sein.

Mrs. Antoine, klein und fünfundzwanzig Jahre alt, hat von Antoine, diesem Meister im Umgehen aller Unannehmlichkeiten, ein zu ihrer Größe passendes Butterfaß bekommen, aus dem sie täglich zu meiner Größe passende Butterportionen herstellt, denn die Schweiz hat keine Butter zu verkaufen. Als sie mir heute mein Abendessen brachte, hat sie mich angesehen und mich angelächelt, da sie meinen Blick auffing. Ich lächelte zurück – und sofort begann sie zu reden.

Bis jetzt ist sie so leise auf Zehenspitzen herumgeschlichen, um mich nur nicht aufzuwecken, daß ich angenommen hatte, sie bewegte sich immer so lautlos und wäre wohl von Natur aus schweigsam. Aber heute, nach unserem gegenseitigen Lächeln, stand sie da, eine Schüssel in der einen,

einen Teller in der anderen Hand, und schwang eine längere Rede, aber äußerst vergnügt wie eine jubilierende Amsel, über ihr Leiden und das von Antoine und das von jedermann während des Krieges. Je schlimmer die Leiden, die sie beschrieb, um so vergnügter klang ihr Jubilieren, und endete mit einem abschließenden Zwitschern von höchst flötenhafter Fröhlichkeit:

*»Ah, ma foi, oui – il y avait un temps où il a fallu se fier entièrement au bon Dieu. C'était affreux.«**

30. Juli

Es ist wahr: der größte Schmerz ist der, sich an sein Glück zu erinnern, wenn man unglücklich ist. Vielleicht ist es ebenso wahr, daß vergangene Not einem am Ende noch eine irgendwie geartete Genugtuung gibt. Schon daß sie vorüber ist, macht einen geneigt, sie mit einiger Zufriedenheit zu betrachten. Gewiß kann ich mich jetzt schon lächelnd und mit einem fast nachsichtigen Achselzucken an Mißhelligkeiten erinnern, die vor wenigen Jahren noch ganz schrecklich schienen. Aber dieses Leid, das jetzt auf mir lastet – ist das nicht zu schwer, schneidet das nicht allzu grausam in die Wurzeln meines Lebens ein, als daß ich jemals darüber lächeln könnte? Unwahrscheinlich, daß dies jemals so sein wird. Ich glaube, die Erinnerung dieses Jahres wird immer im Hintergrund warten, um jede kleine Lebensfreude, die ich vielleicht noch finden könnte, wie mit einem Messer zu zerstören. Was geschehen ist, siehst du, hat mir meinen Glauben an das Gute genommen – ich weiß nicht, wer du bist, dem ich dauernd etwas erzählen will, aber ich muß reden und es dir erzählen. Ja, das war die Wirkung, und die

* Ah, ma foi, oui – il y avait un temps où il a fallu se fier entièrement au bon Dieu. C'était affreux: Ach ja, wir hatten einmal eine Zeit, da konnte man nur noch auf Gott vertrauen, eine böse Zeit war das … (Anm. d. Ü.)

Verletzung ist viel zu tief, um heilen zu können. Doch ich weiß: Die Zeit ist eine sonderbare, segensreiche Sache. Ich habe lange genug gelebt, um das jetzt zu wissen. Sie ist heilsam. Sie räumt alles fort. Immer sterilisiert und reinigt sie, man kann sich darauf verlassen. Es ist nicht ausgeschlossen, daß ich als weise alte Dame ende, die sich nach ihren regelmäßigen Mahlzeiten mit äußerster Munterkeit über ihre vergangenen Seelenqualen ausläßt und ihnen dabei noch großen Unterhaltungswert abgewinnt und sogar noch amüsant darüber plaudert; sie werden dann so weit zurückliegen, so endgültig bewältigt sein, verstehst du, und sich jedenfalls nie wiederholen. Es ist sicher so, daß sich mit der Zeit das eigene Unglück, nach vielen Jahren, am Ende nur noch als unterhaltsam erweist. Dennoch glaube ich nicht, daß ich, wie alt ich auch werde und wie weise auf eine heitere Art, jemals den Stich im Rücken nicht mehr spüren würde oder die Faust, die sich qualvoll um mein Herz krampft, wenn mich Erinnerungen an vergangenes Glück überwältigen. Verloren. Vergangen. Vorbei. Aber man lebt weiter, steht täglich vorsichtig wieder auf, knöpft alle Knöpfe zu und geht hinunter zum Frühstück.

31. Juli

Ich kannte einmal einen Bischof, ziemlich intim sogar – o da gab es nichts zwischen uns, was nicht höchst achtbar gewesen wäre –, und er sagte zu mir: »Mein liebes Kind, du wirst immer glücklich sein, sofern du nur gut bist.«

Er kann wohl nicht sehr aufrichtig gewesen sein oder war reichlich unerfahren, denn im Sinne des Bischofs war ich nie so wahnsinnig gut gewesen wie in den letzten drei Jahren; ich habe mir jeden persönlichen Wunsch versagt, war erschreckend selbstlos und aufopfernd, ein wahres Ungeheuer an Güte. Und das Unglück begleitete mich Schritt für Schritt.

Da ziehe ich vor, was ein anderer mir sagte, kein Bischof,

aber dennoch weise, als ich einmal von dem phantastischen sprudelnden Glücksgefühl schwärmte, das mit mir zusammen jeden Morgen wach wurde, von der überwältigenden Freude über jeden neuen Tag und der warmen Dankbarkeit, die mich überflutete, daß ich so glücklich sein durfte – das war vor dem Krieg gewesen. Er hatte mir gesagt, ähnlich wie der Bischof zu Beginn, aber im Gegensatz zu ihm am Ende mit weniger Zartgefühl: »Mein liebes Kind, das kommt davon, daß du so einen gesunden Magen hast.«

1. August

Der letzte erste August, an dem ich mich hier befand, war der des Jahres 1914. Es war ein Tag wie dieser, blau, heiß, ebenso strahlend und voller Farben. Wir in diesem Haus, in unserer Abgeschiedenheit dem Lärm und der Erregung einer Welt entrückt, die mit Schreien der Begeisterung ihrem Selbstmord entgegeneilte, durch Ferne und Höhe sogar vom Tal abgeschnitten, in dem sich staubige Schweizer Soldaten sammelten und alle möglichen Gerüchte sich wie ein Feuer verbreiteten, erlebten wie üblich einen herrlichen Tag, lesend, redend und im Kiefernwald herumkletternd; wir aßen romantisch in dem kleinen Garten, der wie ein Blumenbesatz am Felsrand hängt, träumerisch, heiter und vertrauensvoll. Wie heute stand der Rittersporn blau leuchtend, hochgeschossen und reglos auf diesem Saum, und vielleicht waren es noch dieselben purpurroten Stiefmütterchen, die sich zu Füßen des Rittersporns drängten. Niemand kam, um uns irgend etwas zu erzählen. Friede umschloß uns. Natürlich war auch die Nachricht von der Ermordung des Erzherzogs im Juni zu uns hier oben gedrungen, undeutlich, schwach wie eine auslaufende Welle, und ebenso undeutlich formte sich gegen Ende Juli in uns die Frage, was wohl daraus entstehen könnte. Aber die Nachricht verhallte, und die Frage versandete in der unwandelbaren und nie endenden

Behaglichkeit des Lebens. Diese Behaglichkeit war viel zu tief in uns fixiert und hatte unser Leben derart geprägt, daß es undenkbar schien, es könnte sie etwas aufstören. Es würde Streitigkeiten geben, aber sie würden von lokaler Bedeutung sein. Schon die Verpflegung dieser riesigen modernen Armeen würde doch schon … und so weiter. Wir waren sehr naiv und vertrauensvoll in jenen Tagen. Im Rückblick ist es so rührend, daß man weinen könnte.

Doch ich will mich nicht an all das erinnern. Voller Überdruß, der Ekel erregt, verschließe ich mich diesem Gedächtnis, dankbar jedenfalls, daß wir im Heute sind und nicht im Damals. Dieser heutige erste August hat den Vorteil, daß alles, was nach dem damaligen ersten August geschah, hinter ihm liegt und nicht mehr vor ihm. Zumindest hat an diesem ersten August das Töten, das Abschlachten junger Menschen und vielversprechender Hoffnungen aufgehört, jedenfalls in diesen Massen. Immer noch geht es grauenhaft in der Welt zu, aber nichts ist je so grauenhaft wie das Töten.

2. August

Altes Leid sollte man säuberlich in ein Leichentuch wickeln und sich vom Grab desselben abwenden und dem zuwenden, was die Zukunft bringt; das ist die einzige Lösung.

Genau das werde ich tun. Heute habe ich das bestimmte Gefühl, das Rekonvaleszenten überkommt. Ich wage kaum, es zu hoffen, aber ich habe heute einiges getan, was auf Genesung hinzudeuten scheint – und nicht nur das. Ich habe es auch gern getan; Dinge, zu denen ich bis zum heutigen Tage nicht die geringste Lust verspürt habe.

Ich bin spazierengegangen. Es war sogar ein langer Spaziergang, hinauf in den Wald, wo das Wasser über Felsgestein stürzt und die Luft voller Harzduft ist. Als ich dann nach Hause kam, habe ich in meinen Büchern herumgestöbert, die Bände geordnet und es schon genossen, sie in meinen Händen zu halten. Seit über zehn Tagen bin ich hier, und bis heute habe ich mich nicht gerührt. Bis heute habe ich dagelegen, ohne das leiseste Verlangen, mich zu rühren. Ohne einen Wunsch außer dem einen, wunschlos zu bleiben. Ein- oder zweimal habe ich mich geschämt, ein- oder zweimal ist im Zwielicht meines schlafsüchtigen Bewußtseins ein kleiner Verdacht aufgeflackert, daß das Leben vielleicht doch schön sein könnte, vielleicht trotz allem so schön sein könnte wie eh und je, wenn ich nur die Augen aufmachte und sehen wollte. Aber dieses kleine Irrlicht ist bald verlöscht, erstickt durch die Aura eines Grabgewölbes, in die es sich verirrt hatte.

Heute fühle ich mich anders; wie froh wäre ich, wenn ich mich wieder aus vollem Herzen freuen könnte. Ich glaube nicht, daß irgend jemand es jemals so inbrünstig wie ich genoß, glücklich zu sein. Ich will damit sagen, daß ich es ganz bewußt genoß, es ganz bewußt zu würdigen wußte, daß ich mich niemals langweilte und fortwährend dankbar war für die Herrlichkeit dieser schönen Welt.

Ich glaube, es ist sicher ungewöhnlich, daß man sich nie gelangweilt hat. Das wird mir deutlich, wenn ich andere Leute reden höre. Ganz gewiß langweile ich mich nie, so wie andere sich offenbar langweilen, wenn sie allein sind und keinerlei Anregung oder Unterhaltung von außen bekommen. Langweiler selbst, also Menschen, die offensichtlich langweilig oder verdrießlich sind, langweilen mich nicht, sie interessieren mich. Daß sie sich ihrer eigenen Langweiligkeit nicht bewußt sind, fand ich immer faszinierend. Im übrigen waren sie gewöhnlich sehr lieb. Außerdem, so peinlich es auch ist, das zu gestehen, haben Langweiler mich gern, und es rührt mich immer, wenn mich jemand mag, und sei es ein Langweiler. Manchmal, das ist wohl wahr, habe ich notwendigerweise auch Zuflucht in dem gefunden, was Dr. Johnson als sehr bequem empfahl: sich in sich zurückzuziehen. Aber das ist gefährlich, denn der dabei unausweichlich verschleierte Blick, der herumwandert, kann einen verraten. Durch entsprechende Übung, kohärent zu reagieren und zugleich meditativ in sich zurückgezogen zu bleiben, läßt sich allerdings sehr viel erreichen.

Kurz bevor ich London verließ, traf ich einen Mann, dessen Schicksal es seit vielen Jahren war, täglich im Gericht zu sitzen und Urteile zu fällen, und er erzählte mir, daß er einen Gedichtband mitnehme – vorzugsweise Wordsworth –, ihn aufgeschlagen auf die Knie lege und unter dem Tisch darin lese, was seiner Seele, derart erfrischt und gestärkt, sehr wohltue; die Übung, die Aufmerksamkeit gleichzeitig in zwei Richtungen zu lenken, habe ihn nun derart geschult, daß ihm kein Wort, kein wesentlicher Punkt entging. Was für nette Menschen gibt es auf der Welt. Ich schloß diesen Mann in mein Herz. Welch erfreuliche und weise Entscheidung, an solchen traurigen Orten, wo sich wutentbrannte Menschen treffen, die sich einmal geliebt hatten, den Schmutz mit den sanften Gewässern der Dichtung wegzuspülen. Dieser Richter ist sicher einer der Männer, bei deren Heimkehr das Herz seiner Frau vor Freude einen Sprung macht.

3. August

In diesen flammenden Augusttagen, in diesem leuchtenden Licht und inmitten dieser prachtvollen Farben kommt es mir vor, als befände ich mich im glühenden Herzen eines Juwels, und es ist mir unmöglich, nicht dankbar zu sein. Ich bin so dankbar, hier zu sein und daß ich das hier überhaupt habe, um herkommen zu können. Ich glaube wirklich, daß ich jetzt ganz neuer Empfindungen fähig bin – weit weg von den alten schmerzlichen Dingen, die mich zu ersticken drohten; wiederhergestellt; fast, als könnte ich wirklich eines Tages wieder im Einklang mit der Welt sein. Jetzt ist da ein Mond, und abends ziehe ich mir einen Mantel an und lege mich in den niedrigen Sessel im Eingang, um ihn zu betrachten, und manchmal vergesse ich sogar eine ganze halbe Stunde lang, daß das Glück, an das ich geglaubt hatte, für immer vergangen ist. Ich sitze gern da und spüre, wie hie und da ein Duft über mein Gesicht weht, als hätte mich jemand im Vorübergehen sanft gestreichelt. Manchmal ist es der Duft gemähten Grases, das den ganzen Tag lang in der Sonne gelegen hat, aber meist ist es der Duft weißer Lilien, die gedrängt direkt vor der Tür stehen; Antoine hat sie in einem September während des Krieges gepflanzt.

»*C'est ma maman qui me les a donnés**«, sagte er, und als ich ihm endlich begeistert meine Freude über ihre Schönheit und ihren Duft mitgeteilt hatte und das Vorgehen seiner *maman* dankbar würdigte, da sie mir mit dem Garten ein so hübsches Geschenk gemacht hatte, sagte er, sie habe sie ihm gegeben, weil die ausgekochten Blätter einen Absud ergäben, mit dem, zur rechten Zeit aufgetragen, er und Mrs. Antoine ihre eiternden Wunden heilen könnten.

»Sie haben doch gar keine eiternden Wunden«, sagte ich, verblüfft und auch enttäuscht.

»*Ah, pour ça non*«, sagte Antoine. »*Mais il ne faut pas attendre qu'on les a pour se procurer le remède.***«

Nun ja, wenn er sich für jeden möglichen Zufall mit der gleichen Umsichtigkeit rüstet, dann hatte er wohl dauernd zu tun. Aber die langen Kriegswinter hier oben haben vermutlich in ihm eine geniale Fertigkeit à la Schweizer Familie Robinson entwickelt, um sich auf Eventualitäten vorzubereiten.

* C'est ma maman qui me les a donnés: Die hatte mir Mama gegeben. (Anm. d. Ü.)

** Ah, pour ça non. Mais il ne faut pas attendre qu'on les a pour se procurer le remède: Ach, deswegen nicht, aber man muß ja nicht so lange warten, bis man die Medizin wirklich braucht. (Anm. d. Ü.)

Was für schöne, schwierige Wörter habe ich da gerade geschrieben. Mein Genesungszustand ist anders, als ich vermutet hatte. Ich bin überzeugt, die wirkliche körperliche Aktivität ist nicht von langer Dauer. Man sagt nicht »verdammt«, wenn man geschwächt ist; man schleppt sich durch klägliche, verwässerte Wörter wie »bedauerlich« und »unglückselig«. Aber da ich an der Oberfläche sehr anpassungsfähig bin, glaube ich, daß mich sicher die Lektüre älterer Bücher dazu gebracht hat, mich ihrem Stil anzunähern. Nicht alte Bücher, ältere Bücher, im großen viktorianischen Zeitalter geschrieben, als Gefühlsaufwallungen noch keusch in lange Gewänder gehüllt wurden und die grobe Direktheit von Unterhosen verpönt war.

Eine seltsame Büchersammlung ist in diesem Haus, durch Zufall zusammengetragen, und manchmal hat sie Antoine nach dem Reinigen der Regale in jedem Frühling während meiner Abwesenheit willkürlich wieder so eingeordnet, daß die Autoren, falls sie es wüßten, zwischen ihren eigenen Einbänden erstarren würden. Einige Bücher stehen auf dem Kopf – Antoine hat keinerlei Vorurteile darüber, wie ein Autor richtig hingestellt werden sollte –, die Reihenfolge der Bände der meisten Ausgaben ist falsch, und gestern fand ich einen verlassenen Henry James, dem die restlichen Bände abhanden gekommen waren, und nicht nur das, sogar auch die Gebote der Schicklichkeit, denn er war zwischen zwei Damen eingeklemmt: zwischen Ouida und Ella Wheeler Wilcox.

Sie würden ihn kaum gehen lassen, so fest hielten sie ihn. Ich zog ihn heraus – er war etwas beschädigt und blieb, obwohl ich ihn glattstrich, etwas zerknittert –, und stellte ihn an seinen richtigen Platz zurück. Es war ›Son and Brother‹; da hatte er nun monatelang, vielleicht jahrelang in der engen Umarmung der Damen gestanden. Schrecklich.

Wenn ich zum Frühstück gehe und der *Café au lait* noch

nicht da ist, schlendere ich in das Zimmer, wo die meisten Bücher sind – obwohl Bücher natürlich überall stehen, sogar dicht gedrängt in den Gängen –, und nütze die Zeit, bis Mrs. Antoine mich ruft, zu einer höchst dringlichen Rettungsaktion. Aber ich finde, es ist unmöglich, Bücher zu ordnen, ohne inmitten der ganzen Unordnung auf dem Boden zu sitzen und zu lesen. Der Kaffee wird kalt und das Ei ungenießbar – und ich lese weiter. Da öffnet man ein Buch, irgendwo, und liest:

Die auffallendsten Anomalien schienen ihnen kein intellektuelles Unbehagen zu bereiten, und sie ließen auch keine Argumente gelten hinsichtlich dieser Verschleuderung von Geld und Glück, die ihr Wahn auslöste. Ich durfte ihnen ins Gesicht sagen, daß sie sich ein Leben lang selbst betrogen haben, und sie meinten, das stimme zweifellos, doch spiele es keine Rolle.

Natürlich liest man dann weiter.

Man schlägt ein anderes Buch auf, irgendwo. Da steht:

Wir bewundern König Alfred um so mehr, als wir so wenig von ihm wissen.

Natürlich liest man dann weiter.

An einer beliebigen Stelle klappt man ein anderes Buch auf.

Das organische Leben hat sich, wie man uns lehrt, allmählich entwickelt: vom Protozoon zum Philosophen; diese Entwicklung, wird uns versichert, bedeute unzweifelhaft einen Fortschritt. Es ist leider nur der Philosoph, der uns das versichert, und nicht das Protozoon.

Natürlich liest man dann weiter.

Man öffnet ... aber ich könnte den ganzen Tag so weitermachen, und ich werde immer wieder zwischen den Büchern erwischt, und nur das ferne besorgte Gezwitscher von Mrs. Antoine, die zur Eingangstür kommt, um das Frühstück abzuräumen und es unangetastet vorfindet, gibt mir die Kraft, mich loszureißen.

Vielleicht wäre es besser, die Bücher nicht vor dem Frühstück zu ordnen. Denn das ist zweifellos dazu angetan, dieses vogelartige Geschöpf, Mrs. Antoine, zu beunruhigen; sie befürchtet nämlich, wie ich glaube, daß ich, wenn ich den Kaffee nicht trinke, solange er heiß ist, in diesen komaähnlichen Zustand zurückfallen könnte, der sie offenbar bekümmert und erschreckt hatte. Sie hatte sicher nicht erwartet, nehme ich an, daß die Herrin des Hauses, als sie endlich zurückgekommen war, sich wie eine seltsame, fremdartige Schnecke verhielt – die den Berg nur hinaufgeklettert war, um dann zwei Wochen lang die meiste Zeit regungslos in der Sonne zu liegen. Nachdem ich mich zwei Tage lang so verhalten hatte, hörte ich, wie sie es Antoine erklärte, der jedoch dank seiner gottgleichen Gewohnheit, niemals überrascht zu sein, keine Erklärung brauchte. Sie erklärte es mit: *c'est la guerre** – ein handliches Alibi, das in den letzten fünf Jahren zur Erklärung vieler Dinge diente, die weit unnatürlicher und schrecklicher waren als das Verhalten eines Menschen, der regungslos in der Sonne liegt.

Aber wirklich, dieses vom Zufall bestimmte Nebeneinander auf meinen Bücherregalen! Gerade fand ich George Moore (seine ›Memories of my Dead Life‹, mit seiner feinen unmoralischen Darstellung und seiner köstlichen Verruchtheit) zwischen einem Buch mit dem Titel ›Bruey: a Little Worker for Christ‹ von Frances Ridley Havergal, und dem amerikanischen Buch ›The Unselfishness of God, and how I Discovered It‹.

Bei der Entdeckung dieser drei, die sich da gewissermaßen umschlungen hielten, war ich so überrascht, daß ich am liebsten gelacht hätte, so wie seit Monaten nicht. Wäre jemand bei mir gewesen, wäre ich sicher herausgeplatzt. Vielleicht bin ich tatsächlich soweit genesen, daß ich nun das

* c'est la guerre: im Krieg ist eben alles anders (Anm. d. Ü.)

Bedürfnis nach einem Gefährten habe. Nach jemandem, mit dem ich lachen kann. Aber wenn das so ist …

Es ist besser, seine Hoffnungen kleinzuhalten.

4. August

Heute vor fünf Jahren! Was für eine freudige Erregung hatte uns gepackt, wie stolz waren wir auf England und darauf, zu England zu gehören. Stolz aus diesem übersteigerten Patriotismus heraus, der alle erfaßt, die sich nicht im eigenen Land befinden.

Für den, der sich nicht im Land befindet, ist es wie eine Erneuerung alter Zuneigung, das Wiederaufflammen einer Liebe. Der wirklich Weise ist oft im Ausland – obwohl, seine Abwesenheit sollte er wohlüberlegt planen. Zuviel Abwesenheit ist fast so ungünstig wie zuwenig – das heißt nein, nicht fast; ich finde eher, auch zuviel Abwesenheit hat ihre Nachteile, wenn auch nur zu Anfang. Wenn man es durchhält, verwandeln sich die Nachteile in Vorzüge. Führt nicht die Abwesenheit, wenn man sie lange genug durchsteht, am Ende in die Freiheit? Allerdings muß ich annehmen, daß schrankenlose Freiheit für die meisten Menschen Einsamkeit bedeutet, deshalb sollte die Abwesenheit nur so lange dauern, bis man wieder klare Sicht gewonnen hat. Nur ein kleiner Rückzug hie und da, gerade soviel, daß das Blickfeld wieder frei wird und einen guten Ausblick auf jene schätzenswerten Eigenheiten erlaubt, die wir einst liebten, um uns zu vergewissern, daß sie noch da sind und immer noch bezaubern.

Wie kann man denn etwas sehen, wenn man es direkt vor der Nase hat? Ich weiß noch, als wir in England waren, vom dortigen Alltag umfangen, verwirrt durch das tägliche Zeitungsgetöse, fassungslos angesichts des Geschreis der Politiker, aufgewühlt durch die Bloßstellungen, Beschuldigungen, Schmähungen, die die Luft verpesteten, genau im Bilde, was hinter den Namen Cromwell Road und Shaftesbury Avenue und Ashley Gardens stand, Stätten, auf die nun der bedrückende Nieselregen herabkam, die immer dagewesen waren, unverändert, große häßliche Häuser, auf die der Regen tropfte, düstere zeitweilige Unterkünfte für aufeinanderfolgende Prozessionen lärmender Toter – ich weiß noch, als wir mitten in alledem lebten, mit der Nase gewissermaßen direkt darauf, daß wir nichts sehen konnten und infolgedessen die Seite Englands vergaßen, die großartig ist.

Aber als England in den Krieg zog, waren wir nicht dort. Monatelang waren wir außer Landes gewesen, und nun sahen wir England wieder mit geschärftem patriotischen Blick. Wieder wurde England zum kostbaren Juwel, eingefaßt in das silberne Meer, das andere Eden, das Halb-Paradies, genannt »mein England«, der glorreiche Urgrund so vieler herrlicher Dichter, die Hoffnung und das Herz der Welt. Lange bevor England sein Schwert gürtete – wie leicht fällt man doch in die alte Sprechweise zurück –, lange bevor vom Krieg die Rede war, hatten wir, einfach weil wir abwesend waren, wieder diese eigentümliche aggressive geistige Überheblichkeit angenommen, die man Patriotismus nennt. Wir hatten die Schweizer gern, wir schätzten sie. Als wir nach Italien überwechselten, hatten wir auch die Italiener gern, wenngleich wir sie weniger schätzten – ich glaube, weil sie weniger haushälterisch waren und mehr Freude an allem hatten, während wir noch in der alten Anschauung befangen waren, daß Sparsamkeit ohne Freude eine Tugend wäre. Wir hatten diese Leute zwar gern und schätzten sie, aber sehr von oben herab. Doch im Untergrund unseres Bewußtseins fühlten wir uns ihnen immer überlegen, da waren wir überheblich. Jeder neue Tag unserer Abwesenheit von England, von unserem England, blies unsere genußreiche, unbewußte Selbstgefälligkeit weiter auf. Als England dann am 4. August »eintrat«, glorreich eintrat, weil es Belgien sein Wort gegeben hatte, entfaltete sich in diesem kleinen Haus so viel Stolz und Begeisterung, daß man fast das Gebälk krachen hörte.

Was tun wir nur, wenn wir alle in den Himmel kommen und nicht mehr patriotisch empfinden dürfen? Da werden wir gewiß am Ende alle zwangsweise zu einer riesigen Familie zusammengeführt. Doch kann ich mir denken, daß jedesmal, wenn Gott nicht hinschaut, der ursprüngliche Patriotismus bei jedem einzelnen durchschlägt, die ganze Ewigkeit hindurch, und irgendein erbärmlicher englischer Vagabund, der nur deswegen im Himmel eingelassen wurde, weil er einfach nicht Manns genug für die Hölle war, wird die Gelegenheit benutzen, um einen properen Schweizer Geschäftsmann aus Bern anzuzischen, der ein makelloses Leben auf Erden damit verbracht hatte, Kuckucksuhren herzustellen und sogar mit genialer mechanischer Fähigkeit – so besagten die himmlischen Gerüchte, die die Engel milde staunend zur Kenntnis nahmen – seine Familie mit maschinellen Mitteln vermehrt haben sollte; der Vagabund wird ihm zuzischen, daß er selber ein Sch-sch-sch-sch … Brite sei, und wenn er, der Sch-sch-sch … Schweizer daran zweifelte (ich glaube, Vagabunden reden immer mit diesem Sch-sch-sch …, das behaupten jedenfalls Zeitschriften und Bücher), dann solle er mal rauskommen, da werde er, der Vagabund, es ihm schon zeigen, Sch … verdammte.

Woraufhin der propere Schweizer Herr, in jeder anderen Beziehung schon völlig durchdrungen von der dortigen Himmelsruhe, wütend mit einem plötzlich einsetzenden lauten mechanischen Summer antworten würde, der schlimmer wäre und den Vagabund weit mehr einschüchtern würde als jede Verfluchung, und mit einem furchterregenden verlängerten Brrrrrrrrrrr würde er voller Leidenschaft der Macht und Majestät der Schweiz die ihnen zustehende Geltung verschaffen.

5. August
Ich will reden. Offenbar geht es mir besser.

6. August
Kein Mensch, der vom Schicksal geschlagen wurde, nicht einmal jemand, der auf seinem Unglück besteht, kann an diesem gesegneten Ort seinen Kummer auf die Dauer beibehalten. Ich weiß, außerhalb geht dieselbe alte Niedertracht um wie seit jeher – Grausamkeit, Menschen, die sich bösartig gegenseitig verletzen, Liebe, die weggeworfen oder durch Angst und Schrecken vertrieben wird, der schlimme Vertrauensbruch, die größte Gemeinheit überhaupt – ich kann mir vorstellen, daß ich, über der Terrassenmauer hängend, all diese grauenhaften Gespenster unten im Tal sähe, wie sie da herumkriechen und übereinanderfallen in schauerlichen Verstrickungen. Aber wenigstens ist mein eigener Beitrag zum allgemeinen Elend nicht da unten; den habe ich hier heraufgebracht, ihn mitgeschleppt, nicht weil ich wollte, sondern weil meine Not mich drängte. So werde ich also mein Elend hierlassen? Sicher kommt da ein Tag, an dem ich fähig sein werde, es sauber in ein Bündel zu packen und es ganz oben auf einen kargen Felsen zu tragen, den ich nie wiedersehen werde, es dort abzulegen und zu sagen: »Leb wohl, ich trenne mich von dir. Ich habe die Nabelschnur durchschnitten. Leb wohl, mein altes Elend. Auf zu dem, was nun kommen mag.«

Undenkbar, daß es so nicht geschähe. Undenkbar, ich würde wieder hinabgehen und hätte mich nicht verändert. Etwas froher jedenfalls und innerlich kräftiger. Ach, wie wünsche ich mir, innerlich wieder kräftig zu sein! Frisch gelüftet und heiter, statt verdüstert und mit schwarzen Erinnerungen ausgestopft.

7. August
Es geht mir immer besser. Wenn ich jetzt morgens aufwache und sehe den Flecken hellen Sonnenscheins auf der Wand am Fuß des Bettes, der mir einen neuen wunderbaren Tag verspricht, erhebt sich mein Herz zu einem innigen Gebet, ich möge so eine Wohltat doch nicht mit meinem eigenen Trübsinn herabmindern. Ich glaube bestimmt, daß jeder der letzten Tage etwas weniger düster war als der Tag davor. Nichts trübte zum Beispiel den heutigen Nachmittag. Ich hatte das Gefühl, ich säße endlich aufmerksam da und nähme alles bewußt zur Kenntnis. Was ich mir jedoch als erstes wünsche, wenn ich über das Schlimmste hinaus bin, das ist: mit jemandem zu sprechen.

Wie weiblich! Aber ich liebe es zu reden. Noch einmal: wie weiblich! Nun, ich liebe es ja auch zuzuhören. Hauptsächlich allerdings einem Mann. Also noch einmal: wie weiblich! Da ich nun eben eine Frau bin, bin ich naturgemäß weiblich, und mir scheint, ein Mann hat tatsächlich mehr zu sagen als eine Frau, ich meine damit Dinge, die man hören möchte. Natürlich möchte ich auch hören, was eine Frau zu sagen hat, aber nicht so lange und nicht so oft. Bei weitem nicht so oft. Ich weiß nicht einmal, wie ich diesen Widerwillen begründen kann – außer, daß eine Frau, die redet, im allgemeinen die Würze ausläßt. Doch ist sie gewillt, immer weiterzureden, manchmal noch eine ganze Weile, nachdem man sich gewünscht hatte, sie möge aufhören.

Einer der letzten Menschen, der ganz allein im Jahr 1914 bei mir geblieben ist bis kurz vor der Ankunft der fröhlichen Feriengruppe der letzten Tage, war eine Frau mit vielen Talenten – *le trop est l'ennemi du bien** – und also, mit diesen Gaben gesegnet und bereit, sie beredt vorzuführen, fing sie

* le trop est l'ennemi du bien: das Bessere ist der Feind des Guten (Anm. d. Ü.)

in der Talstation, wo ich sie abholte, zu sprechen an und hörte zu meiner Verwunderung und meinem Kummer nicht mehr auf zu reden, denn auch ich wollte hie und da etwas äußern. Dies ging so weiter, bis die Stille der Nacht sie umfing, und sie redete danach noch zehn Tage weiter, bis sie sich dank der Gnade der Vorsehung an einem Krümel verschluckte und gezwungen war aufzuhören.

Im Augenblick erlöst, brachte ich dann voller Eifer so viel vor, wie es mir in der vorhersehbaren kurzen Zeit bis zu ihrer Erholung möglich war. Meine Stimme, so lange außer Gebrauch, war rauh geworden, und ich hatte kaum drei Sätze gesagt, jämmerlich kurze Sätze, als sie sich schon erholte, mich ungeduldig mit vorwurfsvollen Blicken musterte und sprach:

»Reden Sie immer soviel?«

Ich finde das ungerecht.

8. August

Nun wollen wir einmal sehen, was Henry James mir schrieb – ja, mir persönlich, bitte sehr! Ich kann mich noch gar nicht beruhigen – solch ein Ordensband auf meiner Brust. Das hatte ich ja fast schon vergessen, daß ich eine Brust für Ordensbänder habe, so sehr hat mein Selbstbewußtsein gelitten, seit ich zum letzten Mal hier war.

Auf eine merkwürdige, träumerische Weise finde ich dauernd Erinnerungsstücke aus der Vergangenheit, aus weit zurückliegenden Jahren, als gehörten sie zur Gegenwart, als stammten sie aus der letzten halben Stunde, und so fand ich heute morgen diesen Brief, als ich nach dem Frühstück in ein Zimmer schlenderte. Es ist das einzige Zimmer unten neben dem Vorplatz, und dort hatte ich immer Zuflucht vor den anderen fröhlichen Mitbewohnern gesucht, um Briefe zu öffnen und zu beantworten, ohne von ihrem munteren Geplauder abgelenkt zu werden. Dort auf dem Tisch, den

Antoine immer abgestaubt hatte, ohne etwas anzurühren, lagen noch alle Papiere und allerlei Krimskrams, genauso, wie ich sie vor fünf Jahren zurückgelassen hatte – sogar noch etwas Schokolade, an der ich offensichtlich geknabbert hatte, einige Pennys, eine Handvoll Zigaretten und eine Streichholzschachtel. Es war alles noch da, wunderbar abgestaubt, genauso wie damals, als ich dort am Tisch gesessen hatte. Wäre das Schweigen nicht gewesen, die sonnenbeschienene völlige Leere und die Stille im Haus, hätte ich glauben können, ich wäre nur tief in Schlaf versunken gewesen, von bösen Träumen gepeinigt, und nicht fünf Jahre wären vergangen, sondern nur die Alpträume einer Nacht, seit ich von dieser Schokolade genascht und mit diesen Federn geschrieben hatte.

Gebannt und neugierig setzte ich mich und knabberte abermals an dieser Schokolade. Sie schmeckte sehr gut, aus guter, dauerhafter Grundmasse hergestellt – in dem guten, scheinbar auf lange Dauer angelegten Zeitalter, in dem wir einmal lebten. Während ich aß, wälzte ich diesen Papierstapel um, und ganz unten lag der Brief von Henry James.

Wahrscheinlich hatte ich ihn auf dem Tisch liegenlassen, in meiner Nähe, weil ich ihn so liebte und ihn wieder lesen wollte und wohl auch, um ihn in Abständen stolz meinen Freunden zu zeigen und sie neidisch zu machen, denn er war in der Weihnachtszeit im Jahr 1913 geschrieben worden, Monate, bevor ich England verließ. Wenn ich ihn nun lese, erfüllt mich nur ein großes Staunen, daß ich, ausgerechnet ich jemals solch einen Brief bekommen hatte. Er macht mich auch demütig; ich war völlig zerbrochen, und ich kann kaum glauben, daß dieses Wrack einst eine schmucke Bark gewesen war, die kleinen Segel alle gebläht durch die Freundlichkeit und Zuneigung von jemandem, der ein so wunderbarer Mensch war wie Henry James.

Das ist er nun; daß ich ihn in meinem verminderten

Zustand hier kopiere und mich an diese charmanten Komplimente klammere, mag eitel sein, aber auch nur etwa so eitel wie die Frau, die einst schön war und nun, alt geworden, darüber spricht, wie hübsch sie einst gewesen ist. Der Brief:

21 Carlyle Mansions
Cheyne Walk, S. W.
29. Dezember 1913

Meine Liebe,

ich möchte Ihnen sagen, was mir Ihr wunderschöner, hochherziger und anmutiger kleiner Brief für eine große Freude gemacht hat. Da ist kein einziges Ihrer honigsüßen Worte, das ich nicht mit allergrößtem Vergnügen gelesen hätte. Sie haben mir das Maß randvoll gemacht – und ich kann Ihnen gar nicht sagen, wie hoch ich das schätze. Diese Viertel- oder Halb-Portionen sind nichts für meinen unersättlichen Appetit; ich will den Überfluß, zusammengepreßt und -geschüttelt, überlaufend, überquellend. So nehme ich denn die goldenen Körner auf und benage sie, eins nach dem anderen. Das ist wirklich, verehrte Dame, eine Rosenblüte von Brief, und zwar eine von der reizendsten Art, die mir da aus Ihrer monströsen Schneeverwehung zugeweht wird. Dafür, daß Sie unter solchen Umständen Blumen dieser Art kultivieren können, abgesehen von all den anderen bezaubernden Sorten, die Sie da mit großem Fleiß und Geschmack heranzüchten, gibt es natürlich nur eine Erklärung: der Garten Ihres Geistes ist verschwenderisch angelegt. Sicher bewohnen Sie ihn die meiste Zeit, je nach Belieben neben den anderen Feldern Ihrer Fähigkeiten, die so großartig sind, aber auch anstrengender. Sie haben mich jedenfalls dazu gebracht, daß ich in freudigem Stolz schwelgte; ich versichere Ihnen, daß ich mich richtig gehenließ, um so mehr, als die lärmende Festlichkeit dieser Tage so weltenweit fern von mir war, daß ich mir vorkam – bis Ihre verzaubernden Worte hier eintrafen –, als säße ich auf einem einsamen Berg in vollkommener Öde, was sowohl gesellschaftlich wie sinnlich zu verstehen ist, auf einem dieser Berge, der jenen gleicht, die sich vermutlich auch unter Ihrem Fenster gruppieren. Ihr Brief – das war mein Weihnachtsfest, und das habe ich jetzt hinter mir und bin Ihr dankbarer, ergebener und nie vergessender alter Henry James.

Wer wäre nicht stolz, so einen Brief zu bekommen? Wie schön war es, wieder darauf zu stoßen, so schön, daß sich nach dem Lesen mein Kinn in die Höhe reckte und ich wieder für eine Weile hoch aufgerichtet sitzen blieb. Ich lachte auch. Mit was für einer ungehemmten Überschwenglichkeit muß ich ihn wohl für mich eingenommen haben? »Überquellend, überlaufend«. Ich kann es kaum glauben. Ich hatte sicher einiges von ihm gelesen oder wieder gelesen, derart hingerissen, daß ich, aufgewühlt und entflammt, sofort zur nächsten Feder griff und eines nüchternen Ausdrucks nicht mehr fähig war.

Mit welcher Wärme, mit welch dankbarer Liebe denkt man an Henry James. Wie schwer fällt es doch, sich jemanden von größerer Reife, Weisheit, Güte und von größerem Humor vorzustellen. Und wie wundervoll er sprechen konnte, seine Art zu reden war noch schöner als seine Bücher. Hätte er doch nur einen Boswell gehabt! Eines Tages hatte ich ihn gefragt, gestärkt und mutig nach einem Abendessen, ob er mich nicht als seinen Boswell annehmen wolle, ihm so tief ergeben, daß die Qualifikation für diese Stelle schon durch Verehrung ersetzt werden könnte.

Ich sagte ihm in meiner mutbeflügelten Leichtfertigkeit, die so groß war wie seine Geduld, ich würde mich als Mann verkleiden oder, besser noch, da ich für einen annehmbaren Mann nicht groß genug war und auch ohne Aussicht, noch zu wachsen (außer vielleicht, was zu hoffen wäre, in meiner

Anmut), würde ich als älterer Junge gehen; ich würde auch früh aufstehen und lange aufbleiben, Kurzschrift lernen und alles auf der Welt tun, wenn ich nur, Notizen machend, hinter ihm hergehen dürfte – was wären wir für ein seltsames Paar! Diesen leichtsinnigen Vorschlag nahm er zur Kenntnis, bedachte meine Frechheit gründlich, wobei sein außerordentlich beweglicher Mund mächtig in Bewegung geriet, und tat dann sein Urteil kund mit dem ganzen Gewicht einer gespielten Selbstentäußerung, die dazu bestimmt war, mich mit Sprachlosigkeit zu schlagen – was ihm tatsächlich für fast eine ganze Sekunde lang gelang: »Verehrte Dame, das wäre doch wie das langsame Ausdrücken eines großen leeren Schwammes.«

9. *August*
Dieses kleine Holzhaus, das mit seinen Wimpern, oder besser mit seinen Augenbrauen am Hang hängt – denn die enormen Höhlen im Hang, die im Winter die Schneemassen abfangen sollten, sehen tatsächlich wie überhängende Augenbrauen aus – braucht gerade noch so viel Platz, daß der Garten der Felsenkante entlang nicht viel größer ist als ein Taschentuch.

Es ist ein Grasstreifen, von Antoine hingebungsvoll betreut, und es ist sein Stolz, ihn auch dann noch grün zu erhalten, wenn alles andere Gras auf den Hügeln ringsum und hangabwärts schon zu einem Goldbraun verblichen ist. Dieser Stolz bringt ihn dazu, ihn in vielen Abendstunden zu wässern. Ein Mäuerchen verläuft am Rand, um ein Hinunterpurzeln zu verhindern. Stürzte jemand dort hinab, wäre das für die Leute, die im Tal fünftausend Fuß tiefer herumspazierten, nicht sehr angenehm. Entlang der Mauer wachsen Blumen in einem schmalen Streifen, die einzigen Blumen, die sich mit uns abgefunden haben.

Viele sind es ja nicht: der Rittersporn, ein paar Stiefmütterchen, einige Nelken und eine Menge purpurfarbener Schwertlilien, die gerade verblüht waren, als ich zum ersten Mal herkam, aber nach der Menge der Stengel zu urteilen, muß es ein prachtvoller Anblick gewesen sein. Nur noch eine einzige Blüte ist übriggeblieben, exquisit, samten und von der Sonne gewärmt zum Küssen einladend – und ich folge der Einladung mit Eifer, denn etwas muß man ja küssen –, und dieser hinreißende Honigduft, der der typische Duft des Sommers ist.

Das ist alles im Garten. Viel ist es nicht, wenn man es so hinschreibt – aber diesen Garten müßtest du sehen. Ach ja, das habe ich vergessen. Um die Ecke steht eine Mauer, die das Haus zu Anfang des Frühlings vor Lawinen schützt, und dort ranken sich Kletterrosen hoch, leuchtend gegen das intensive Blau des Himmels. Ich weiß, Kletterrosen sind ganz gewöhnliche Pflanzen, aber du müßtest sie einfach einmal sehen; die Farbe des Himmels hier bringt sie derart zum Glühen. Ja, und die Lilien habe ich vergessen, die Antoines *Maman* ihm gab. Sie stehen neben der Eingangstür, und daneben wächst Lavendel, jetzt in voller Blüte, und auf jeder sitzt den ganzen Tag lang etwas, wundersam aufgerichtet, was wie ein winziger strahlender Engel aussieht, nur – wenn ich näherkomme, flattert es in die Sonne: ein weißer Schmetterling. Antoine muß den Lavendel angepflanzt haben, denn vorher gab es ihn nicht. Aber ich frage ihn nicht, denn er würde mir vielleicht erklären, wofür er bestimmt ist, und ich könnte es nicht ertragen zu hören, daß dieses reizende, liebliche Beet mit den kleinen weißen strahlenden Dingern, die darüber schweben, nur ein *remède** gegen irgendein schreckliches Gebrechen ist.

Könnte ich malen, ich würde den ganzen Tag hier sitzen und malen. Da ich das nicht kann, versuche ich, zu Papier zu

* remède: Gegenmittel, Medizin (Anm. d. Ü.)

bringen, was ich sehe. Das macht mir Vergnügen. Irgendwie ersetzt es mir jede Gesellschaft. Ich würde es wahrscheinlich nicht tun, wenn ich nicht allein wäre. Dann würde ich vermutlich mich und meinen Freund damit ermüden, unaufhörlich die Schönheit hier zu preisen.

Der Garten, wie man sehen wird, ist im Vergleich zu anderen Gärten rührend in seiner Kleinheit und der fehlenden Vielfalt. Die Besitzer englischer Gärten mit diesen wunderbaren Kräuterrabatten und den geschmackvoll arrangierten Blumenreihen würden sicher die Nase darüber rümpfen. Sollen sie. Ich liebe ihn. Wäre er noch kleiner, geschrumpft zu einer einzigen Pflanze mit einer einzigen Blüte, würde er mich wahrscheinlich noch mehr bezaubern, denn dann könnte ich mich auf diese eine Schönheit konzentrieren, ohne abgelenkt zu werden von dem Gefühl, daß mir alles mögliche andere entgeht, weil ich nur in eine Richtung blicken kann. Diese Tiere in der Offenbarung mit den vielen Augen vorn und hinten – ich wünschte, ich wäre nach ähnlich großzügigen Richtlinien angelegt worden.

Aber im Grunde braucht man keinen Garten hier, wo Gott schon so viel tut. In dieser Beziehung ist es hier wie in Italien; ein alter Holzkasten mit Stiefmütterchen oder eine Vase mit Lilien irgendwo hingestellt, in ein Fenster, ans Ende einer Mauer, ist schon genug; das fügte sich sofort harmonisch in die Schönheit ein, die schon da ist, in das Gesamtbild von Licht, Farbe und Gebirge. Wo Gott das alles für einen tut, genügen schon ein oder zwei Meter, die man sich selbst gestaltet, um die eigene Unabhängigkeit zu behaupten und sich selbst zu zeigen, daß man etwas Eigenes machen kann.

10. August

Ich weiß nicht, wann es hier am schönsten ist – am Morgen, wenn die Hitze sich unter feinem Dunst über das Tal breitet und die Berge, einer hinter dem anderen, immer verschwommener zu sehen sind und sich hinter zarten Abstufungen von Lila- und Grautönen allmählich zurückziehen, oder in der Nacht, wenn ich über dem Rand der Terrasse die Lichter im Tal schimmern sehe, als spiegelten sie sich in der Oberfläche eines Wassers.

Mir scheint, ich sehe jetzt alles zum ersten Mal und mit anderen Augen. Ich weiß, ich sah das alles schon, als ich früher hier war, und erfreute mich auch daran, aber damals war es mit so vielen anderen Dingen verknüpft, es war nur eine von den vielen Freuden jener Tage, die meine Aufmerksamkeit und meine Gedanken in Anspruch nahmen – auf angenehme und hoffnungsfrohe Weise, das ist wahr. Aber sie entfremdeten mich dem, was ich nur mangels eines besseren Worts – (eines besseren Worts! Wie kann man so etwas sagen!) – Gott nenne. Jetzt sind diese Hoffnungen und Wunder, Freuden, Vorfreuden und Vertrauensseligkeiten vergangen, und die Wunden, die sie hinterließen, die schlimmen wehen Stellen, verschwinden allmählich auch. Jetzt sehe ich die Schönheit mit einem neuen Empfindungsvermögen, und ich verwundere mich darüber wie jemand, der lange unter Alpträumen gelitten hat und eines Morgens aufwacht, die Wahnvorstellungen sind vergangen, und nun liegt er da in einem Zustand äußerster Freude und Dankbarkeit und weiß die kleinen, ganz gewöhnlichen und wunderbaren Dinge des Lebens zu schätzen: die Sonne, die auf die Steppdecke scheint, die Düfte, die vom Garten her durch sein Fenster ziehen, der Geruch frischen Kaffees, der zum Frühstück bereitet wird. O welches Entzücken, sich vorzustellen, daß man diesmal nicht gestorben ist, daß man diesmal auch nicht sterben wird, sondern sich erholen und leben wird, sicher bald wieder ganz hergestellt und fähig, wieder zu seinen Freunden zu gehen, zu denen, die einen lieben …

11. August
Heute ist der Tag eines Heiligen. Dies ist der katholische Teil der Schweiz, und hier haben sie viele Feiertage, weil sie so eine Menge von Heiligen haben. Es vergeht kaum eine Woche, in der nicht eines Heiligen zu gedenken ist, oft sogar zwei in derselben Woche und manchmal sogar drei. Ich weiß immer, wann wir wieder bei einem neuen Heiligen angekommen sind, denn dann fangen die Kirchenglocken des nächsten Dorfs an, mißtönend zu läuten, und zwar alle zwei Stunden. Darauf verlassen die Bauern ihre Arbeit, und die geschäftigen Protestanten, von Heiligen unbelastet, arbeiten weiter.

Mrs. Antoine war vor der Heirat Katholikin, aber der weise Antoine, die große Zahl der Feiertage vor Augen, sah voraus, daß sie möglicherweise an einem dieser Tage, wenn er vorher nicht liebevoll zu ihr war, oder wenn sie nur meinte, er wäre nicht sehr liebevoll zu ihr gewesen – und wie man hörte, bildeten sich Ehefrauen häufig die unglaublichsten Sachen ein –, daß dann also Mrs. Antoine ihren Groll hinter Frömmigkeit verstecken könnte und es infolgedessen ablehnen mußte, ihm das Essen zu machen. Er überredete sie, noch vor der Hochzeit Protestantin zu werden. Das tat sie auch, wegen der entsprechenden Belohnung, wie sie mir anvertraute, denn sie bekam *un bon mari qui valait bien ça**. Auf diese Weise sicherte sich Antoine seine täglichen Mahlzeiten und wurde mit einem Schlag die ganze Sippschaft seiner Frau los. Denn wie ich annehmen muß, bestand sie, da ihre Eltern gestorben waren, hauptsächlich aus Tanten, die natürlich diese Verbindung ablehnten und mit den Antoines nichts zu tun haben wollten. Das ist, wie ich von denen höre, denen die Abnabelung gelungen ist, die herrlichste Sache der Welt: die Verwandtschaft dazu zu bringen, daß sie einen

* un bon mari qui valait bien ça: ein guter Ehemann, der war das wert (Anm. d. Ü.)

nicht mehr kennen will. So lebt er nun heute nicht nur glücklich und in Frieden und in der Würde, die jenen vorbehalten bleibt, deren Verwandtschaft erbost ist, sondern er hat auch keine Priester mehr um sich herum. Antoine ist wirklich ein intelligenter Mensch.

Er hat auch noch andere kluge Dinge gemacht, während ich fort war, zum Beispiel:

Als ich zum ersten Mal herkam, zwei oder drei Jahre vor dem Krieg, wollte ich keinerlei Landgerüche hier haben. »Keine Kühe hier!« sagte ich.

»*C'est bien**«, sagte Antoine.

»Keine Hühner!«

»*C'est bien*«, sagte Antoine.

»Und ich will auch keine Schweine!«

»*C'est bien*«, sagte Antoine.

»*Surtout*«, setzte ich noch einmal nach, da mir in seinen Augen so eine Art privater Schweineschmerz zu glimmen schien, »*pas de porcs***!«

»*C'est bien*«, sagte Antoine mit verhangenen Augen.

Denn mein Leben davor war bis zu jenem Tag von Schweinen stark verpestet gewesen. Obwohl es edlere Schweine waren, sehr gepflegt und, leider muß es gesagt werden, weit besser untergebracht und verpflegt als die Bauern dort, und trotz größtmöglicher Säuberung und Auslüftung deckte uns der Wind an manchen Tagen, wenn er von ihnen zu uns blies, mit einer gewaltigen Geruchswolke ein, die unverkennbar von Schweinen stammte. Sie überschattete die Lilien, erstickte die Rosen. Auch konnten wir an stillen Tagen ihre Stimmen hören, und die Ruhe mancher Sommerabende ging in ihrem Quieken unter. Es gab eine riesige Anzahl von Ferkeln, denn leider war es in diesem Landesteil nicht Sitte,

* c'est bien: gut (Anm. d. Ü.)

** Surtout pas de porcs: vor allem keine Schweine (Anm. d. Ü.)

Spanferkel zu essen, was ein ebenso bequemer wie ersprießlicher Weg ist, sie ruhig zu halten; sie quiekten wirklich tierisch, aus reinem Übermut, nehme ich an, denn es waren gehätschelte Ferkel, die keinerlei Anlaß zu quieken hatten, außer aus schierer Lebenslust.

Mit dieser Erinnerung beschloß ich, diesen Ort jedenfalls von Schweinen freizuhalten. Auch von Kühen. Auch von Hühnern. Denn mir war durchaus noch gewärtig, was mir Kühe und Hühner angetan hatten. Wie oft waren die Hoffnungen eines ganzen Jahres im Garten durch eine geistesabwesend herumschlendernde Kuh zertrampelt und gefressen worden. Wir hatten reine Wunderwerke mit Drahtnetzen vollbracht und sie noch mit Kriech- und Schlingpflanzen überdeckt, und dennoch fand früher oder später eine Reisegruppe unternehmungslustiger Hennen unter Führung eines barschen Paschas von Hahn den Weg hinein und riß die Krokusse aus dem Boden, gerade zu Frühlingsanfang, wenn es nach einem endlosen Winter nichts Kostbareres und Wichtigeres als Krokusse gibt.

Aus diesem Grund hatten wir unser Quartier sorgfältig von Vieh jeglicher Art freigehalten. Wir kauften Eier und Milch von Bauern, hatten keine Wurst, die Lilienzwiebeln wurden nicht mehr ausgerissen, und die Luft roch nach Honig und Heu im Sommer, und im Winter war da lediglich der reine kalte Geruch dessen, den ich, mangels eines besseren Worts, nur Gott nennen kann. Aber dann brach der Krieg aus, und wir eilten wieder nach England; statt aber an Weihnachten zurückzukommen, wie wir gedacht hatten, kamen wir überhaupt nicht mehr zurück. Jahr um Jahr verging, Weihnachten nach Weihnachten, und niemand kam zurück. Ich nehme an, Antoine muß allmählich gedacht haben, daß überhaupt niemand jemals zurückkehren würde. Ich kann nicht erraten, wann er in jenen Jahren seine Fühler in Richtung Schweine ausgestreckt hat, aber schließlich fand er es angemessen, mein Vorkriegsgebot als endgültig überholt zu betrachten, und er sammelte eine ansehnliche Auswahl von Vieh um sich. Vermutlich geschah das schon relativ früh, denn da er so eine hübsche, rundliche kleine Frau sein eigen nannte, war er auch als weiser Mann entschlossen, sie in dieser Verfassung zu erhalten. Seine *Patronne* – so werde ich dort genannt – war abwesend und konnte also vom Vieh nicht belästigt werden, und er hat sich wohl gedacht: Was sie nicht weiß, macht sie nicht heiß.

Ganz einfach – und sehr klug.

In keinem seiner monatlichen Briefe taucht das Wort Schwein, Kuh oder Huhn auf. Er schrieb sehr lieb über das Wetter: *c'était magnifique* oder *c'était bien triste**, je nach Jahreszeit. Er schrieb über die kranken französischen und belgischen Kriegsgefangenen, die in diesen Schlupfwinkeln in den Bergen ringsum interniert waren, wo einstmals die von Lunn betreuten Partys stattgefunden hatten. Mit großer Sympathie beschrieb er den Wachhund, wie nützlich er sei und wie gut zu lenken, ein großartiges Tier, »viel größer als ich«, mit dem Schoßhündchennamen Mou-Mou. Ausführlich erging er sich über nicht sehr aufregende Themen wie über die Barthaare der Katze: *favoris superbes qui poussent toujours, malgré ces jours maigres de guerre***. Manchmal allerdings zeigte er sich etwas enttäuscht über Mrs. Antoines Magen *qui lui fait beaucoup d'ennuis et paraît mal résister aux grands froids****, doch zum Schluß fügte er immer scho-

* c'était magnifique: es war herrlich (Anm. d. Ü.)
c'était bien triste: es war sehr trübe (Anm. d. Ü.)

** favoris superbes qui poussent toujours, malgré ces jours maigres de guerre: prächtige Bärte, die trotz der mageren Kriegszeiten immer weiterwuchsen (Anm. d. Ü.)

*** qui lui fait beaucoup d'ennuis et paraît mal résister aux grands froids: der ihr viel Beschwerden macht und offenbar sehr kälteanfällig ist (Anm. d. Ü.)

nungsvoll hinzu: *Pour la maison tout va bien. Madame peut être entièrement tranquille**.

Wie man sieht – kein Wort über den Viehbestand.

Madame in England war also *entièrement tranquille* über ihr kleines Haus und sehr froh darüber. Denn was ihm auch hätte zustoßen können, ihm oder den Antoines – sie hätte ja gar nichts dagegen zu unternehmen vermocht. Hätte das Haus Feuer gefangen, hätte sie in England, hinter der unüberwindbaren Barriere des Krieges festgehalten, nur die Hände ringen können; wenn Mrs. Antoines *estomac*** sich seinen Aufgaben nicht mehr gewachsen zeigen sollte, so daß sie und Mr. Antoine ihren Posten verlassen und in die Ebene ziehen müßten, wo es Ärzte gab, hätte Madame auch nur stillsitzen und weinen können. Die beruhigenden Briefe waren fünf Jahre lang ihr Trost – *madame peut être entièrement tranquille*; wie süß waren diese Worte, Monat für Monat, für ein Gemüt, das andererseits Qualen erlitt und verstört war.

Erst zwei Wochen nach meiner Ankunft hier nahm ich mein Frühstück bewußt zur Kenntnis. War das nicht wunderbar? Soviel Milch und täglich ein Kännchen Sahne. Und, zu meiner Überraschung, Butter – überraschend nicht nur, weil sie so frisch war, sondern daß es sie überhaupt gab. In England hatte man mir erzählt, man könne hier keine Butter bekommen, es gebe in der ganzen Schweiz nicht einmal ein Täßchen voll davon zu kaufen. Nun ja, hier war sie, frisch jeden Tag und in Hülle und Fülle.

Durch die geistige Dämmerung, in der ich mich befand, drang von allen Gegenständen um mich herum, glaube ich, die Butter als erstes in mein Bewußtsein. Nach einer Weile langsamen Herumtastens und mancher Rückfälle kam mein

* Pour la maison tout va bien. Madame peut être entièrement tranquille: Im Haus ist alles in Ordnung, Madame kann ganz beruhigt sein (Anm. d. Ü.)

** estomac: Magen (Anm. d. Ü.)

erwachendes Denkvermögen eines Morgens ganz plötzlich zu der Überzeugung, daß am anderen Ende der Butter eine Kuh sein mußte.

Das war als Ergebnis meiner Überlegungen zu erwarten. Aber während ich mich, hochzufrieden mit mir selbst, wie ein Schneekönig freute, hatte ich meine Schlußfolgerungen gezogen und war, ohne mich in meinem Stuhl zu rühren, durch schieres Nachdenken dahintergekommen, daß die Kuh sehr eng mit der Butter verknüpft sein müßte; sonst hätte die Butter unmöglich jeden Tag so frisch sein können; beides stand in so engem Zusammenhang, daß die Kuh in diesem Augenblick auf einer Wiese weiden mußte, die mir gehörte, und wenn das stimmte, und diese Schlußfolgerung war unwiderlegbar, dann handelte es sich um meine Kuh.

Danach hüpften meine Gedanken vergleichsweise hurtig über den Frühstückstisch. Ich dachte daran, daß es jeden Morgen ein Ei gegeben hatte und manchmal auch mit Eiern zubereitete Puddings. Vor dem Krieg war es fast unmöglich gewesen, hier oben Eier zu bekommen. Es war also offenkundig, daß ich eigene Hühner besaß. Und der Honig. Jetzt würde es mich ja auch nicht mehr überraschen zu erfahren, daß ich eigene Bienen hätte, denn der Honig war echter Honig – nicht das künstliche Zeug in den Londoner Geschäften. Und Erdbeeren; allmorgendlich lag ein großes Kohlblatt voller Erdbeeren auf dem Tisch, richtige Gartenerdbeeren; seit Urzeiten wuchsen sie im Tal, und kein Bergbauer hätte je daran gedacht, sie anzupflanzen, das waren sie ihm nicht wert. Also auch die mußte ich zu meinen Besitzungen rechnen, wenngleich sie nicht in meinem Blickfeld waren. Aber ein Phänomen, zu dessen Ursprung auch schlüssiges Denken mich nicht führte, war »Schwein auf dem Tisch«. Dazu hatte Antoines Mut sicher nicht gereicht. Zu nachhaltig muß ihm meine Warnung »*Surtout pas de porcs*« in den Ohren geklungen haben.

Aber wie schlau war er gewesen. Dieser Schlauheit bedarf

es, wenn man gewissenhaft zur rechten Zeit Anordnungen mißachtet. Und ich war so ahnungslos die ganze Zeit und deshalb unbesorgt.

In diesem Augenblick ging er mit einer Wasserschüssel über die Terrasse.

»Antoine«, sagte ich.

»Madame«, erwiderte er, blieb stehen und nahm die Mütze ab.

»Dieses Ei –«, sagte ich und deutete auf die Schale. Ich sagte es auf Französisch, möchte aber mein Französisch nicht zu Papier bringen.

»Ah – *Madame a vu les poules**.«

»Diese Butter –«

»Ah – *Madame a visité la vache***.«

»Das Schwein ...?« Ich zögerte. »Gibt's da ... etwa auch ein Schwein?«

*»Si Madame veut descendre à la cave ...****«*

»Sie halten doch keine Schweine im Keller«, rief ich aus.

*»Comme jambon*****«, sagte Antoine, völlig gelassen, höflich, ohne jede Erregung.

Da zeigte mir doch Mrs. Antoine, die ihre Gefühle nicht so verborgen hält wie ihr Mann, sogleich und voller Stolz, was da im Keller am Haken hing, nämlich das, was einmal ein Schwein gewesen war. Mehrere Schweine gewesen waren, obwohl sie so redete, als wäre es nie mehr als eines gewesen. Möglicherweise war es nur eines, aber dann muß es einen Haufen Beine gehabt haben.

* Madame a vu les poules: Ah, Madame hat die Hühner gesehen (Anm. d. Ü.)

** Madame a visité la vache: Ah, Madame ist bei der Kuh gewesen (Anm. d. Ü.)

*** Madame veut descendre à la cave: Wenn Madame mit in den Keller kommen möchte ... (Anm. d. Ü.)

**** Comme jambon: Als Schinken (Anm. d. Ü.)

»*Un porc centipède**«, bemerkte ich gedankenvoll, als ich zu diesem Wald von Schinken hochblickte.

Über das dünne Eis meines Kommentars glitt sie jedoch elegant hinweg, indem sie ausführlich beschrieb, wie sie und Antoine nach der Unterzeichnung des Waffenstillstands sofort daran gingen, das Schwein – das Schwein in der Einzahl – zu schlachten, da sie nach diesem glücklichen Ereignis die Ankunft von Madame jederzeit erwarten durften und begriffen, daß *un porc vivant pourrait déranger madame, mais que mort il ne fait rien à personne que du plaisir***. Auch sie blickte hinauf, aber voller Freude und Stolz.

So blieb mir also nichts anderes zu tun, als diese verschiedenen Transaktionen mit einer taktvollen und dankbaren Honorierung abzuschließen. Das tat ich heute, nachdem Antoine die Rechnungen vorgelegt hatte, zusammen mit komplizierten Berechnungen und Abzügen vom Marktpreis der Milch, Butter und Eier, die er und Mrs. Antoine in den vergangenen Jahren sonst verzehrt hätten.

Ich wollte nicht so genau wissen, was das Schwein gekostet hatte – der Preis, den mein Auge flüchtig erfaßte, war offenbar der Preis von etwas im Plural. Mein Blick glitt darüber hinweg, er verweilte nicht. Antoine und ich, wir waren immer wie Gentlemen miteinander umgegangen.

12. August

Warum schreibe ich das nur alles? Vielleicht weil es so ist, als spräche ich am Ende eines Tages mit einem Freund, der gern zuhört und an allem interessiert ist, was man getan hat? Das

* Un porc centipède: Ein Tausendfüßler-Schwein (Anm. d. Ü.)

** un porc vivant pourrait déranger madame, mais que mort il ne fait rien à personne que du plaisir: daß ein lebendes Schwein Madame vielleicht stören könnte, aber ein totes bereitet doch jedermann nur die reinste Freude (Anm. d. Ü.)

ist auch sicher so. Aber außerdem möchte ich diese absonderlichen Tage festhalten – denn solche Tage hatte ich noch nie zuvor erlebt. Ich möchte sie eine Minute lang in meiner Hand bewahren und sie noch einmal ansehen, bevor ich sie in die Vergessenheit entlasse. Vielleicht später, nach vielen, vielen Jahren, wenn ich schon halb vergessen habe, was mich hier heraufgetrieben hat, und mich nichts mehr davon interessiert, wenn mir nur noch nach Lachen zumute ist, mit der liebevollen Nachsicht einer weisen alten Frau zu lachen über die Mißverständnisse und Fehler und Versäumnisse, die fast meinen Zusammenbruch herbeigeführt hatten und dennoch, unter der Oberfläche, nur durch Liebe verursacht worden waren. Dann öffne ich das und lese es und zitiere vielleicht den Psalm, in dem es heißt, daß ich durch das finstere Tal gehe und zu frischem Wasser geführt werde, und das wird mich sicher auf angenehme Weise unterhalten.

13. August

Wendet man sich nach Westen und geht immer weiter, den Bergausläufern entlang, ohne höher zu klettern oder hinabzusteigen, nimmt man notwendigerweise alles an, wie es kommt, und bewältigt es – brausende Gebirgsbäche, plötzlich auftauchende Schluchten, riesige Baumstämme, von vergessenen Schneestürmen gefällt und nun quer über dem Weg liegend: alles, was Gebirge für den Wanderer bereithalten. Nach einer zweistündigen abwechslungsreichen Wanderung über drohende Felsen, durch düstere Wälder, über helleuchtende Blumenwiesen und kleine brachliegende Felder, an Obstbäumen vorbei, über weite sonnenhelle Flächen, die sich bis zu den Schneebergen erstrecken, über schmale dunkle Pfade, wo man kaum einen Fuß vor dem anderen sieht, immer begleitet von Gerüchen, die den Wanderer erfreuen, Gerüchen von Harz und warmen Tannennadeln, von gerade gemähtem Gras, von frisch gesägtem Holz, von

Wasserkaskaden über Steinen, von bewegter Erde, wo die Bauern etwas von dem Bergbach durch enge Kanäle in ihre Felder abgezweigt haben, Gerüche von Honig, heiße Gerüche, kalte Gerüche, nach zwei Stunden Wanderung also – die wegen der schwierigen Bodenbeschaffenheit recht beschwerlich gewesen wären, hätte man nicht das sonderbare Gefühl, daß die Luft einen hier trägt, als würde man über alles hinweggehoben – kommt man endlich zum Fuß eines steilen Hügels, wo ein Lärchenhain steht.

Dort setzt man sich.

Die Lärchen stehen am Ende einer langen Landzunge, in die der Berg, an dessen Ausläufern man die Wanderung begonnen hat, gewissermaßen einschneidet, und unter diesen Lärchen macht man dann Rast; man ißt seine Butterbrote und das hartgekochte Ei, und dabei genießt man staunend die Aussicht. Von hier aus ist es eine unglaublich schöne Aussicht auf eine ganz andere Bergkette als die, die man von meiner Terrasse aus sieht. Das Tal mit seinem gewundenen schmalen Silberfaden, der, wie ich weiß, ein reißender Fluß ist, wird durch seltsame, scharf voneinander getrennte Hügel unterbrochen, die alle jeweils ein anderes, ein eigenes Licht und eine eigene Farbe haben, die nichts mit dem Licht und der Farbe der Berge gemein haben.

Als ich mich zum ersten Mal an dieser Stelle befand, war mein Haus schon im Bau, und es war zu spät, zum Architekten zu laufen und ihm zu sagen: »Halt! Ich will hier wohnen, und nur hier!« Doch die Schönheit, die ich hier vorfand, war so überwältigend, daß ich tatsächlich einen Augenblick lang ungestüm hoffte, die Schweizer Häuser wären vielleicht wie die norwegischen, die man auseinandernimmt und wieder irgendwo anders aufbaut, wenn einem nach Abwechslung zumute ist, und ich erinnere mich, daß ich in aller Hast aufgeregt zu ihm eilte, um ihn danach zu befragen.

Er verneinte das und schien sogar ein wenig verstimmt, wenn so ein ruhiger Mann überhaupt einer Verstimmung fähig war, daß ich annehmen könnte, er würde etwas bauen, was etwa auseinanderzunehmen wäre.

»Dieses Haus«, sagte er und deutete auf das hoffnungslose Gebilde, das sich letzten Endes als ein so entzückendes Refugium erweisen sollte, »wird für die Nachwelt gebaut, auf Felsen, und wird für alle Zeiten so fest stehen wie ein Fels.«

Als ich ihm von der Stelle erzählte, die ich gefunden hatte, diesem hinreißenden Platz, der schöner war als ein Traum und hundertmal schöner als die Stelle, die wir jetzt angefangen hatten zu bebauen, erwiderte er, ein Einheimischer, beständig auf den Beinen sonntags und vertraut mit jedem Grashalm innerhalb von zwanzig Meilen, daß diese Stelle so abgelegen sei, so fern von Dörfern und von jeder Straße aus unzugänglich, daß sie nur Ziegen als Wohnstatt dienen könnte.

»Nur Ziegen«, stellte er mit Nachdruck fest und wedelte mit der Hand, »könnten da wohnen, und ich baue nicht für Ziegen!«

Angesichts dieser unbestreitbaren Fakten legte sich meine Aufregung, und heute bin ich froh, daß mein Haus dort steht, wo es steht, und nicht, wo ich es mir unbesonnen ein paar Stunden lang hingewünscht hatte, denn jetzt kann ich, wenn ich in der rechten Stimmung bin und mich nach Schönheit sehne, zu der anderen Stelle gehen und mich mit neuer Begeisterung umsehen, doch wenn ich dort wohnte, hätte ich mich an die Schönheit gewöhnt, und der Besitz hätte meinen leidenschaftlichen Eifer zu zufriedener Genügsamkeit abgeflacht. Anders ausgedrückt: das Haus hier ist gleichsam ein liebenswertes Eheweib, zu dem man gern aus Gründen der Bequemlichkeit zurückkommt, um dort zu essen und zu schlafen, während der andere Ort einer heimlichen Liebe gleicht, die man nur von höchster Ekstase beflügelt besucht.

Heute nahm ich ein hartgekochtes Ei und Butterbrote mit und besuchte meine heimliche Liebe.

Das hartgekochte Ei hat mit Ekstase allerdings wenig zu tun, aber es ist eine gute Grundlage dafür. Es hat eine wunderbare Eigenschaft: es hält einen am Boden, aber nicht allzu drückend. Es befriedigt, ohne in Wallung zu bringen. Wenn ich mich manchmal tagelang von Obst und Brot ernährt hatte, dann ist mir doch eine Scheibe nicht ganz durchgebratenen Fleisches in einem Sandwich, das ich fast ohne nachzudenken gegessen habe, zu Kopf gestiegen wie Wein; dann habe ich die Berge, die nicht einmal stillhielten, doppelt und dreifach gesehen, was einerseits verwunderlich war und andererseits beklemmend, aber jedenfalls tödlich für jede Begeisterung. Deswegen mißtraue ich jetzt Sandwiches und nehme keine mit. Ich habe nur ein hartgekochtes Ei dabei. Oh, und Aprikosen, falls ich welche bekomme. Die Aprikosen habe ich vergessen. Ich nahm heute eine Tüte voll mit, große, schöne rosig-goldene, die in den sonnenheißen Dörfern des Tals gewachsen sind, in einem richtigen Aprikosenparadies. Damit nun jeder Teil von mir Stärkung erhalte, hatte ich auch William Laws ›Ernsthafte Aufforderung zu einem heiligen und frommen Leben‹ dabei.

Das war nämlich der dünnste Band auf meinen Regalen, ein Buch, das Dr. Johnson gepriesen hatte. Ich habe auch andere Bücher, die Dr. Johnsons Lob fanden, etwa ›Prayer‹ von Ogden, aber ihr Umfang, mochte ihr Inhalt auch noch so interessant sein, verbannte sie in den Bücherschrank. Als ich den Law nachdenklich in der Hand wog und spürte, wie dünn er war, erinnerte ich mich daran, wie Johnson gesagt hatte, er hätte die ›Ernsthafte Aufforderung‹ eigentlich für ein fades Buch gehalten, vielleicht sogar für eines, über das man lacht, jedoch »... fand ich in Law jemanden, der zu groß für mich ist«. Bestimmt wäre er auch zu groß für mich, wenn ich vorhätte, mich mit ihm auseinanderzusetzen. Das wußte ich. Aber das hatte ich gar nicht vor. Ich wollte nur ein schlankes Büchlein, mit genügend Substanz allerdings, um mich einen Tag lang zu unterhalten und zu stärken. Ich schlug das Bändchen auf und traf sofort die Stelle, wo Octavius, ein gelehrter und weiser Mann, der wußte, daß er nicht mehr lang zu leben hatte, seinen Freunden, die, seiner Weisheit begierig, an seinen Lippen hingen, mitteilte, er werde nun angesichts des Verfalls seines Leibes, den er bei sich feststellen mußte, allen Tavernen entsagen und ab sofort sehr zurückhaltend trinken, so daß er seinen Keller nur noch mit Wenigem, das allerdings vom Feinsten und Besten, bestücken wolle, ungeachtet der Kosten. Kaum hatte er diese Erklärung abgegeben, »wurde er krank und einer Pflegerin übergeben, die ihm die Augen schloß, bevor die neue Weinsendung eintraf«.

Das hatte zur Folge, daß ein Mann namens Eugenius als neuer Mensch nach Hause kam, fest entschlossen, sein Leben nur noch Gott zu widmen, denn »niemals, sagt Eugenius, habe ich die Weisheit und die Bedeutung der Religion so tief erfahren wie dort, als ich mit ansah, wie ärmlich und jämmerlich der weise Octavius aus dieser Welt scheiden mußte, weil er die Tröstungen der Religion nicht kannte«.

So unterhielt mich Law mit seinen munteren Geschichten – die von Octavius ist nur eine unter vielen; da sind noch Matilda und ihre unglücklichen Töchter (»die ältere lebte so lange sie konnte unter diesem strengen Regime«, stellte aber nach ihrem zwanzigsten Geburtstag fest, daß es nicht länger ging, und starb, »die Eingeweide in schlimmem Zustand infolge der Einschnürung durch ihr Korsett«); Eusebia und ihre glücklichen Töchter, die so wundervoll aufgezogen wurden, daß sie die Genugtuung hatten, als Jungfrauen zu sterben; Lepidus, der niedergestreckt wurde, als er sich zum Festmahl umzog; die bewundernswerte Miranda, deren Mahlzeiten so knapp bemessen waren, damit sie gerade so viel Kraft hatte, um Augen und Hände zum Himmel zu heben, damit »Miranda niemals Augen bekommt, die durch Fett angeschwollen sind, oder unter der schweren Last des Fleisches schnaufen muß, bis sie eine andere Religion annimmt«; Mundamus, der an jedem Erbauungsbuch vorüberging; Classicus, der öffentlich und schamloserweise die Wissenschaft der Frömmigkeit vorzog. Die lebendigen Schilderungen belebten mich und verschönten mir den Tag. Dennoch hegte ich, als ich mit dem zu Ende gelesenen Buch nach Hause kam, die Überzeugung, daß Dr. Johnson, dem niemand mehr Zuneigung und weniger Respekt entgegenbringt als ich, sich in jüngeren Jahren, als sein Verstand noch ansprechbar war, wenigstens eine Zeitlang mit, sagen wir, Voltaire hätte beschäftigen müssen.

Jetzt gehe ich zu Bett. Die Füße tun mir weh, aber ich bin froh; das Picknick heute betrachtete ich als eine Prüfung. Ich wollte feststellen, wie weit es mir gelungen war, schon Erinnerungen standzuhalten. Als ich aufbrach, redete ich mir ein, ich ginge aus Rücksicht auf das Personal, um Mrs. Antoine einen freien Tag zu schenken, an dem sie kein Essen für mich zu machen brauchte. Aber im Herzen wußte ich, verzagt und innerlich zweifelnd, daß ich mich auf die Probe stellen wollte. Denn dieser Weg zum Lärchenhain ist mit vielen glücklichen Erinnerungen besetzt, die mir hinter jeder Ecke, aus jedem Busch, entgegenleuchten würden, und das wußte ich im voraus. Wenn sie doch nicht so strahlend wären, diese Erinnerungen, dachte ich, dann würde es mir weniger ausmachen. Der Weg wäre auch leichter, kam es mir in den Sinn, wenn er in der Erinnerung mit unvergessenen Streitereien verbunden wäre. Aber dann wäre ich vermutlich gar nicht erst hingegangen, denn meine Seele scheut vor Orten zurück, wo ihr einmal Herzlosigkeit begegnet ist. Was hat mein kleines Haus doch für eine glückliche Vergangenheit: in diesen Wänden ist nie ein unfreundliches oder gar böses Wort gefallen, und niemals hat jemand darin geweint. Sonst beherbergten alle Häuser, in denen ich je gewohnt habe, mancherlei Sorgen, und mindestens auf einem lasteten leidvollere Dinge als Sorgen. Doch mein kleines Haus des Friedens, auf halbem Wege zum Himmel im Sonnenschein hängend, weist keine Flecken auf; was und wer immer darin gewohnt hat, war freundlich und liebevoll. Das Elend, das ich vor drei Wochen mit mir hier heraufgezerrt habe, betrachte ich nicht als einen Bruch in der glücklichen Tradition oder als Schmutzfleck auf der heiteren Vergangenheit des Hauses, sondern nur als einen Schatten, der vor der Sonne vorüberzog. Denn wie zerschlagen und unglücklich ich auch war – ich brachte keinen Zorn mit mir herauf und keinen Groll. Noch immer ist nichts Böses in dieses Haus gelangt.

Jetzt gehe ich sehr froh zu Bett, denn ich habe die Probe bestanden. Während der Wanderung zu den Lärchen, auf dem Heimweg und während der ganzen Zeit, die ich dort gesessen habe, empfand ich nur Dankbarkeit; ich war dankbar für all das Schöne, das ich da erlebt hatte. Das Gefühl der Dankbarkeit erfaßte mich, unwiderstehlich, und es war so natürlich wie das Atmen. Ich war nicht allein. Alle, die ich geliebt habe und nie mehr sehen werde, waren bei mir. Den ganzen Tag lang, diesen herrlichen Tag inmitten all der Schönheit, inmitten dieser Schar fröhlicher Begleiter konnte ich meinen unmittelbaren Kummer und die Qualen vergessen, die mich zu meinen Bergen hinaufgetrieben hatten, weil sie meine letzte Hoffnung waren.

14. August

Heute habe ich Geburtstag. Ich hielt es für richtig, eine Art Sühneopfer zu bringen, indem ich etwas Nützliches vollbringen würde.

Das ist der erste Geburtstag, den ich allein verbringe. Niemand ist da, der mich beglückwünscht. Ich liebe diese Glückwünsche zum Geburtstag, mit denen man mich, ermutigend und lächelnd, in ein neues Lebensjahr entläßt. Vielleicht, dachte ich beim Anziehen, erinnert sich Antoine. Schließlich hatte ich ja schon früher Geburtstage hier gefeiert, er müßte die Wellen der Aufregung bemerkt haben, die diesen Tag durchpulst hatten, die Blumenkränze schon auf dem Frühstückstisch und die vielen Geschenke. Vielleicht erinnerte er sich daran und wünschte mir Glück. Vielleicht, wenn er sich daran erinnerte, würde er es auch seiner Frau sagen, und auch sie würde mir Glück wünschen. Ich sehnte mich heute sehr danach, daß mir jemand Glück wünschte.

Doch Antoine, falls ihm dieses besondere Datum je bekannt gewesen war, hatte es offenbar vergessen. Er machte irgend etwas mit den Lilien, als ich hinunterkam, und obwohl ich hinaustrat und da noch verweilte, bevor ich zum Frühstück ging, beachtete er mich nicht, er war mit den Lilien beschäftigt. Da machte ich sicher ein langes Gesicht, denn ich hatte doch etwas Angst davor, den Tag in Einsamkeit verbringen zu müssen.

Das ist jetzt der rechte Zeitpunkt, dachte ich mir und gab mir einen Ruck, mit körperlicher Arbeit zu beginnen. Als ich meinen Kaffee trank, beschloß ich, den Tag dadurch zu feiern, daß ich den beiden Antoines einen freien Tag verschaffte und die Arbeit selber machte. Warum sollte mein Geburtstag nicht dadurch gefeiert werden, daß man anderen eine Freude gönnt? Es spielte doch schließlich keine Rolle, wer die Freude hat, sofern wenigstens einer da ist, der sie genießt. Die Antoines sollten ihren freien Tag haben, und ich würde arbeiten. So könnte ich auch meine Gedanken vor Erinnerungen abschirmen, die möglicherweise quälend wären. So würde ich auf die einfachste Weise, vermittelst Schweiß, meinen Frieden finden.

Antoine wollte aber offenbar keinen freien Tag, er machte mir Schwierigkeiten. Er war natürlich nicht überrascht, als ich ihm mitteilte, er habe jetzt frei, denn er ist ja nie überrascht; aber er sagte mit diesem Gleichmut, der seinen Aussagen so eine bemerkenswerte Ruhe verleiht, dies sei der Tag, um den Rasen zu mähen.

Ich entgegnete ihm, daß ich das tun wolle, daß ich Bescheid wisse, denn ich sei auf Rasen aufgewachsen, mit Rasen großgeworden sozusagen, ich glaube, ich habe sogar in meinem Eifer, seine Einwände abzufangen, gesagt, ich sei auf einem Rasen zur Welt gekommen, nur um ihn zum Gehen zu bewegen.

Er meinte, es sei bei dem jetzigen Wetter für Madame zu heiß, so zu arbeiten, und ich erwiderte, bei keiner Arbeit auf so einem kleinen Rasen, den wir hätten, könnte mir zu heiß werden. Außerdem liebte ich die Hitze, erklärte ich, wiederum mit Eifer, ich wollte es heiß, ich freute mich, wenn es heiß sei. *»J'aime beaucoup«*, sagte ich in etwas mangelhaftem Französisch, denn ich suchte mir die Wörter in meiner Hast nicht aus, *»la sueur*.«*

Ich hätte wahrscheinlich eher *la transpiration* sagen sollen, da das andere Wort nicht gerade schicklich gilt für eine Dame, die es eigentlich überhaupt nicht in den Mund nehmen sollte, aber es wäre sicher noch besser gewesen, ich hätte gar nichts dergleichen gesagt. Ich weiß es natürlich nicht, denn Antoines Gesicht blieb ausdruckslos; nicht das kleinste Zucken ließ erkennen, wie er aufnahm, was ich gesagt hatte. Aber dennoch spürte ich irgendwie, irgendwie wurde mir atmosphärisch übermittelt, daß man, vielleicht im Französischen, nicht transpiriert, oder wenn doch, dann spricht man nicht darüber. Nicht als Dame jedenfalls. Nicht als Madame jedenfalls. Und um die Leiter meiner Attribute,

* J'aime beaucoup la sueur: Ich liebe den Schweiß (Anm. d. Ü.)

die meine Selbstachtung forderte, noch weiter hinaufzusteigen: Nicht, wenn man einen so würdigen Rang wie den einer *Patronne* bekleidet.

Würdig zu sein, fällt mir schwer. Wenn ich es versuche, überspanne ich den Bogen. Entweder übertreibe ich es oder untertreibe es, wenn ich würdig sein will. Hauptsächlich aber untertreibe ich es. Andererseits hilft mir Antoine sehr freundlich mit seiner unerschütterlichen Ruhe, die Stellung einzunehmen, die er mir zugewiesen hat. Ich habe ihn nie lächeln sehen. Ich glaube, das könnte er gar nicht, ohne daß etwas in seinem Gesicht zerspringt, so gläsern ist seine Miene. Einmal, vor dem Krieg – alles, was ich je gemacht habe, was erfreulich oder nicht wünschenswert war, geschah vor dem Krieg, seither bin ich nur noch musterhaft und unglücklich – benahm ich mich würdelos. Wir verkleideten uns, und dem Rat eines Freundes folgend – einem schlechten Rat, das weiß ich heute – ließ ich mich als Teufel verkleiden. Ich, *la Patronne*! Ich, die Madame! Obwohl – ich war ja nur ein kleiner Teufel, einer geringeren Ranges, etwa das, was man in Deutschland ein *Hausteufelchen* nennen würde, aber trotzdem: ich war ein Teufel. Als ich noch einmal nach oben gehen mußte, um meinen Schwanz zu holen, den man vergessen hatte, sah ich am Ende des langen Ganges, den ich hinuntergehen mußte, Antoine stehen, der die Schuhe und Stiefel des Tages zum Putzen einsammelte.

Er stellte sich auf die Seite und wartete. Zurück konnte ich nicht gehen, das hätte ausgesehen, als wollte ich vorsätzlich etwas Unrechtes tun. Deshalb schritt ich weiter.

Es war ein langer, gut erleuchteter Gang. Ich mußte ganz durchgehen, während Antoine am Ende stand und wartete. Ich versuchte, mich mit Würde zu bewegen. Ich wagte zu hoffen, daß er mich nicht erkannte. Ich versuchte mir fest einzureden, daß er mich bestimmt nicht erkannte. Wie sollte er denn? Ich war ganz schwarz mit Ausnahme der Perücke, auf der orangefarben die Flammen des Höllenfeuers züngelten. Ich kam zu den Türen am Ende des Ganges, und es war die Tür zu meinem Schlafzimmer, die Antoine für mich öffnete, und an ihm mußte ich vorbei, während er feierlich zur Seite trat. Am stärksten ist mir komischerweise in Erinnerung, wie schamvoll gedemütigt ich mich fühlte, weil ich meinen Schwanz nicht anhatte.

»*C'est que j'ai oublié ma queue ...*[*]«, stammelte ich gepeinigt, und mein Blick flehte ihn um Vergebung an.

Und selbst da war er nicht überrascht.

Also – wo war ich stehengeblieben? Ah ja, bei *la transpiration.* Antoine ließ es, wie gesagt, hingehen, ohne mit der Wimper zu zucken, und lenkte meine Aufmerksamkeit auf die Hühner, die gefüttert werden mußten, und auf die Kuh, die zu melken war. Die Kuh könnte man vielleicht auch erst nach seiner Rückkehr melken, aber die Hühner ...!

Antoine wurde nachgiebiger.

Ich sagte schnell, alles, was er zu tun habe, sei, das Futter für die Hühner bereitzustellen, und ich würde es ihnen geben, und die Kuh – warum sollte sie nicht einmal einen Ruhetag haben, warum sollte sie nicht einmal einen Tag lang behalten dürfen, was ihr ja schließlich gehörte?

Um die Unterhaltung zu beenden und fest entschlossen, daß mein Geburtstag nicht vorübergehen sollte, ohne daß jemand ein Geschenk bekäme, rannte ich nach oben und kam mit einer Zwanzig-Franken-Note zurück, die ich Antoine in die Hand drückte; atemlos erklärte ich ihm redselig mit einem langen Satz, der mit *Voilà*[**] anfing, aber leider dieses Niveau nicht beibehielt, die zwanzig Franken seien für seine und Madame Antoines Ausgaben unten im Tal, und

[*] C'est que j'ai oublié ma queue: Ich habe nämlich meinen Schwanz vergessen (Anm. d. Ü.)

[**] voilà: hier also (Anm. d. Ü.)

ich hoffte, sie würden den Tag genießen, und er möge mich doch bitte liebenswürdigerweise seiner *Maman* empfehlen, die er sicher besuchen würde im Verlauf dieses hoffentlich langen, erlebnisreichen und angenehmen Tages.

Schließlich gingen sie, aber etwas widerwillig. Völlig würdelos stand ich auf der niedrigen Terrassenmauer und winkte ihnen zu, als sie sich weiter unten an einer Biegung des Pfades umdrehten.

*»Mille félicitations!**« rief ich, ängstlich darauf bedacht, daß an meinem Geburtstag wenigstens jemandem Glück gewünscht werden sollte.

Wenn ich schon allein sein muß an meinem Geburtstag, dann aber ganz, sagte ich mir ingrimmig, als die Antoines aufgrund meines Drängens verschwanden und mir das verlassene Haus überließen.

Ich beschloß, mein Arbeitspensum damit zu beginnen, daß ich mein Bett machte, und ging entschlossen die Treppe hinauf.

Doch das hatte Mrs. Antoine schon erledigt, gewiß als ich mit Antoine diskutierte.

Nun, dachte ich, dann könnte ich den Frühstückstisch abräumen. Also ging ich wieder hinunter, noch entschlossener als vorher.

Doch auch das hatte Mrs. Antoine schon erledigt, gewiß als ich immer noch mit Antoine diskutierte.

Nun gut, sollte ich vielleicht etwas mit Kartoffeln machen? Schon im Hinblick auf das Abendessen? Kartoffeln aufsetzen oder so etwas? Kartoffeln aufzusetzen würde mich ganz sicher zum Schwitzen bringen. Ich sehnte mich endlich nach meiner *Transpiration*, denn wenn ich zu lange untätig und kühl bliebe, würde ich vielleicht feststellen, wie still und leer …

* Mille félicitations: Herzlichen Glückwunsch (Anm. d. Ü.)

Ich eilte in die Küche, ein reizendes Plätzchen mit weißen Kacheln und Kupferkasserollen; auf dem Herd standen Töpfe, in denen es sanft köchelte: in dem einen Kartoffeln, in dem anderen Stückchen, die nach Huhn aussahen. Auf einem Tablett lag schon alles andere, was für mein Abendessen benötigt wurde. Ich brauchte es nur noch zu essen.

Das durchkreuzte meine Pläne, aber immer noch voller Entschlossenheit begab ich mich auf die Suche nach dem Rasenmäher. Weit konnte er nicht sein, denn alles ist auf diesem schmalen Felsstreifen notwendigerweise in Reichweite.

Mou-Mou saß aufrecht im Schatten hinter dem Haus und sah mit Interesse zu, wie ich versuchte, die Außentüren zu öffnen, die so aussahen, als hielten sie Rasenmäher gefangen.

Sie waren alle verschlossen.

Der wunderbare Mou-Mou, der erfolgreich Antoines Trick imitiert, nämlich sich durch nichts überraschen zu lassen – obwohl er dessen anderen Trick, diese lässige Art, niemals Neugierde zu zeigen, noch nicht ganz verinnerlicht hat – stand nach der ersten Tür auf und trabte mir nach, als ich die anderen nacheinander versuchte. Das kann er, obwohl er angekettet ist, denn Antoine hat auf geniale Weise sowohl für Mou-Mous Bewegungsmöglichkeit wie für die Überlistung möglicher Einbrecher gesorgt; auf der Rückseite des Hauses ist über die ganze Länge eine Eisenstange angebracht, und Mou-Mous Kette ist mit einem losen Ring damit verbunden. So kann er nach Belieben an der hinteren Hauswand entlanglaufen; ein Einbrecher, der den angeketteten Mou-Mou am östlichen Ende erspäht und nun zum Angriff auf das Haus an der westlichen, offenbar hundlosen Seite ansetzt, findet den Hund schon vor. Da klirrt nur ein gleitender Eisenring – und Mou-Mou ist schon da. Sehr demoralisierend. Das Unerwartete läßt das Blut des Einbrechers stokken und lähmt ihn in seiner Absicht zu sündigen. So hat sich Antoine, der an alles denkt, das ausgedacht. Es hat noch nie einen Einbrecher gegeben, aber wie er schon hinsichtlich möglicher eiternder Wunden bemerkte: »*Il ne faut pas attendre qu'on les a pour se procurer le remède**.«

So kam also Mou-Mou mit mir, als ich an der Hinterseite des Hauses hin und her ging und mich an den Außentüren versuchte. Ich nehme an, er glaubte, es wäre ein Spiel, denn jedesmal, wenn eine Tür nicht aufgehen wollte und ich einen Augenblick lang hilflos und niedergeschlagen stehenblieb, ließ er einen lauten Doppelbellaut hören, wie einer, der in den Psalmen, nach dem Vers, *Selah* sagt.

Antoine hatte den Rasenmäher weggesperrt. Das Mähen war auf den nächsten Tag verschoben, damit Madame nicht in der Hitze zu mähen brauchte. Ich würdigte die gute Absicht, aber damit hatte er meine guten Absichten vereitelt, und das ärgerte mich. Ausgerechnet an meinem Geburtstag. Das einzige, was ich mir wirklich gewünscht hatte, *la transpiration*, war mir entzogen worden. Das war doch nicht zuviel verlangt an einem Geburtstag, ein paar Schweißperlen. Dabei hatte ich gewöhnlich bei solchem Anlaß früher, ohne einen Finger zu rühren, ganz andere Perlen bekommen.

Unentschlossen schaute ich mich in dem sauberen Höfchen um, ob ich mich sonst irgendwie betätigen könnte, und Mou-Mou saß aufrecht neben mir und beobachtete mich. Er ist so groß, daß auch so unsere Köpfe auf gleicher Höhe sind. Er nutzte das aus, indem er mir – ich war immer noch unfähig, mich zu bewegen oder etwas zu sagen – mit seiner gewaltigen Zunge, die ihm sowieso bei dieser Hitze schon aus dem Maul hing, übers ganze Gesicht fuhr. Das mochte ich nicht, ich ging also weg. Außerdem war mir etwas eingefallen.

* Il ne faut pas attendre qu'on les a pour se procurer le remède: Man braucht ja nicht zu warten, bis der Notfall eintritt (Anm. d. Ü.)

In den Blumenbeeten entlang der Terrasse würde Unkraut wachsen. In Blumenbeeten ist immer Unkraut, und es herauszuzupfen ist anstrengend. Dazu braucht man auch nur seine zehn Finger, und daß ich sie benutzte, konnte Antoine nicht verhindern. Also jetzt hatte ich etwas gefunden; ich würde mich bücken und Unkraut ausreißen und auf diese Weise dieses außergewöhnliche, sonnenbeschienene, gähnend leere Haus vergessen können ...

Doch so unermüdlich fleißig war Antoine gewesen und der Boden vielleicht auch zu karg – nach halbstündigem Suchen hatte ich nur drei Unkräuter gefunden, und selbst bei denen war ich mir nicht sicher und wußte nicht genau, ob ich nicht vielleicht wertvolle Exemplare alpiner Flora herausriß, die Antoine gehegt und gepflegt hatte. Ich wußte jedenfalls nur, daß es keine Lilien waren, die ich ausriß, auch nicht Rittersporn und keine Stiefmütterchen. Also, folgerte ich, muß es Unkraut sein. Auf alle Fälle riß ich drei fremdartige Gewächse aus und legte sie sauber nebeneinander, um sie Antoine zu zeigen. Darauf setzte ich mich und legte eine Rast ein.

Die Unkrautsuche hatte mich erhitzt, aber das würde natürlich nicht andauern. Es war noch lange hin, bis ich die Hühner zu füttern hatte. Ich saß auf der Terrassenmauer und überlegte, was ich noch tun könnte. Ein Jammer, daß die Antoines so perfekt waren. Man konnte Tugendhaftigkeit auch übertreiben. Etwas weniger Arbeitseifer, etwas mehr durchaus vertretbare Lässigkeit ihrerseits – und dann hätte ich etwas Nützliches zu tun gefunden.

Es war nun außerordentlich still hier. Kein Laut war zu hören. Selbst Mou-Mou auf der Rückseite, in der Hitze erschlafft, regte sich nicht. Eine ungeheure Helligkeit gleißte auf der getünchten Holzfassade und den geschlossenen Fensterläden der unbenutzten Zimmer. Diese Zimmer waren seit fünf Jahren so abgeschlossen geblieben. Auf den Fensterläden waren die Hitzeblasen der grellen Sonne von fünf Sommern und der nicht weniger intensiven Sonnenstrahlung von fünf Wintern. Die Farbe, einst ein kräftiges Renommierblau, ist inzwischen zu einem stumpfen Grau verblichen. Ich saß da und starrte zu ihnen hinauf. Angenommen, sie würden plötzlich von innen geöffnet, und Gesichter, die früher einmal dahinter waren, spähten hinaus?

Ein schwacher Schauer lief mir den Rücken hinunter.

Ja, aber würde mich das nicht froh machen? Wären mir das nicht die liebsten Geister? Jenes Zimmer am Ende zum Beispiel, das jetzt so fest verschlossen ist, war das, in dem mein Bruder geschlafen hat, wenn er seine Ferien hier verbrachte. Das würde mir doch Freude machen, wenn ich sehen könnte, wie er zu mir heruntersieht? Wie heiter war er immer angekommen, in solch guter Laune, weil er seine Arbeit für eine Weile los war und sich in der Sonne ausstrekken konnte. Als erstes rannte er immer sofort zu dem kleinen Balkon seines Zimmers, um zu sehen, ob die himmlische Aussicht auf das Tal nach Osten, das die Kette der Schneeberge abschloß, noch genauso himmlisch war, wie er sie in Erinnerung hatte. Ich sehe noch, wie er den Kopf zurückwarf, die wunderbare Luft tief einatmete und diese Luft genoß, hingerissen, wieder hergekommen zu sein, und wie er mich unten anrief, ich solle sofort kommen und schauen, denn so schön wie in diesem Augenblick war es ganz sicher nie gewesen und so schön könnte es unmöglich jemals wieder werden.

Ich liebte ihn sehr. Niemand hat je einen so lieben Bruder gehabt. So schnell lobte er, so schnell begriff er – so schwer war es, ihn zu ärgern, so vernünftig war er und so sanftmütig. Natürlich ist er im Krieg gefallen. Menschen dieser Art müssen immer sterben, wenn irgendwo getötet wird. Er hat sich gleich am Anfang freiwillig gemeldet; seine zarte Konstitution hat ihn eine ganze Weile geschützt, aber schließlich erwischte es ihn doch – im März 1918. Er fiel in der ersten Woche. Ich habe ihn sehr geliebt, und er hat mich geliebt. Er gab mir süße Kosenamen und vergab mir all meine kleinen Sünden.

Im Zimmer daneben – ach nein, ich will nicht alle Gespenster wecken. Über einige kann ich auch nicht schreiben, es schmerzt noch zu sehr. Ich bin seit meiner Rückkehr hierher in keines der verschlossenen Zimmer gegangen. Ich könnte es nicht ertragen. Hier draußen, im Freien, sehe ich das unbekümmerter, hier kann ich auch Stellen besuchen, die voller Erinnerungen sind. Doch ich weiß genau, diese Zimmer werden genauso unverändert sein, wie ich auch meines vorgefunden habe, dafür hat Antoine gesorgt. An diese Zimmer wage ich nicht einmal zu denken.

Ich mußte schnell aufstehen, weg von dieser Mauer, weg von diesen Fensterläden, die mich in Bann hielten, denn ich spürte auf einmal, daß ich am äußersten Rand dieses schaurigen Abgrunds stand, vor dem ich immer Angst gehabt habe – Angst, hineinzufallen in diese große, schwarze, kalte Leere voller Schrecken ... voller Erkenntnis ... Deshalb schreibe ich das alles ja dauernd, um nur nicht denken zu müssen ...

Schlafenszeit
Ich muß noch aufschreiben, was danach geschehen ist. Eigentlich sollte ich im Bett liegen, aber ich muß noch notieren, wie mein Geburtstag zu Ende ging.

Ich saß also da und versuchte, die Angst vor der Stille ringsherum, die mich beschlich, und das Bewußtsein der geschlossenen Zimmer durch Schreiben zu verdrängen – da bellte Mou-Mou.

Er bellte ganz plötzlich und wütend. Das lange Rasseln des Kettenrings zeigte an, daß er an der Mauer entlang zur anderen Seite des Hauses galoppierte.

Das riß mich in die Normalität zurück. Ich sprang auf.

Endlich mal ein Einbrecher. Ich eilte hinab, ihn zu begrüßen. Alles war besser als diese Fensterläden und die Stille in der brütenden Hitze.

In der Zeit, in der ich von der Terrasse auf die andere Seite rannte, hatte ich genügend Zeit zu überlegen, und mit meinem frisch disziplinierten Denkvermögen beschloß ich, den Eindringling, Einbrecher oder nicht, als Freund zu begrüßen. Wenn es wirklich ein Einbrecher sein sollte, würde ich die Taktik anwenden, die der Bischof gegenüber Jean Valjean eingeschlagen hatte, der ihn vor der Sünde des Diebstahls bewahrte, indem er ihm einfach alles schenkte, was jener an sich zu nehmen wünschte – eine Taktik, die vielleicht auch mich retten könnte, sollte es nämlich einer von der Sorte Einbrecher sein, die ihrer Opposition einfach den Hals zudrücken. Was auch immer, Einbrecher oder nicht, ich würde ihn zum Abendessen einladen, ihn praktisch zwingen, einzutreten und das Geburtstagshuhn mit mir zu teilen.

Als ich unten ankam, sah ich sie auf der Lawinenmauer stehen, gerade außerhalb der Reichweite des hochspringenden Mou-Mou, den sie eher gelassen als ängstlich betrachteten, die schwarzen Röcke zurückgehalten, damit der Hund sie nicht vielleicht mit einem großen Satz doch noch erwischte: zwei Frauen. Fremde, nicht von hier. Vielleicht Witwen. Offenbar aber: Frauen in Bedrängnis.

Sofort bat ich sie hereinzukommen. Was für eine Erlösung, was für eine Freude, sie zu sehen! Zwei offenbar ehrbare menschliche Wesen, lebendige Wesen, keine Einbrecher, keine Gespenster, nicht einmal von dem Geschlecht, das man mit Überfällen in Verbindung bringt, einfach anständige Frauen, korrekt gekleidet, beide mit Regenschirm. Sie hätten in der Oxford Street stehen und dem Bus winken können, korrekt genug, um der Welt die Stirn zu bieten. Knöpfstiefel, Regenschirm – seit ich herkam, habe ich noch keinen Schirm gesehen. Gewöhnlich nimmt man auf eine

Bergwanderung einen kräftigen Stock mit einer Eisenspitze mit. Andererseits – warum nicht einen Schirm? Wenn es regnet, spannt man ihn auf, und wenn die Sonne sticht, spannt man ihn auch auf, und auch der Schirm hat eine Metallspitze, die man in den Boden sticht, falls man in Abgründe zu rutschen droht.

»Bon jour«, sagte ich eifrig und schaute zu diesen schwarzen Schattenrissen auf, die gegen die Sonne standen. *»Je vous prie de venir me voir.**«

Sie starrten mich an und hielten immer noch die Röcke vor dem anspringenden Hund zurück.

Es waren vielleicht Italienerinnen. Italien ist nicht weit von hier, und italienische Frauen tragen im allgemeinen schwarz.

Ich kenne ein paar italienische Wörter, unter anderem das, mit dem man jemanden auffordert einzutreten, und das versuchte ich.

»Avanti«, sagte ich atemlos.

Aber sie kamen nicht *avanti*. Sie blieben stehen und starrten mich an.

Engländerinnen können sie nicht sein, dachte ich mir, denn unter ihren schwarzen Röcken sah ich weiße baumwollene Unterröcke mit Stickereien darauf, so wie es sie in England seit fünfzig Jahren nicht mehr gibt; heute findet man sie nur noch in abgelegenen und gläubigen Gegenden außerhalb Englands, etwa in den glaubenseifrigen Regionen des protestantischen Deutschland. Waren es vielleicht Deutsche? Das war ein beunruhigender Gedanke. Ich kann doch nicht zwei Deutsche hereinbitten! Wie könnte ich mit Leuten zu Abend essen, deren männliche Verwandte erst vor kurzem Angehörige von mir getötet hatten? Oder umgekehrt vielleicht, wenn man die schwarzen Kleider bedenkt? Jedenfalls stand Blut zwischen uns. Doch wie bringe ich es

* Je vous prie de venir me voir: Kommen Sie doch bitte zu mir (Anm. d. Ü.)

über mich, sie nicht einzuladen? Denn sonst bin ich wieder viele Stunden lang einsam, und die unerträgliche Stille lastet auf mir, bis am späteren Abend die Antoines zurückkommen, die ich nie hätte gehen lassen dürfen. Heute, an meinem Geburtstag!

Ich kenne ein paar deutsche Wörter. Unglaublich, aus wie vielen Sprachen ich offenbar ein paar Wörter kenne. Ich fragte sie also in einer Pause zwischen zwei Bellausbrüchen Mou-Mous: »Deutsche?« Das verstanden sie nicht.

»Das sind alle meine Sprachen«, sagte ich hilflos.

Das einzige, was ich noch versuchen konnte, war die Fingersprache der Taubstummen, die ich etwas beherrsche. Aber dann fiel mir ein, wenn sie nicht wirklich taubstumm waren, würde ihnen das vielleicht komisch vorkommen. Also schaute ich nur verzweifelt zu ihnen auf, streckte die Hände aus und zog die Schultern hoch wie Mrs. Antoine, wenn sie mir andeuten will, daß die Butter alle ist.

Darauf teilte mir die ältere der beiden – sie waren beide nicht mehr jung – auf Englisch gelassen mit, sie hätten sich verirrt; sie baten mich, ihnen den Weg zu zeigen und auch, dem Hund zu bedeuten, er solle nicht so einen Lärm machen, damit sie verstehen könnten, was ich sage. »Ein schöner Kerl«, sagte sie, »aber etwas weniger Lärm wäre uns lieber.«

Die jüngere sagte nichts, sondern lächelte mich nur an. Sie sah sehr nett aus, mit roten Wangen und leicht verschwitzt nach dem Marsch in der Hitze. Die andere war derber, und in Anbetracht der Wärme und der Steigung, die sie überwunden hatten, wirkte sie unnatürlich ausgedörrt.

Ich packte Mou-Mou am Halsband und führte ihn mit Nachdruck zu seinem Zwinger.

»Du bleibst jetzt hier und verhältst dich anständig!« befahl ich ihm, obwohl er natürlich kein Wort Englisch verstand. Ich ging zu den fremden Frauen zurück. »Der tut Ihnen nichts«, versicherte ich ihnen.

»Ja, ja«, sagte die ältere, »das habe ich auch immer allen Leuten von meinem Hund gesagt.«

Sie standen reglos und hielten ihre Röcke fest; die jüngere lächelte mich an.

»Möchten Sie nicht herunterkommen?« fragte ich. »Kommen Sie doch herein und ruhen Sie sich etwas aus. Ich kann Ihnen dann den Weg besser beschreiben. Gehen Sie dort den Pfad entlang, der führt Sie zur Eingangstür.«

»Wird der Hund auch an der Tür sein?« wollte die ältere wissen.

»Aber nein. Außerdem, der tut keiner Fliege was zuleide.«

»Ja, ja«, meinte die ältere und beäugte Mou-Mou von der Seite, der sie seinerseits von seinem Zwinger aus beäugte. »Das sagte ich auch immer allen Leuten von meinem Hund.«

Die jüngere lächelte mich an. Keine von beiden rührte sich.

»Ich komme zu Ihnen und bringe Sie herunter«, sagte ich und lief zu dem Pfad, der von der Terrasse zum Hang verlief.

Als sie sahen, daß dieser Pfad sie tatsächlich von Mou-Mou fortführte, gingen sie mit mir.

Kaum hatten sie sich in Bewegung gesetzt, stürzte der Hund an seiner Stange entlang, kam aber zu spät und konnte nur noch bellend hochspringen.

»Das ist nur sein Temperament«, erklärte ich ihnen. »In Wirklichkeit ist er gutmütig und sehr lieb.«

»Ja, ja«, meinte die ältere, »das habe ich auch immer ...«

»Vorsicht, die Steine sind locker«, unterbrach ich sie und half beiden nacheinander über die wackeligen Steine bis auf die Terrasse hinauf.

Beide trugen Handschuhe aus Ziegenleder, und während ich den Druck der warmen Handschuhe spürte, hatte ich immer stärker das Gefühl, daß sie im Grunde eigentlich den Omnibus durch die Oxford Street besteigen wollten.

Auf festem Grund und außerhalb der Reichweite Mou-

Mous schritten sie sehr selbstbewußt und würdevoll einher. Besonders die ältere. Die jüngere bewegte sich zwar auch in gleicher Haltung, schien aber eher einem Vorbild zu folgen als dem eigenen Impuls. Vielleicht waren sie mit einem Bürgermeister verwandt, dachte ich. Oder mit einem Geistlichen. Aber ein Bürgermeister wäre wahrscheinlich eher eine Erklärung für den anscheinend glänzenden Hintergrund der Damen.

Sie waren in den Bergen gewesen, wie die ältere erzählte, und hofften, irgendein kühles Obdach zu finden, denn im Tal war die Hitze unerträglich geworden. Vor Jahren hatten sie die Gegend gut gekannt, und sie erinnerten sich an eine Pension im höchstgelegenen Dorf, das sie, nachdem sie sehr früh aufgestanden waren, nach vielen Strapazen schließlich erreicht hatten, aber nun war daraus ein Lungensanatorium geworden, das dem Wanderer Verpflegung und Erfrischung weder anbieten konnte noch wollte. Wäre ich nicht gewesen, sagte sie voller Dankbarkeit, als die beiden im Schatten des Hauses Limonade tranken und Gebäck aßen, wäre ich nicht gewesen mit meiner Liebenswürdigkeit – sie konnte ja nicht ahnen, wie sehr ich mich gefreut hatte, sie zu sehen –, dann hätten sie jetzt ohne Stärkung auf dem falschen Weg hinunterklettern müssen, da sie den richtigen Weg verfehlt hatten, und in welchem Zustand sie in dem sengend heißen, furchtbaren Tal angekommen wären, das wolle sie sich lieber nicht vorstellen. Erschöpft, wie sie waren. Enttäuscht und scheußlich erhitzt. Wie hübsch das hier oben sei. Ein wirklich entzückender Platz. Und was für eine Luft! Was für eine Aussicht! Und wie angenehm, so überraschend auf eine Landsmännin zu stoßen.

Die jüngere, nach wie vor stumm, lächelte übereinstimmend.

Sie seien solange im Ausland gewesen, fuhr die ältere fort, und sie hätten jetzt eigentlich genug von diesen Ausländern, die sie hier überall in der Überzahl vorfanden. In ihrer Pension gebe es nur Ausländer und Fliegen. Dieses Haus ist nicht zufällig ...? Nein, das kann es ja nicht sein ... aber trotzdem, ist das vielleicht zufällig – in ihrer Stimme klang plötzlich Hoffnung auf – eine Pension?

Ich schüttelte den Kopf und lachte. Nein, antwortete ich, das sei keine Pension. Die jüngere lächelte mich an.

Nein, natürlich nicht, sagte die ältere mit matter Stimme. Und wahrscheinlich könne ich ihr auch keine Pension in der Nähe nennen, wo man sie aufnehmen würde, solange diese Hitze andauerte? Im Tal wehte kein Lüftchen, da war es ganz schrecklich. Sie wußte von einem erstklassigen Hotel, das über kühle Zimmer verfügte, aber der Preis überstieg ihre Mittel, deshalb logierten sie in einer kleinen Pension, wo allerdings die Fliegen sehr lästig waren. Offensichtlich gab es hier oben keine Fliegen. Und diese wundervolle Luft hier. Nachts war es hier bestimmt auch sehr kühl. Die Nächte im Tal waren äußerst unangenehm. Man konnte kaum schlafen.

Ich lud sie ein, zum Mittagessen zu bleiben. Das nahmen sie dankbar an. Ich führte sie auf mein Zimmer, damit sie sich die Hände waschen konnten, und sie seufzten genußvoll über die Kühle und die Ruhe. Sie meinten, das Haus sei sicher im Inneren wunderbar geräumig, und weitläufiger, sagte die ältere, als man von außen vermuten würde, und die jüngere lächelte zustimmend dazu. Sie saßen dann zufrieden seufzend auf dem Sofa im Vorplatz, ihre schwarzen Hüte und Handschuhe auf einem Stuhl daneben, und betrachteten die Aussicht durch die offene Eingangstür, während ich mich um die Kartoffeln kümmerte.

Wir aßen darauf im Schatten hinter dem Haus, und die fremden Damen zeigten sich weiter sehr dankbar; die ältere brachte das zum Ausdruck, während die jüngere zustimmend lächelte. Hätte ich eine von beiden lieber haben können, in Anbetracht meiner überschwenglichen Sympathie für beide, dann wohl die jüngere, weil sie lächelte, und ich liebe Menschen, die lächeln. Gewöhnlich ist das ein Zeichen für ein liebenswürdiges Wesen.

Nach dem Essen räumte ich ab, und sie boten mir höflich an zu helfen, denn nun hatten sie erkannt, daß ich allein im Hause war, was sie zweifellos erstaunt haben muß, aber sie gingen nicht weiter darauf ein. Ich lehnte ihre Hilfe ab, und sie kamen wieder ins Haus, wieder zum Sofa, wo ihnen die weichen Kissen offenbar sehr verlockend schienen. Bei meinem letzten Durchgang wegen der Brotkrumen und der Tischdecke, sah ich, daß sie eingeschlafen waren; die ältere hatte sich ein Taschentuch übers Gesicht gelegt.

Die armen Dinger. Wie erschöpft sie waren. Ich war so froh, daß sie ruhen und sich abkühlen konnten. Ein Schläfchen würde ihnen guttun.

Ich schlich mit den letzten Resten auf Zehenspitzen an ihnen vorbei und war in der Küche so leise wie möglich. Es war eigentlich nicht meine Absicht gewesen, wenn ich schon Gäste zum Essen hatte, das Geschirr zu spülen und aufzuräumen; ich hätte mich lieber zu ihnen gesetzt und mich mit ihnen unterhalten. Nachdem ich so lange nicht mehr mit jemandem geredet hatte, schien mir das doch ein Glücksfall, ein besonders willkommenes Geburtstagsgeschenk, daß mir da plötzlich zwei Engländerinnen vom Himmel gefallen waren. Bis jetzt hatte ich dauernd zu tun gehabt, erst hatte ich Limonade geholt, um ihren Durst zu löschen, dann das Mittagessen gemacht, um ihren Hunger zu stillen, und die Zeit dazwischen füllte die ältere mit ihren Danksagungen aus und mit ihren Auslassungen über das Haus und was sie den »Besitz« nannte. Ich hatte mich eigentlich gefreut, mich nach dem Essen vielleicht eine Stunde lang mit ihnen unterhalten zu können, bevor sie wieder zu ihrer langen Wanderung hinunter zu ihrer Pension aufbrechen würden. Es wäre gewiß keine geistsprühende Unterhaltung geworden – daß das nicht unsere Stärke war, hätte man uns sicher angesehen –, aber wir hätten uns zumindest ein paar amüsante Geschichten erzählen können, etwa … über Oberbürgermeister. Zwar kenne ich keine Oberbürgermeister, doch jemanden, deren Bruder die Tochter eines Oberbürgermeisters geheiratet hat. Hätten sie jedoch einen Oberbürgermeister in petto gehabt, wie ich vermutete, dann hätte ich mit einem Dekan gegengehalten. Nicht ganz so prunkvoll, vielleicht, aber dafür etwas von Dauer. Ich wollte so gern reden. So lange war ich stumm gewesen – ich glaube, ich hätte über so gut wie alles reden können.

Während sie also ihr Schläfchen hielten, die armen Dinger, wollte ich die Küche aufräumen, und danach wären sie sicher erfrischt und einem angenehmen halbstündigen Schwätzchen nicht abgeneigt.

Zwischendurch spähte ich immer einmal in die Vorhalle, ob sie schon wach wären, aber jedesmal schienen sie mir noch fester vom Schlaf umfangen. Die jüngere hatte ihr gerötetes Gesicht halb in einem Kissen vergraben, das blonde Haar etwas zerzaust; der Anblick ihrer kindlichen Hilflosigkeit rührte mich sehr. Die ältere, von ihrem Taschentuch diskret verhüllt, lag etwas steifer da, nicht entspannt, eher verkrampft. Die armen Wesen. Ich war froh, daß sie auf diese Weise Kraft für den langen, schwierigen Abstieg sammeln konnten, aber nun wünschte ich doch, sie würden erwachen.

Ich beendete die Arbeit in der Küche und kam in die Vorhalle zurück. Jetzt hatten sie fast eine halbe Stunde lang geschlafen. Unentschlossen wartete ich ab. Die Armen, wie erschöpft mußten sie gewesen sein, um derart tief schlafen zu können. Ich schaute kaum zu ihnen hinüber, sie waren so wehrlos, und so nahm ich ein Buch und versuchte zu lesen. Allerdings konnte ich nicht verhindern, daß mein Blick über das Buch hinweg immer wieder zum Sofa glitt, und jedesmal bot sich mir dasselbe Bild tiefsten Schlafes.

Bald legte ich das Buch beiseite, schlenderte auf die Terrasse hinaus und schaute eine Weile in die Landschaft. Aber auch die Berge, so schien es, machten Siesta. Nach einiger Zeit wanderte ich rund ums Haus zu Mou-Mou. Auch er schlief. Ich ging wieder zur Eingangstür und warf einen Blick auf meine Gäste. Keine Veränderung. Dann holte ich mir ein paar Zigaretten, ging auf die Terrasse, diesmal nicht so leise und vorsichtig, und setzte mich auf die niedrige Brüstung, so daß ich von dort aus das Sofa im Blickfeld hatte und keine mögliche Bewegung übersehen würde.

Ich rauche niemals, außer wenn ich mich langweile, und da ich mich niemals langweile, rauche ich nie. Aber an diesem Nachmittag war nun so ein schwieriger Augenblick gekommen, in dem ich nicht wußte, was ich tun sollte, und solch eine verworrene Situation ist mir in der Tat verdrießlich. Ich saß auf der Brüstung und rauchte drei Zigaretten, und über dem Sofa herrschte weiterhin tiefster Frieden. Was kann man da tun? Was macht man angesichts so hartnäckig schlafender Gäste? Es war doch unmöglich, daß ich sie vorsätzlich weckte. Und dabei war ich sicher – sie hatten nun fast eine Stunde geschlafen –, daß sie, rücksichtsvoll wie sie waren, nach dem Aufwachen fassungslos die Dauer ihres Schlafs zur Kenntnis nehmen würden. Außerdem ging es auf den späten Nachmittag zu, und sie hatten einen langen Weg vor sich. Wenn doch nur Mou-Mou aufwachte und bellte! Aber da war kein Laut. Die Nachmittagshitze brütete über den Bergen, und es war ganz still.

Wieder ging ich auf die Rückseite des Hauses und blieb hinter der Ecke stehen, um die Wirkung meines nächsten Schritts noch zu verstärken: ich sprang mit einem großen Satz auf Mou-Mou zu.

Aber dieser unglaublich intelligente Hund machte sich nicht einmal die Mühe, mehr als ein Auge zu öffnen, und das machte er auch sofort wieder zu.

Enttäuscht und verärgert ging ich wieder auf die Terrasse und rauchte auf der Brüstung eine weitere Zigarette. Das Bild auf dem Sofa war unverändert: tiefster Friede. Ja, ja, ihr Armen – aber ich wollte endlich reden. Schließlich war es mein Geburtstag.

Als ich meine Zigarette ausmachte, dachte ich eine Weile nach, das Gesicht in beiden Händen. Ein taktvoller Mensch – aber nein, ich bin nicht taktvoll, und das war immer bei allen wesentlichen Gelegenheiten in meinem Leben mein Unglück. Nun gut, aber angenommen, ich wäre ein taktvoller Mensch – was würde ich als ein solcher tun? Sofort fuhr es mir durch den Kopf: Stoße versehentlich gegen einen Tisch!

Das machte ich. Schnell stand ich auf, ging in die Vorhalle und schlug auf einen Tisch, zuerst ziemlich sanft, dann aber mit Kraft.

Die ältere atmete hinter ihrem Taschentuch in regelmäßigen Zügen weiter, aber die jüngere rührte sich zu meiner Freude und machte die Augen auf.

»O ich hoffe doch, ich habe Sie nicht geweckt?« rief ich und ging eifrig auf das Sofa zu.

Sie sah mich verträumt an und schlief sofort wieder ein.

Ich ging auf die Terrasse und zündete mir eine Zigarette an. Das waren jetzt fünf. So viel habe ich noch nie an einem Tag geraucht. Das war ja geradezu ausschweifend. Auch noch an meinem Geburtstag! Als ich damit fertig war, zeigte mir ein Blick auf die Schatten im Gras, daß es Zeit für den Tee war. Selbst wenn es dafür um ein geringes zu früh war, könnte das Geklapper der Tassen etwas mithelfen, meine Gäste zu wecken, und eine Einladung zum Tee schien mir doch eine feinfühlige und gastfreundliche Methode, um dieses Ziel zu erreichen.

Diesmal schlich ich nicht mehr auf Zehenspitzen durch die Vorhalle, sondern ging ganz natürlich; ich machte sogar die Küchentür etwas laut auf. Ich sah mich um; welche Wirkung zeigte sich auf dem Sofa? Gar keine.

Der Tee stand bald auf dem Tisch draußen, wo wir gegessen hatten. Mindestens sechsmal bin ich durch die Vorhalle gegangen, hin und zurück, die letzten beiden Male trug ich Sachen heraus, die klapperten, die ich absichtlich klappern ließ. Aber auf dem Sofa schliefen die fremden Damen friedlich weiter.

Nun gab es nur noch eines: ich mußte sie anfassen. Nichts anderes, glaube ich, hätte sie wecken können. Aber Gäste anzufassen liegt mir nicht. Das habe ich nie gemacht. Besonders nicht, wenn sie nicht hinschauten. Und ganz besonders nicht, wenn es völlig Fremde waren.

Deshalb ging ich mit einigem Widerstreben auf das Sofa zu und verhielt zögernd davor. Die armen Dinger, sie lagen wirklich im Tiefschlaf. Was für ein Jammer, sie da herauszureißen. Aber sie hatten jetzt eine schöne Ruhepause gehabt, sie hatten beinahe zwei Stunden lang tief geschlafen. Der Tee würde kalt werden, wenn ich sie nicht weckte, und im übrigen, wie wollten sie denn noch nach Hause kommen, wenn sie nicht bald aufbrächen? Trotzdem, ich habe das nicht gern, Gäste anzufassen. Besonders nicht fremde Gäste ...

Aber offensichtlich gab es keine andere Möglichkeit mehr; ich beugte mich über die jüngere – die andere wirkte mit dem Taschentuch über dem Gesicht zu abweisend – und legte ihr behutsam die Hand auf die Schulter.

Nichts geschah.

Ich wiederholte das mit etwas mehr Nachdruck.

Sie machte die Augen nicht auf, legte aber zu meiner Verblüffung ihre Wange zärtlich auf meine Hand und murmelte etwas, was sich überraschend anhörte wie »Siegfried«.

Ich kenne Siegfried, weil ich in die Oper gehe. Er war Deutscher. Das ist er noch, Siegfried, eine Gestalt aus einer Oper von Wagner, und ich möchte sagen, auch noch von anderen. Die Deutschen, hat mir einmal jemand erzählt, die ihre Mißachtung für den Kaiser offen äußern wollten – zu jener Zeit war er noch nicht abgetreten – ohne für Majestätsbeleidigung belangt zu werden, schmähten ihn laut und öffentlich als Siegfried Meyer, dessen Anfangsbuchstaben S. M. ja auch *Seine Majestät* bedeuten, und auf diese einfache Weise war jeder hochzufrieden und keinem wurde Schaden zugefügt. Als meine Schläferin also Siegfried murmelte, mußte ich daraus schließen, daß sie von einem Deutschen träumte; da sie gleichzeitig ihre Wange an meine Hand legte, folgerte ich notgedrungen, daß sie liebevoll von ihm träumte, und das verdutzte mich.

Von einem Patriotismus durchtränkt, der sich nach Wochen außerhalb Englands verstärkt hatte, meinte ich, daß diese junge englische Dame auf der Stelle aus einem Traum herausgerissen werden sollte, der ihr nicht zur Ehre gereichte. Sie wäre sicher die erste, da war ich sicher, die solch einen Traum bedauern würde. Ich zog meine Hand unter ihrer Wange zurück; nicht einmal versehentlich sollte sie für die Hand eines Menschens namens Siegfried gehalten werden. Ich beugte mich zu ihr hinab und sagte laut und deutlich: »Kommen Sie zum Tee?«

Das machte sie endlich wach. Sie fuhr auf und sah mich einen Augenblick lang überrascht an.

»Oh«, fragte sie verwirrt, »habe ich geschlafen?«

»Das haben Sie, zum Glück«, sagte ich und lächelte, denn sie lächelte mich schon wieder an. »Ihre Bergwanderung heute morgen hätte Sie beinahe umgebracht.«

»Aber wie schrecklich«, murmelte sie, stand schnell auf und strich sich durchs Haar, »hierherzukommen und dann zu schlafen.«

Sie wandte sich zu der älteren und überraschte mich von neuem, als sie ihr mit einem Ruck das Taschentuch vom Gesicht zog und dabei rief, was man einem Baby zuruft, wenn man Verstecken mit ihm spielt: »Huhuh!« Sie drehte sich lächelnd zu mir herum und sagte nichts mehr; vermutlich wußte sie, daß die ältere, derart sachkundig aufgeweckt, ab nun das Reden übernehmen würde. Genauso kam es, und wie ich gefürchtet hatte, war sie fassungslos, als sie erfuhr, daß sie nicht nur geschlafen hatte, sondern sogar zwei Stunden lang.

Wir nahmen den Tee ein. Während die ältere von den Umständen sprach, die sie beide mir leider gemacht hatten, von der Scham, die sie angesichts ihres Schlafens erfüllte, und von ihrer Dankbarkeit für meine – wie sie es ausdrückte – geduldige und ausgedehnte Gastfreundschaft, beschäftigte ich mich insgeheim die ganze Zeit mit der anderen. Wenn mein nachdenklicher und fragender Blick sie traf, lächelte sie mich an. Sie hatte graue sanfte Augen, die intelligent und liebevoll blickten, und wenn sie lächelte, erschien ein reizendes Grübchen. Ich wandte an, was ich von Sherlock Holmes gelernt hatte, und kombinierte, daß mein jüngerer Gast eine Mutter war oder gewesen war – so wie sie mit kundiger Hand das Taschentuch weggezogen und »Huhuh!« gerufen hatte; daß sie entweder Witwe war oder ihren Mann längere Zeit nicht gesehen hatte – wegen der spürbaren Zuneigung, mit der sie im Schlaf ihre Wange an meine Hand gelegt hatte; und daß sie Musik liebte und oder in die Oper ging.

Nach dem Tee stand die ältere steif auf – sie war heute schon zuviel gelaufen und war sichtlich nicht mehr imstande, die ganze weite Strecke zu gehen –, und bat mich, ihr nun den Weg zu zeigen, da sie jetzt ins Tal zurückkehren müßten.

Daraufhin setzte sich die jüngere gehorsam den Hut auf und half der anderen mit dem Feststecken der Hutnadeln. Es war nun fünf Uhr, und wenn sie kein einziges Mal vom Weg abirrten, würden sie gegen halb acht Uhr im Hotel ankommen, gerade rechtzeitig zum Ende der *Table d'hôte*, sagte die ältere, einer Mahlzeit, die auch bei unzähligen Fliegen sehr beliebt war. Doch wenn sie an irgendeiner Stelle vom Weg abkamen, würde es viel später werden und vermutlich schon dunkel sein.

Ich bat sie zu bleiben.

Bleiben? Die ältere, die ihre engen Handschuhe aus Ziegenleder zuknöpfte, meinte, das sei sehr liebenswürdig, aber sie dürften keinesfalls länger bleiben. Es war jetzt schon viel zu spät, weil sie dummerweise eingeschlafen waren ...

»Ich meine – über Nacht«, sagte ich und erklärte ihnen, sie täten mir damit einen Gefallen, und deshalb müßten sie freundlicherweise übersehen, was so eine Einladung vielleicht unkonventionell erscheinen ließ, denn wenn sie aufbrächen, läge ich bestimmt die ganze Nacht wach und sähe sie zwischen Abgründen umherirren oder über Felsenklippen fallen, und wieviel besser sei es doch, bequem bei Tageslicht abzusteigen, und ich könne ihnen alles leihen, was sie brauchten, einschließlich einer Menge Zahnbürsten, die ich hier gefunden hatte. Kurzum, ich lud sie nicht nur ein, ich drängte sie und wurde um so drängender, je mehr meine Überredung an Schwungkraft gewann.

Ich hatte mich den ganzen Tag über unbehaglich gefühlt, als die ältere redete und ich ihr zuhörte. Hier war ich, eine einzige Frau in einem Haus, das für Familientreffen ausgelegt war, während sie mangels Unterkunft gezwungenermaßen im Tal verschmachteten. Während ich zuhörte, wuchs mein Unbehagen noch, und auf einmal kam ich mir schuldig vor. Als ich sie zum Schluß derart erschöpft auf meinem Sofa schlafen sah, fühlte ich mich im Grunde meines Herzens irgendwie für sie verantwortlich. Aber ich weiß natürlich nicht, ob es so klug ist, Fremde zum Übernachten einzuladen.

Sie nahmen es gerne an. Als die ältere verstand, was ich ihr mit meiner lebhaften Erklärung aufdrängte, zog sie im selben Augenblick die Nadeln aus dem Hut und legte ihn auf den Stuhl zurück. Die jüngere tat desgleichen und lächelte mich an.

Als die Antoines heimkehrten, ging ich hinaus, um sie zu treffen. Zu dieser Zeit hatten sich meine Gäste schon in ihren Zimmern eingeschlossen, samt ihren neuen Zahnbürsten. Sie waren früh nach oben gegangen, beide so steif, daß sie kaum einen Fuß vor den anderen setzen konnten. Die wenigen Minuten nach meinen hastigen Vorbereitungen, um es ihnen etwas bequemer zu machen, wurden bis zu dem Zeitpunkt ihres Hinaufgehens wie schon früher am Tag von den Danksagungen der älteren lückenlos ausgefüllt; auch diesmal gab es keine Möglichkeit, ein richtiges Gespräch anzufangen.

In der Abendstille hörte ich die Schritte der zurückkehrenden Antoines auf dem Pfad und ging hinaus zu ihnen. *»J'ai des visites**«, erklärte ich ihnen.

Antoine zeigte sich nicht überrascht. Er sagte nur *»ça sera comme autrefois***« und schloß die Fensterläden.

Doch ich bin überrascht, so sehr, daß ich nicht zu Bett gehen kann. Ich habe hier gesessen und mir Notizen gemacht, und dabei sollte ich schon längst im Bett liegen. Wer hätte gedacht, ein so fade angefangener Tag würde damit enden, daß ich Gäste in zwei Zimmern hätte, zwei Witwen? Denn sie waren Witwen, wie ich von ihnen hörte; sie hatten ihre Gatten verloren, im Frieden, nicht durch den Krieg. Sie hießen Mrs. Barnes und Mrs. Jewks – so ähnlich klang jedenfalls der Name der jüngeren, ich weiß nicht, ob ich ihn richtig hingeschrieben habe. Sie kommen aus Dulwich. Ich glaube, die ältere hatte ein ungutes Gefühl, im Haus einer

* J'ai des visites: Ich habe Besuch (Anm. d. Ü.)

** ça sera comme autrefois: wie damals also (Anm. d. Ü.)

fremden Person zu übernachten, von der sie nichts wußte – vielleicht dachte sie an ihren Oberbürgermeister, dessen sie sich würdig erweisen mußte –, denn sie bemerkte etwas dunkel, indem sie einen starren, abwehrenden Blick auf mich richtete, daß der Krieg viele Barrieren niedergerissen habe und daß Menschen jetzt Dinge täten, an die sie vor fünf Jahren nicht einmal im Traum gedacht hätten.

Die andere sagte nichts, sie küßte mich einfach. Ich hoffe, sie hat mich nicht abermals mit Siegfried verwechselt.

15. August

Meine Gäste sind wieder gegangen, aber nur, um ihre Sachen zu holen und ihre Hotelrechnung zu bezahlen. Dann kommen sie hierher zurück und wollen so lange bleiben, bis es wieder kühler geworden ist, aber erst morgen. Sie werden durch irgendein Arrangement in ihrer Pension festgehalten, so daß es ihnen kaum möglich ist, auf der Stelle auszuziehen.

Als Mrs. Barnes zum Frühstück kam, waren ihre Befürchtungen, die sie vielleicht gehabt hat, offenbar geschwunden, denn als ich ihr vorschlug, die heißen Tage hier oben zu verbringen, sagte sie sofort zu. Ich hatte nicht schlafen können, ich mußte dauernd an die beiden denken. Wie hätte ich es denn über mich bringen können, sie nicht weiterhin einzuladen angesichts ihrer mißlichen Lage und meiner geräumigen Wohnung? Gegen Morgen sah ich deutlich, was das einzig Richtige war: ich würde sie einladen. Als ich mich an Mrs. Barnes' Blick erinnerte, das letzte, was ich am Abend von ihr gesehen hatte, wußte ich allerdings nicht genau, ob sie auch annehmen würde. Vielleicht wollte sie erst etwas mehr über mich erfahren, vorsichtig und zögerlich, wie Frauen sind. Ach, ich wünschte, Frauen würden nicht so vorsichtig sein, sondern eine Freundschaft einfach hinnehmen. Vielleicht möchte sie erst genau wissen, ob ich einen guten Grund habe, ganz allein hier oben zu hausen. Jedoch –

dafür habe ich keinen guten Grund, nur einen üblen Grund. Aber zum Glück wird das Alleinsein gewöhnlich für ehrbar gehalten, trotz Senecas Ausspruch: Ein Philosoph sagte zu einem jungen Mann, der allein wanderte: »Hüte dich vor zuchtloser Gesellschaft.«

Allerdings glaube ich nicht, daß Mrs. Barnes Seneca kennt. Jedenfalls zögerte sie nicht, sie nahm sogleich an und meinte, es sei unter diesen Umständen nur recht und billig, daß ich etwas mehr über sie erführe.

Daraufhin mobilisierte ich meinen Dekan für ein mögliches Treffen mit ihrem Oberbürgermeister, aber ich erfuhr lediglich, daß meine Gäste Schwestern waren; die jüngere, Mrs. Jewks, die nach dem Frühstück kurz verschwunden war, kam nämlich jetzt mit den Hüten und den Handschuhen und meinte, sie sollten lieber aufbrechen, bevor es noch heißer würde.

Sie gingen also, und der lange Tag hier war unbeschreiblich schön, so friedvoll, so still, und die Berge im zarten Dunst standen wie Opale gegen den Nachmittagshimmel, und die Schatten im Tal wurden allmählich länger.

Heute hätte ich, anders als gestern, keine Lust gehabt zu reden. Heute bin ich glücklich mit allem, so wie es ist – mit der Sonne, dem Schweigen, den Liebkosungen des lustigen kleinen Kätzchens mit dem schwarzen Fleck rings ums linke Auge, wobei man unwillkürlich denkt, es müßte eine Ehefrau sein, und mit der Vorfreude auf die Rückkehr meiner neuen Freundinnen.

Diese Vorfreude macht den Tag noch beglückender. Es ist der letzte beglückende Tag für einige Zeit, mindestens für eine Woche, nach dem flammenden Himmel zu urteilen, nach einer Reihe von Tagen, die wundervoll waren. Auf der Leiter dieser Tage bin ich langsam aus der schwarzen Tiefe hinaufgeklettert. Es war, als hätte man kurz vor dem Ertrinken noch Stufen unter Wasser gefunden und wäre auf ihnen ins Licht, in die Luft, hinaufgestiegen. Jetzt, da ich mich fast vollständig wieder ins Licht und in die Luft gerettet habe, ohne Furcht, wieder hinabzurutschen, jetzt ist es Zeit, sich zu erheben, zu schütteln und etwas Fruchtbares zu tun. Und just als mir das klar wird, als ich erkenne, daß ich gewissermaßen wieder reif bin, neue Früchte zu tragen, siehe, da betreten Mrs. Barnes und Mrs. Jewks die Szene, als wären sie von der Vorsehung gesandte Geburtshelferinnen.

Nun, sie kommen also morgen. Heute ist noch heute, und jede der stillen Stunden dieses Tages ist mir wertvoll. Ich frage mich, was meine neuen Freundinnen wohl gern lesen. Angenommen – ich wollte gerade ›The Rosary‹ schreiben. Aber wenn man schon etwas annimmt, kann man genauso annehmen, es könnte etwas anderes sein. Angenommen zum Beispiel, sie mögen ›Eminent Victorians‹ von Lytton Strachey, und wir sitzen dann abends zusammen und amüsieren uns mit Zitaten daraus und rutschen vergnügt auf unseren Stühlen hin und her. Da ich diese Damen noch nicht gut genug kenne, ist eine Annahme so gut wie eine andere.

Allerdings – ich kann mich an ihre Unterröcke nicht erinnern. Ich glaube aber nicht, daß Mr. Stracheys Freundinnen diese Art von Unterrock getragen haben, wie eminent viktorianisch er vielleicht auch war. Von den Unterröcken meiner Freundinnen hätte er natürlich auch nichts wissen können, es sei denn, er hätte mit mir gestern unterhalb der Mauer gestanden und in Augenschein genommen, wie sie oben ihre Röcke hochgehalten hatten. Die Art der Unterwäsche, die eine Dame trägt, wirkt sich auf merkwürdige Weise auf ihr Verhalten aus. Ich weiß noch, wie ich einmal während einer Hitzewelle in Amerika die Unterwäsche aufrechter Gesinnung beiseite warf und statt dessen etwas aus rosa Chiffon anzog, und wie dieser Chiffon sofort durch mein Kleid in meine Persönlichkeit hochdünstete, und auf einmal benahm ich mich sehr forsch und verwegen. Man kann erkennen, was eine Dame unten herum trägt – man braucht nur zu beobachten, wie sie sich benimmt. Ich habe einmal erlebt, was Seidenstrümpfe bei einer Frau bewirken, die an Wolle gewöhnt war: ihre Unterwürfigkeit machte herrischem Wesen Platz.

19. August

Drei Tage lang habe ich nichts geschrieben, ich mußte mich um meine Gäste kümmern.

Sie nennen sich Kitty und Dolly. Sie erklärten mir, die Namen seien unvermeidlich gewesen, denn sie seien vor fünfzig beziehungsweise vierzig Jahren geboren worden. Ich fragte, warum das unvermeidlich sei, und sie erläuterten, daß es auch für Namen eine Mode gebe und daß man im allgemeinen von den Namen auf das Alter der Leute schließen könne. Wären sie zehn Jahre früher geboren worden, sagten sie, hätten sie Ethel und Maud geheißen, und zehn Jahre später wären sie Muriel und Gladys geworden. Zwanzig Jahre früher hätte man sie zweifellos Elizabeth und Pamela genannt. Es ist immer nur Mrs. Barnes, die spricht, aber die Wirkung ist so, als erzählten sie mir beide alles, weil Mrs. Jewks in bestimmter Weise lächelt – zustimmend, nehme ich an.

»Unsere lieben Eltern, sie sind jetzt schon lange tot«, sagte Mrs. Barnes und rückte ihre Brille zurecht, »haben offenbar nicht daran gedacht, daß wir jemals älter werden könnten, sonst hätten sie uns wenigstens Katharine und Dorothy getauft, was wir vielleicht nach unserer Jungmädchenzeit übernommen hätten, aber wir waren Kitty und Dolly von Anfang an und kamen als solche gewissermaßen direkt aus dem Taufbecken.«

»Ich bin gern Dolly«, murmelte Mrs. Jewks.

Mrs. Barnes schaute sie, wie mir vorkam, mit einigem Unbehagen an und sagte tadelnd: »Das ist falsch. Nach neununddreißig sollte sich keine Frau mehr aus freien Stükken Dolly nennen.«

»Ich fühle mich aber immer noch genau wie Dolly«, murmelte Mrs. Jewks.

»Das ist ein Unglück«, urteilte Mrs. Barnes kopfschüttelnd. »Es ist schon schlimm genug, wenn man nach einem gewissen Alter noch Dolly heißt, aber sich auch noch so zu fühlen, ist viel schlimmer. Ich denke dabei«, sagte sie zu mir gewandt, »wie es ist, wenn wir wirklich alt sind, nicht mehr gehen können, im Rollstuhl sitzen und gefüttert werden müssen und dennoch so genannt zu werden. Das nimmt einem doch die Würde.«

»Das macht mir sicher nichts aus«, murmelte Mrs. Jewks. »Dann werde ich mich noch immer wie Dolly fühlen.« Mrs. Barnes schaute sie an, wieder mit Unbehagen, wie mir schien, tatsächlich mit einem Blick voller Sorge, als ob sie sich verantwortlich fühlte.

Später, als ihre Schwester ins Haus gegangen war, entwikkelte sie eine Theorie, deren Richtigkeit ihr oft durch die Geschehnisse bewiesen worden sei, daß nämlich Namen einen großen Einfluß auf das Verhalten eines Menschen hätten.

Nicht halb soviel wie Unterwäsche, dachte ich, sprach es aber nicht aus. Tatsache ist, daß ich einmal jahrelang eine Trixy kannte, die hinsichtlich permanentem Trübsinn und gedrückter Stimmung nicht leicht ihresgleichen fand. Ich kenne auch eine Isolda – eine höchst achtbare, verheiratete Dame, sehr lebhaft und mit viel Humor, die es verstand, großen Gefühlen gewandt auszuweichen.

»Dolly«, sagte Mrs. Barnes, »hat leider nie meine Auffassung geteilt. Hätte sie es getan, wäre vieles in ihrem Leben anders verlaufen, denn dann wäre sie auf der Hut gewesen wie ich. Ich bin jedenfalls froh, daß ich nach dem Ende meiner Kindheit nie etwas getan habe, was mit dem Namen Kitty auch nur im entferntesten vereinbar wäre.«

Ich erwiderte, wenn man das sagen könne, sei das doch sehr viel, denn das deute doch auf eine ungewöhnlich tadelsfreie Vergangenheit hin. Für den Bruchteil einer Sekunde sah ich das Bild vor mir, wie der Teufel auf der Suche nach seinem Schwanz Antoine im Gang getroffen hatte. Ich wurde rot, aber zum Glück merkte Mrs. Barnes nichts.

»Was hat Dol-, was hat Mrs. Jewks getan«, fragte ich, »was als unmittelbare Folge ihres Vornamens anzusehen wäre? Antworten Sie bitte nicht, wenn meine Frage Ihnen indiskret erscheint, was sie wahrscheinlich ist, weil ich leider oft indiskret bin, aber ich finde Ihre Theorie interessant.«

Mrs. Barnes zögerte kurz. Ich glaube, sie wog innerlich ab, ob sie sich die Erleichterung völliger Offenheit erlauben durfte oder sich lieber noch ein paar Tage im Vorfeld der Vertraulichkeit aufhalten sollte. Das war gestern. Schließlich kannte sie mich erst seit zwei Tagen.

Sie überlegte eine Weile und entschied dann, daß zwei Tage nicht genügten. Sie sagte nur: »Meine Schwester handelt manchmal etwas unbesonnen, oder besser gesagt, handelte oft so. Aber Unbesonnenheit hat langfristige Folgen, gewöhnlich bis ans Ende des Lebens.«

»Ja«, sagte ich und dachte wehmütig an eigene Unbesonnenheiten.

Aber das machte mich alles nur noch neugieriger darauf zu hören, inwieweit Dollys Name mit ihren Eigenschaften übereinstimmte. Ich nehme an, wir alle waren einmal unbesonnen, ausgenommen Mrs. Barnes, und wenn wir uns dazu überwinden könnten, offen miteinander zu reden, wäre es vielleicht ganz lustig, die Folgen unserer Unbesonnenheit zu vergleichen. Aber es war Mrs. Barnes in diesem Augenblick nicht möglich, frei und offen zu sprechen, und so kehrte sie wieder zu dem Thema zurück, das sie seit ihrer Ankunft nicht müde wurde zu erörtern, nämlich zu der wunderbar stärkenden Luft hier oben und ihrer Dankbarkeit, sie genießen zu dürfen.

Heute ist Dienstag; am Samstag abend kamen sie zurück mit Gepäck, das über die endlosen Zickzackkurven der Straße hochgefahren wurde, während sie selbst beherzt und entschlossen die steilen Abkürzungen nahmen, und an diesem Abend haben wir gewissermaßen unsere Visitenkarten ausgetauscht. Mrs. Barnes erzählte mir, was sie als wissenswert über ihren verstorbenen Mann erachtete, und ich antwortete ihr und ihrer Schwester, indem ich erzählte, was ich für wissenswert über meinen Onkel, den Dekan, erachtete.

Über ihn gibt es so viel Wissenswertes, daß ich eine ganze Weile beschäftigt war. Er war so fabelhaft verwendbar, wie froh bin ich, daß ich ihn habe. Ein Dekan ist als Verwandter schließlich eine beeindruckende Respektsperson. Sein »Bischofsschurz« deckt eine Menge familiärer Mängel ab. Man kann ihn ins Licht halten, ihn drehen und wenden und aus jedem Winkel betrachten, und da ist nichts, was einer Inspektion nicht standhielte. Nicht alle meine Verwandten sind so. Zumindest einer, obwohl er es abstreitet, wurde unehelich geboren. Bei den anderen sind wir nicht so sicher, doch bei diesem einen wissen wir genau, daß er nicht so auf die Welt kam, wie es sich für ihn geschickt hätte. Abgesehen von seinem sturen Leugnen in dieser Angelegenheit, ist er ein sehr attraktiver Mann. Zur Anerkenntnis seiner Existenz ist mein Onkel nicht zu bewegen, und folglich ist es ihm unmöglich, meinen Onkel zu lieben.

Ich ging am Samstag abend nicht über den Dekan hinaus, denn er übte eine sehr zufriedenstellende Wirkung auf meine neuen Freundinnen aus. Mrs. Barnes hält anscheinend sehr viel von Dekanen, und Mrs. Jewks, obwohl sie schwieg, lächelte ganz reizend, als ich ihn ins Licht hielt. Von ihrer Seite aus wurde kein Oberbürgermeister ins Feld geschickt, und allmählich glaube ich, es gibt gar keinen. Allmählich glaube ich, ihr starkes Selbstbewußtsein wurzelt nur in der Gewißheit, daß sie Briten sind. Nicht daß Mrs. Jewks sich dazu äußert, doch lächelt sie, wenn Mrs. Barnes ungeheuer patriotische Feststellungen trifft. Ich nehme an, sie waren lange nicht in England, so daß die Liebe zu ihrem Land natürlicherweise zu einer glühenden Leidenschaft angefacht worden ist. Darüber weiß ich selbst gut Bescheid. Dieses Glühen habe ich auch jedesmal gespürt, wenn ich außerhalb Englands weilte.

20. August

Mrs. Barnes schmückte die Geschichte ihres Mannes etwas weiter aus; sie spricht von ihm nur als Mr. Barnes.

Er war also ein Geschäftsmann und ging jeden Tag in die City, wo er mit Fellen zu tun hatte, getrockneten Häuten, soviel ich verstand, die er kaufte und wiederverkaufte. Diese Felle verschafften Mr. Barnes, solange er lebte, seinen Lebensunterhalt und Mrs. Barnes einen Lebensstil, den sie sehr angenehm und auskömmlich fand; doch nach seinem Tode stellte sich heraus, daß er längere Zeit von seinem Kapital gelebt hatte, nicht durch eigene Schuld, sagte Mrs. Barnes, die das eigentlich als eher ehrenvoll ansah. Mit dem Kapital ging es fast gleichzeitig mit Mr. Barnes selbst zu Ende, und alles, was Mrs. Barnes zum Leben blieb, war das Haus in Dulwich mit sehr schönen Möbeln und allem vom Feinsten; Mr. Barnes hatte immer verabscheut, was Mrs. Barnes Kinkerlitzchen nannte, und Mahagoni und Tafelfreuden hohen Ranges geliebt. Aber von Mahagoni und einer guten Küche kann man nicht leben, wenn man nichts besitzt, um sie zu erhalten; infolgedessen wollte sie das Haus verkaufen und sich mit dem Erlös vom gesellschaftlichen Leben zurückziehen. Ihr Schwager schlug ihr allerdings vor, »zahlende Gäste« aufzunehmen; so könnte sie weiter in ihrem Heim bleiben, wenn auch auf einer etwas veränderten Grundlage.

Zu jener Zeit nahmen viele Leute zahlende Gäste auf. Er meinte, sie würde ihren Status nicht verlieren, besonders nicht, wenn sie sich auf vornehme Gäste beschränkte, die sie ihre Lage nicht spüren ließen.

Am Anfang war es etwas schwierig, aber sie gewöhnte sich daran, und es ging ihr auch gut, bis der Krieg ausbrach. Da mußte sie natürlich Dolly beistehen. Sie gab also ihr Haus samt Gästen auf, und nun waren ihre Mittel recht gering. Merkwürdigerweise, erklärte Mrs. Barnes, sowie man verkaufen will, ist niemand da, der Lust zum Kaufen hat; sie mußte folglich ihr Haus für wenig Geld veräußern –

»Aber warum –«, unterbrach ich, faßte mich aber sofort.

Ich hatte fragen wollen, warum Dolly nicht Mrs. Barnes beigestanden und ihr bei den zahlenden Gästen geholfen hätte, statt umgekehrt. Aber ich hielt mich zurück, weil solch eine Frage – da sie sich selbst auffallend zurückhielten, mich auszufragen – ihr beim jetzigen Stand unserer Vertrautheit vielleicht etwas indiskret erschienen wäre. Nein, Vertrautheit ist nicht das richtige Wort – eher Freundschaft. Nein, es ist auch noch keine Freundschaft. Im Augenblick kann man nur von Bekanntschaft sprechen.

21. August

Meine Gäste verhalten sich ungewöhnlich diskret. Sie zeigen keine Neugier, und ihre Zurückhaltung, mir Fragen zu stellen, ist so auffallend, daß ich mich nur bemühen kann, genauso zurückhaltend zu sein. Sie haben keine einzige Frage an mich gerichtet, den Dekan habe ich ihnen richtiggehend aufgedrängt. Sie äußern sich auch nicht zu irgend etwas anderem, ausgenommen zu ihrer Situation und der Aussicht hier. Offenbar reden wir hauptsächlich nur darüber. Wir sind nicht einmal zu dem Thema Bücher gekommen. Kennen Sie ›The Rosary‹? Ich weiß es immer noch nicht. Ein- oder zweimal bin ich mit Mrs. Barnes allein gewesen, und dann sprach sie von Dolly, die sie offenbar dauernd beschäftigt, aber jedesmal hat sie das Gespräch mittendrin abgebrochen, sich wieder für meine Hilfe bedankt und die Aussicht gelobt. Mit Dolly allein zu sein war nie möglich; wiewohl Mr. Barnes des längeren abgehandelt worden ist, habe ich bisher noch nichts über Mr. Jewks erfahren.

22. *August*

Manchmal werde ich ungeduldig, und dann stoße ich ungestüm eine Frage hervor, aber bis jetzt ist es mir gelungen, jede abzufangen und abzuwürgen, bevor sie ausformuliert war. Vielleicht sind meine neuen Freundinnen auch noch sehr unglücklich, so wie ich unglücklich war, und vielleicht versuchen sie, sich davon zu befreien, so wie ich es versuche, und vielleicht denken sie noch an bestimmte Orte, wo ihnen Unrecht widerfahren ist, und diese Erinnerungen sind noch zu schmerzhaft, um daran zu rühren. Vielleicht ist es so, daß sie sich nur durch Schweigen und Zurückhaltung ihre Fassung bewahren können.

Es gibt allerdings keine äußeren Anzeichen dafür; sie sind gelassen, auf ihren Gesichtern ist nichts dergleichen abzulesen. Sie würden vermutlich auf meinem Gesicht auch nichts sehen. Von einer Sekunde zur anderen kann ohnehin alles umschlagen: Da sagt jemand etwas Lustiges, und ich lache; jemand ist freundlich, und ich bin glücklich. Der Duft einer Blume, die Wendung in einem Satz, irgendeine Kleinigkeit genügt schon, um mich im Augenblick heiter zu stimmen. Sicherlich können meine Gäste mir nicht ansehen, daß ich jemals nicht fröhlich war, und auch ich könnte aus ihrem Aussehen nie schließen, daß sie jemals nicht gelassen waren – Mrs. Barnes gelassen und ernst, Mrs. Jewks gelassen und lächelnd.

Aber ich will jetzt auf keinen Fall so geschwind zu Schlußfolgerungen kommen, wie das sonst meine Art ist. Selbst bei

Mrs. Barnes, die wie ein ungestörtes Monument heiterer Ruhe, wie eine Höhle friedlicher Erinnerungen erscheint, bin ich mir nicht mehr sicher. Jetzt sitzen wir still auf der Terrasse zusammen, so vorzeigbar, wie die gepflegten Häuschen mit weißen Vorhängen in einer feinen Straße. Wir wissen nicht, wie es bei uns innen aussieht, was sich da an Unordnung, Sorgen und Ängsten angehäuft hat. Vielleicht ist da auch nichts; vielleicht sind meine Freundinnen so ordentlich und ruhevoll innen wie außen. Bis jetzt haben wir uns jedenfalls sehr bedeckt gehalten, wie Mrs. Barnes sagen würde, und wir geben ein sehr ansehnliches, sehr achtbares Bild ab.

Ich halte allerdings nicht viel von dieser Einstellung. Das Leben ist zu kurz, als daß man sich erlauben könnte, zuviel Zeit zu verlieren, um Freundschaften anzubahnen. Ich habe eine Theorie – Mrs. Barnes ist nicht die einzige von uns dreien, die Theorien hat –, daß Zurückhaltung spießig und hinderlich ist. Abgesehen von der äußersten Bitternis, die wie die höchste Liebeswonne so tief in einem verborgen gehalten wird, daß man sie nur Gott anvertrauen kann, sollte man sich vorbehaltlos preisgeben. Wenn man einen Fehler macht, wenn sich der oder die andere solcher Offenheit als unwürdig erweist und hinterher das Gesagte verdreht – nun, das muß in Kauf genommen werden. Alles ist doch besser als Mißtrauen, als vorsichtiges Zögern und die Angst, sich etwas zu vergeben. Ist denn nicht alles besser, als seinen Mitmenschen die Ehre zu verweigern, sie wie selbstverständlich als Gentlemen – sozusagen beiderlei Geschlechts – anzusehen? Außerdem, wie einsam …

23. August

Die Sonne brennt hernieder, und wir sitzen weiterhin im Schatten.

Mrs. Barnes ist eine große Strickerin. Sie strickt den ganzen Tag Socken für Soldaten. Sie hat diese Gewohnheit während des Krieges angenommen und schickte, ich weiß nicht wie viele Paar Socken jedes Jahr in die Gräben, und jetzt kann sie nicht damit aufhören. Vermutlich gehen diese hier an wohltätige Einrichtungen; der Krieg ist zwar zu Ende, aber, wie Mrs. Jewks richtig bemerkte, es gibt noch viele Beine in der Welt.

Diese Bemerkung wurde in Mrs. Barnes' Gemüt sicher unter der Kategorie »Dolly« abgeheftet, denn sie ließ ihren Blick mit sozusagen zärtlicher Sorge eine Weile auf ihrer Schwester ruhen.

Mrs. Jewks hat noch nicht viel gesagt, aber das Wenige hat mir gefallen. Gewöhnlich murmelt sie nur, fast als wollte sie nicht, daß Mrs. Barnes es hört, und als wäre sie dennoch unfähig, es zurückzuhalten. Auch sie strickt – aber nur, glaube ich, weil es ihrer Schwester gefällt, daß sie strickend neben ihr sitzt – und nie sehr lange. Ich habe herausgefunden, daß es ihre wesentliche Aufgabe ist, Mrs. Barnes laut vorzulesen.

In den ersten vier Tagen machte sie das nicht, solange ich anwesend war, aus Rücksicht auf mich, denn es ist nicht jedermanns Sache, vorgelesen zu bekommen, wie Mrs. Barnes nachträglich erklärte. Nach dem Mittagessen gingen sie immer auf ihre Zimmer – um zu schlafen, wie ich dachte, ihrer Neigung zu schlafen eingedenk, und nur allmählich folgerte ich aus dem eintönigen, sanften Summgeräusch, das durch das Fenster zu mir drang, als ich unten im Gras lag, daß hier nicht Mrs. Barnes weitschweifig Mrs. Jewks belehrte, wie sie der Benachteiligung durch den Namen Dolly am besten entgehen könne, sondern daß es Mrs. Jewks war, die laut vorlas.

Darauf schlug ich vor, sie sollten das doch auf der Terrasse tun, wo es nachmittags so viel kühler ist als irgendwo anders. Beruhigt also, daß ich mich nicht gestört fühlte – Mrs. Barnes bleibt unverändert höflich und ist sich immer ihrer Pflicht als Gast bewußt – wird im Freien vorgelesen und nun auch schon vormittags. Es ist doch viel besser, meint Mrs. Barnes, sich anzuhören, was Leute von Format gesagt haben, als seine Lebenszeit damit zu vergeuden, selber unerhebliche Meinungen zu äußern.

Sie lesen Biographien und historische Bücher, aber offenbar nur solche älteren Datums, und manchmal, sagt Mrs. Barnes, lockern sie diese solide literarische Form, wie sie Mrs. Jewks murmelnd beschreibt, dadurch auf, daß sie einen wirklich guten Roman lesen.

Hier erwachte mein Interesse, und ich fragte Mrs. Barnes, welche wirklich guten Romane sie gelesen hätten. Die Antwort war mir wichtig, denn das war ein Thema, über das wir sprechen konnten, das sich nicht auf die Situation oder die Aussicht bezog und dennoch nicht allzu persönlich war.

»Oh, es gibt ja nur sehr wenige gute Romane«, sagte sie kopfschüttelnd. »Uns interessieren natürlich nur die allerbesten, und die werden heutzutage anscheinend nicht mehr gedruckt.«

»Ich nehme an, die allerbesten sind zur Veröffentlichung nicht geeignet«, murmelte Mrs. Jewks und beugte sich über ihr Strickzeug, mit dem sie sich heute wieder ausnahmsweise beschäftigte.

»Früher gab es sehr gute Romane«, fuhr Mrs. Barnes fort, die ihre Schwester vermutlich überhört hatte, »aber in den letzten Jahren sind nur wenige erschienen. Leider, glaube ich jetzt, werden wir nie mehr einen Thackeray oder einen Trollope erleben. Trotzdem habe ich die Theorie, die diese beiden Schriftsteller bewiesen haben, daß es möglich ist, sowohl nützliche wie kluge Bücher zu schreiben.«

»Ich will keine Thackerays und keine Trollopes mehr sehen«, murmelte Mrs. Jewks. »Ich habe sie gelesen. Jetzt will ich etwas anderes lesen.«

Diesen langen Satz konnte Mrs. Barnes nicht überhören,

und sie schaute mich an wie jemand, der sagen will: Nun, was habe ich Ihnen gesagt? Ihr Name bringt sie ganz durcheinander.

Wir schwiegen.

»Unser Vater«, hub Mrs. Barnes dann so feierlich an, in einem so ernsten Ton, daß ich eine Sekunde lang dachte, sie würde uns rätselhafterweise, jetzt um elf Uhr vormittags, das Vaterunser vorbeten, »hat Thackeray gekannt. Sie verkehrten miteinander.«

Da ich nicht wußte, ob das ein kleiner Rüffel für Dolly oder eine für mich bestimmte Information war, schwieg ich.

Weil aber andererseits Mrs. Barnes nicht weitersprach, hatte ich das Gefühl, es würde eine Erwiderung von mir erwartet.

»Das war sicher sehr –«, begann ich.

Ich suchte nach einem Wort, das Begeisterung ausdrücken sollte, fand aber keines. Es ist schlimm mit mir, daß ich nie auf lobende oder preisende Wörter komme, wenn mir im Herzen nicht nach Loben und Preisen zumute ist. Die Wörter fliehen mich dann, und von Höflichkeit getrieben oder einfach von dem Wunsch zu gefallen, jage ich ihnen in einem völlig leeren Kopf verzweifelt nach. Das einzige, was mir an diesem Morgen dazu einfiel, war »erfreulich«. Ich halte nicht viel von »erfreulich«, es ist ein so verwässertes Wort, aber mehr fiel mir nicht ein, und so sprach ich es aus. »Das war sicher sehr erfreulich«, sagte ich und hörte dabei selbst, daß keinerlei freudige Anteilnahme in meiner Stimme mitschwang.

Mrs. Jewks sah mich an und lächelte.

»Es war mehr als erfreulich«, verbesserte mich Mrs. Barnes, »es war erhebend. Früher dachte Dolly genauso darüber wie ich«, fügte sie vorwurfsvoll hinzu. »Daß sie nicht mehr so denkt, ist nicht Thackerays Schuld.«

»Ich bin einfach fertig mit ihm«, sagte Mrs. Jewks entschuldigend. »Jetzt möchte ich etwas ganz anderes.«

»Dolly und ich«, erklärte mir Mrs. Barnes, »sehen die Dinge nicht immer gleich. Ich habe die Theorie, daß man mit den Unsterblichen nie fertig sein kann.«

»Würden Sie denn Thackeray –«, begann ich schüchtern.

Mrs. Barnes unterbrach mich sofort.

»Unser Vater«, sagte sie, und meine Hände wollten sich schon wieder unwillkürlich falten, »war ein Sachkenner von hohen Graden, ein Fachmann, wenn ich so sagen darf, und er verwies ihn in die Reihen der Unsterblichen. Was mich anlangt, so steht er da zu Recht.«

»Aber ist das nicht eher kindliche Ergebenheit –«, fing ich an, noch schüchtern, aber doch auch hartnäckig.

»Jedenfalls«, unterbrach mich Mrs. Barnes und hob die Hand, als wollte sie den Verkehr regeln, »werde ich nie vergessen, welchen Einfluß er und andere große Dichter jener Zeit auf die Jungen ausgeübt haben.«

»Was für Jungen?« Ich konnte mir diese Frage nicht versagen, obwohl das immer mehr einem Verhör glich.

»Unser Vater unterrichtete Jungen. Nach einem ungebräuchlichen und originellen System. Er war ein hingebungsvoller Linguist der englischen Sprache, von den Klassikern befreit, was er sehr gut fand, da er keine Zeit mit den Klassikern verlieren mußte; er lehrte die Jungen also Englisch, ausländische Jungen, denn englische Jungen kennen natürlich ihre Sprache, und nach seiner Methode brachte er ihnen die großen Romane nahe, die großartigen und förderlichen Romane jener Zeit. Kein französischer, holländischer oder italienischer Junge fuhr wieder heim –«

»Auch kein deutscher Junge«, warf Mrs. Jewks ein. »Die meisten waren Deutsche.«

Mrs. Barnes wurde rot. »Die wollen wir vergessen«, sagte sie mit einer wischenden Handbewegung. »Ich habe ernsthaft den Wunsch«, fuhr sie fort und sah mich an, »Deutsche zu vergessen.«

»Also vergessen wir sie«, sagte ich höflich.

»Es gab keinen der heimkehrenden Jungen«, sprach sie weiter, »der nicht das beste gesprochene Englisch der Zeit beherrscht hätte, der nicht die edelsten Auffassungen jener Zeit gekannt hätte, so wie die edelsten Männer ihnen Ausdruck verliehen hatten, und das wäre mit keiner anderen Methode erreichbar gewesen. Unser Vater nannte sich einen Nichtgrammatiker. Die Jungen fuhren heim, ohne grammatikalische Regeln zu kennen, aber es war ihnen unmöglich, anders als korrekt zu sprechen. Thackeray selbst war die Grammatik, und seine Gestalten waren die Lehrer. Genauso wie Dickens, allerdings nicht im selben Ausmaß, wegen solcher Gestalten wie Sam Weller, von denen die Jungen vielleicht Slang gelernt hätten. Thackeray war äußerst interessiert, als ihm unser Vater brieflich von der Schule berichtete, und einmal, als er in London war, lud er ihn zum Mittagessen ein.«

Mir war nicht klar, wer da in London war und wer wen eingeladen hatte, und fragte: »Wer?«

»Es war unser Vater, der nach London fuhr«, antwortete Mrs. Barnes, »und er wurde von Thackeray sehr freundlich empfangen.«

»Er fuhr dorthin, weil er nicht schon dort war«, erklärte Mrs. Jewks.

»Dolly meint, daß er nicht in London wohnte«, sagte Mrs. Barnes. »Unser Vater war ein Oxford-Mann – nicht im engen Sinn eines Fachausdrucks, den man dieser Bezeichnung neuerdings unterlegt, sondern einfach, weil er dort lebte. Dort sind wir auch geboren worden und aufgewachsen, in einem Umfeld von Bildung und Erziehung. Das sahen wir rings herum in den verschiedenen Colleges und erlebten es im einzelnen und hautnah in unserem Heim. Denn auch wir wurden mit Thackeray und Dickens erzogen, in denen wir nach Meinung unseres Vaters alles finden würden, was

Mädchen wissen müßten, und nichts, was sie besser nicht wüßten.«

»Damals hat es mich richtiggehend gejuckt«, murmelte Mrs. Jewks, »die Dinge kennenzulernen, die Mädchen besser nicht wüßten.«

Mrs. Barnes sah mich wieder an wie jemand, der sagen wollte: Nun, was habe ich Ihnen gesagt? Schon so ein Wort – gejuckt!

Wir schwiegen. Mir fiel nichts ein, was nicht entweder neugierig geklungen oder scheinbar Dolly bestärkt hätte.

Mrs. Barnes sitzt zwischen uns. Diese Sitzordnung auf dem Rasen hatte sich am ersten Tag ganz zufällig von selbst ergeben, und nun habe ich das Gefühl, ich dürfte sie nicht verändern. Jetzt in der Mitte Platz zu nehmen, wäre für mich ganz unmöglich. Das ist Mrs. Barnes' Platz. Dennoch möchte ich neben Mrs. Jewks sitzen und mit ihr reden. Noch lieber würde ich mit ihr spazierengehen. Aber Mrs. Barnes bestimmt über die Spaziergänge, mit mir oder ohne mich, aber nie ohne Mrs. Jewks. Sie hat uns kein einziges Mal alleingelassen. Wenn etwas geholt werden muß, ist es Mrs. Jewks, die es holt. Sie haben offenbar nicht den Wunsch, Briefe zu schreiben, aber wäre es der Fall, dann würden sie vermutlich beide gehen und sie gleichzeitig schreiben.

Trotz allem glaube ich, daß wir etwas vertrauter miteinander werden. Heute haben wir zum Beispiel einmal von etwas anderem als der Aussicht gesprochen. Ich würde mich nicht wundern – immer vorausgesetzt, die Hitze dauert an –, wenn ich in einer Woche Mrs. Barnes geradeheraus über Dolly ausfragte, und was sie getan hat, um auf Dauer den Unmut ihrer Schwester zu erregen.

Aber das wäre, wenn sie zurückschlüge, indem sie mich fragte – ach wie viele Dinge könnte sie mich fragen, ohne daß ich zu antworten wüßte! Außer mit der schamvollen, bloßstellenden Antwort hilfloser Tränen ...

24. August

Gestern abend rannte ich Mrs. Jewks hinterher, gerade als sie in ihr Zimmer verschwinden wollte, und sagte: »Ich werde Sie Dolly nennen. Jewks gefällt mir nicht. Wie schreibt man das übrigens?«

»Was – Dolly?« fragte sie lächelnd.

»Nein – Jewks.«

Aber Mrs. Barnes kam aus ihrem Zimmer und erkundigte sich: »Haben wir etwa vergessen, gute Nacht zu sagen? Wie unaufmerksam von uns.«

Wir lächelten uns gegenseitig zu, gingen in unsere Zimmer und schlossen die Türen.

25. August

Der Verlauf der Zeit ist eine rätselvolle Angelegenheit. Ich weiß nicht, wieso einem manchmal Wochen wie Minuten vorkommen und Tage manchmal wie Jahre. Die Wochen, in denen ich hier allein war, vergingen mir so schnell wie ein paar Minuten. Die Tage seit der Ankunft meiner Gäste dehnen sich jedoch zu Monaten.

Vielleicht, weil unsere Tage so gedrängt voll sind. Käme jemand den Pfad herauf und sähe die drei Gestalten ruhig auf der Terrasse sitzen, die in der Mitte strickend, die rechte laut vorlesend und die linke in Lethargie versunken, würde er wohl nicht ahnen, daß die Tage dieser Wesen mehr als ausgelastet sind. Manch eine ehrliche Schnecke, von ehrenwerten Motiven getrieben, würde sicher lebendiger wirken als wir. Und doch sind unsere Tage völlig ausgefüllt. Meine jedenfalls; vollgepackt, voll unendlicher Monotonie.

Jeden Tag tun wir das gleiche: Frühstück, Vorlesen; Mittagessen, Vorlesen; Tee, Spazierengehen; Abendessen, Vorlesen; Erschöpfung, Schlafen. Wie schnell – und wie kurzgefaßt – ist das hingeschrieben, aber wie endlos die Zeit, das zu erleben. Bei den Mahlzeiten reden wir, beim Spazierengehen reden wir – oder besser wir plappern vor uns hin, bei den Mahlzeiten über das Essen, auf den Spaziergängen über die Berge. In der übrigen Zeit reden wir nicht, des Vorlesens wegen. Das füllt jede Lücke aus, das erstickt jedes Gespräch.

Ich weiß nicht, ob Mrs. Barnes fürchtet, daß ich Fragen stelle, oder ob sie fürchtet, daß Dolly anfängt, auf Fragen zu antworten, die ich gar nicht gestellt habe. Nur eines weiß ich – sie hat offenbar beschlossen, um ihrer Sicherheit willen über Gespräche sofort einen Löschhut zu stülpen. Gleichzeitig aber ist sie sehr bemüht, ein angenehmer Gast zu sein, untadelhaft höflich; das bin ich allerdings auch, durchaus darauf bedacht, eine angenehme Gastgeberin zu sein, und deshalb sind wir beide so wahnsinnig höflich und so ungeheuer rücksichtsvoll, daß sich am Ende alles so fügt, wie ich es eben gerade nicht gewollt habe.

Jetzt wird zum Beispiel ›Die Geschichte der Römer im Kaiserreich‹ von Merivale gelesen, die ich für einen verwässerten Abklatsch von Gibbon halte, einen Gibbon ohne jeden Schwung, dem man die Kraft weggeschoren und die Fußnoten weggenommen hat. Gestern kam ich nach dem Frühstück nicht auf die Terrasse, sondern nahm mir einen Band des authentischen Gibbon und entfloh durch die Hintertür zu einem Spaziergang.

Normalerweise ist es ein schlechtes Zeichen, wenn die Gastgeberin durch die Hintertür entschwindet, ich weiß, aber in diesem Fall war gar nichts damit bezweckt, außer, daß ich Merivale entkommen wollte, er lag mir wirklich schwer im Magen. Nach dem Mittagessen dann, als ich, gestärkt durch meinen morgendlichen Ausflug, wieder etwas von ihm zu hören gerüstet war, fand ich die Stühle auf der Terrasse leer, und durch das Fenster von Mrs. Barnes' Zimmer drang das bekannte gedämpfte Gemurmel der ersten vier Tage.

Ich ging darauf wieder spazieren und dachte nach. Das Ergebnis dieser Überlegung waren dann höfliche, liebenswürdige Proteste beim Tee, garniert mit einigen freundlichen Unwahrheiten über Haushaltsdinge, die zu erledigen waren – Gott möge mir verzeihen, ich glaube, ich schob die Waschfrau vor –, und auf seiten von Mrs. Barnes trat soviel echte Verzweiflung bei der Vorstellung zutage, sie könnten mich von meiner eigenen Terrasse verjagt haben, daß ich, um sie vor ihren Gewissensbissen zu schützen, mir den Merivale gezwungenermaßen bis zu Ende anhören mußte.

Die Schwestern gingen grundsätzlich zusammen zum Abendessen, aber einmal begegnete ich zufällig Mrs. Jewks allein auf der Treppe. »Dolly«, sagte ich, »lesen Sie gern laut vor?«

Ich sprach schnell und leise, denn unten an der Treppe würde bestimmt Mrs. Barnes schon warten.

»Nein«, antwortete sie ebenso leise.

»Warum tun Sie es dann?«

»Hören Sie gern zu?« flüsterte sie und lächelte.

»Nein«, sagte ich.

»Warum tun Sie es dann?«

»Weil ...«, sagte ich, »nun ja, weil ...«

Sie nickte lächelnd. »Ja«, flüsterte sie, »deswegen!«

26. August

Heute habe ich den ganzen Tag lang alle eigenen Wünsche verbannt und mich bemüht, die perfekte Gastgeberin zu sein. Ich habe mich völlig der Leitung von Mrs. Barnes überlassen und folgte ihr auf dem Spaziergang, wohin sie uns führte; ich enthielt mich jedes Vorschlags, wenn wir an Wegekreuzungen kamen, obwohl ich eine impulsive Vorliebe für bestimmte Pfade habe, und ich machte auch Rast an der Stelle, die sie ausgesucht hatte, dabei wären ganz in der Nähe viel hübschere Rastplätze gewesen, und zusammen mit ihr bewunderte ich Ausblicke, die mir nicht so sehr gefielen. Ich verschmolz gewissermaßen mit Mrs. Barnes und saß mit ihr am Hang, ähnlich gestimmt wie Wordsworth, der vor seinem Kamin saß, ohne Ehrgeiz, ohne Hoffnung, ohne Ziel.

27. August
Die Sonne brennt auf das schöne Land. Wenn ich morgens die Augen öffne, sehe ich als erstes den großen Fleck goldenen Lichts auf der Wand neben meinem Bett, der mir wieder einen vollkommenen Tag verheißt. Der Himmel ist fast immer wolkenlos, von einem unglaublich tiefen Blau. Ein- oder zweimal, wenn ich sehr früh zum östlichen Fenster ging, habe ich etwas gesehen, was meine noch schlafverhangenen Augen als einen Schwarm kleiner Engel ausmachten, die langsam über die Gipfel schwebten – oder, falls es die Engel vielleicht nicht selbst waren, dann jedenfalls zarte, helle, aus ihren Flügeln gerupfte Federbüschel. Als ich allmählich den Schlaf abstreifte, sah ich sie deutlicher: es waren Wolken; es wird wohl regnen, habe ich gedacht. Aber es regnete nie. Die Wolken entschwebten langsam nach Italien und gönnten uns wieder einen Tag sengender Hitze.

Ich glaube nicht, daß das Wetter je umschlagen wird. Jedenfalls nicht in absehbarer Zeit. Jedenfalls nicht, bevor ich nicht Merivale bis zu Ende gehört habe.

28. August
Morgens, wenn ich aufstehe und aus meinem Fenster auf den herrlichen Osthimmel sehe, stört mich Merivale nicht. Ich verachte ihn. Wenn ich bei der Vorlesung auch körperlich anwesend bin, um Mrs. Barnes Kummer zu ersparen, damit sie nicht von der Terrasse verscheucht wird – o wir sind sehr penibel in unserem Bemühen, uns nicht gegenseitig von der Terrasse zu verscheuchen –, so habe ich doch beschlossen, meine Ohren vor ihm zu verschließen und meinen Geist auf Wanderung zu schicken. Wer ist Merivale, daß ich mein Ge-

dächtnis mit seinen salbungsvollen Imitationen belasten soll, und sei es auch nur in Bruchstücken. So gehe ich zum Frühstück hinunter, gestärkt und frohgestimmt wie jemand, der sich erfrischt und entschlossen vom Gebet erhebt, und unten auf der Terrasse verschließe ich meine Ohren. Aber da muß es Risse geben, denn ich stelle fest, daß Merivale in mir widerhallt. Jedenfalls punktuell. Abschnitte wie zum Beispiel dieser:

Propertius ermangelt der letzten Feinheit und des höchst verfeinerten Geschmacks, welcher aus dem sinnlichen und schmeichelnden Stil von Horaz aufsteigt wie ein Duft. Das spielerische Wesen des Sabiner Barden ist dem eines Schoßhundes vergleichbar, während der Umbrier einen an die Kapriolen eines schwerfälligeren und nicht so tolerierten Vierfüßlers gemahnt.

So schreibt man, wenn man wie Gibbon schreiben will und dennoch zur gleichen Zeit der Hausgeistliche des Präsidenten des Unterhauses bleibt. Dieser Abschnitt ging mir heute während des Mittagessens dauernd durch den Kopf, und es störte mich, daß ich nicht darauf kam, wer der schwerfälligere und nicht so tolerierte Vierfüßler gewesen sein mochte.

»Ein Esel«, meinte Mrs. Jewks auf meine Frage.

»O ja, sicher, ein Packesel«, sagte Mrs. Barnes, die Wert auf genauen Ausdruck legte.

»Aber warum würde ein Esel weniger toleriert als ein Schoßhund?« fragte ich. »Mir wäre er sogar lieber. Wenn ich die Wahl hätte, würde ich immer den Esel nehmen.«

»Vielleicht denkt er an einen Floh«, warf Mrs. Jewks ein.

»Dolly!« sagte Mrs. Barnes.

»Aber Flöhe machen doch Kapriolen und werden weniger toleriert als Schoßhunde«, erklärte Mrs. Jewks.

»Dolly!« sagte Mrs. Barnes abermals.

»Aber davon abgesehen«, eröffnete ich ihnen, »– Flöhe haben doch mehr als vier Beine?«

»Dann sind's Tausendfüßler«, sagte Dolly.

»Dann haben sie also zwei Beine?«

»Dann sind's Vögel«, sagte Dolly.

Wir sahen uns an und fingen an zu lachen. Wir lachten nun zum erstenmal, und dann konnten wir gar nicht mehr aufhören, so wie man über völlig idiotische Dinge lacht und dabei weiß, daß das eigentlich unangebracht ist und daß man seit langem nicht mehr so gelacht hat.

Da saß nun Mrs. Barnes aufrecht und versteinert, mit sorgenvollen Augen. Sie lächelte nie; warum sollte sie auch? Aber je länger sie nicht lächelte, um so mehr mußten wir lachen, unbändig und völlig verrückt. Es war schrecklich, so zu lachen, schrecklich, Dinge zu erwähnen, die für sie ordinär und peinlich waren, und weil es so schrecklich war, was wir ja wußten, konnten wir nicht aufhören. So hat mich einst in einer Kirche ein unglückseliges Gelächter gepackt, nur weil eine Katze hereinmarschierte. So habe ich einmal eine unglückselige Frau gesehen, die bei einer Hochzeit einer völlig unpassenden Heiterkeit zum Opfer fiel. Wir haben Tränen gelacht. Wir konnten nicht aufhören. Ich habe es wirklich versucht, ich war tatsächlich tief beschämt. Denn jetzt weiß ich, mit all meinen Fasern weiß ich, daß ich genau das tat, was Mrs. Barnes am meisten fürchtete: Ich hatte Dolly zu Ungehörigem ermutigt.

Anschließend, als wir uns wieder Merivale zuwenden wollten und Dolly das Buch holen mußte, da sie es oben im Zimmer gelassen hatte, bat ich Mrs. Barnes, mir zu glauben, daß ich mich nicht oft so albern aufführte; es komme sicher nicht mehr vor.

Sie war sehr lieb und legte ihre Hand auf meine – eine knochige Hand, auf die ich hinabblickte und überall die Spuren von Hingabe und Aufopferung zu sehen glaubte. Diese Hand hatte nie Zeit gehabt, fülliger zu werden. Vielleicht früher einmal, zu Lebzeiten von Mr. Barnes, als das

Leben etwas bequemer war, aber danach waren es bestimmt magere Jahre gewesen, und nach dem Krieg, nach dem Verkauf ihres Hauses und dem Beginn der aufreibenden Tätigkeit, die sie mit »der armen Dolly beistehen« umschrieb, waren die Jahre anscheinend, um im Bild zu bleiben, bis auf die Knochen abgemagert.

»Ich bin vielleicht etwas zu ernst geworden, glaube ich«, sagte sie. »Es ist wegen Dolly, sie scheint mir etwas flatterhaft. Wäre sie ernster, wäre ich es weniger, und das wäre für uns beide besser. O bitte, glauben Sie nicht«, fügte sie hinzu, »daß mich nicht auch ein Scherz erheitern kann.« Sie lächelte mich überraschend herzlich an – ein Lächeln von der steinernen und festgefügten Sorte.

»Das war gar kein Scherz, wir waren einfach absolut albern«, sagte ich reumütig und legte nun meinerseits meine Hand auf die ihre. »Verzeihen Sie mir. Es bedrückt mich und beschämt mich, wenn ich mich benehme, als wäre ich zehn Jahre alt. Ich versuche mich zu beherrschen, aber manchmal kommt es einfach über mich ...«

»Dolly ist etwas zu alt dafür, sich wie eine Zehnjährige zu benehmen«, meinte Mrs. Barnes, eher sorgenvoll als ärgerlich.

»Ich ja eigentlich auch. Es ist mißlich, wenn man innerlich nicht auch so gereift ist wie äußerlich. Seit Jahren versuche ich, mich würdevoll zu benehmen, aber immer wieder bringt mich mein anscheinend überschäumendes Naturell zu Fall.«

Mrs. Barnes machte ein ernstes Gesicht.

»Genauso ist es mit Dolly«, erwiderte sie. »Genauso. Wie komisch, daß Sie sich getroffen haben. Denn so ein Verhalten ist ja bestimmt nicht normal. Daher kommen alle ihre Schwierigkeiten. Allerdings halte ich das nicht für unabänderlich. Im Gegenteil, ich habe ihr geholfen, sich etwas zu kontrollieren, und jetzt geht es ihr schon viel besser.«

»Aber was befürchten Sie denn, daß sie jetzt tun wird?«

fragte ich. Doch ich erhielt keine Antwort, denn nun kam Dolly herunter, das Buch unter dem Arm, mit dem gewissen eleganten Etwas, das sie umweht, wenn sie geht; ihr flotter Gang ließ den faden schwarzen Rock und die weiße Baumwoll-Unterwäsche vergessen.

Aber ich empfand große Sympathie für Mrs. Barnes. Als wir nach dem Tee spazierengingen, geschah irgend etwas mit Dollys Stiefel – ich glaube, der Absatz hatte sich gelöst –, und sie mußte umkehren. Ich ging gern allein mit ihrer Schwester weiter und hoffte, sie würde das Gespräch auf der Grundlage dieser neuen Vertrautheit fortsetzen.

Das tat sie. »Dolly«, sagte sie gleich darauf, bevor wir noch zur Biegung des Pfades gekommen waren. »Ja, ich habe mich stets mit größter Anteilnahme und Liebe um sie gekümmert.«

»Ich weiß«, entgegnete ich herzlich, »das sehe ich.«

»Sie war meiner Liebe gewiß, von dem Augenblick an, als sie, das neugeborene Baby, in die Arme des zehnjährigen Mädchens gelegt wurde, das ich damals war, und seit jener Zeit, während sie größer wurde und die Charakterzüge entwickelte, die ich mit ihrem Namen in Verbindung bringe, war ich immer um sie besorgt und oft sogar beunruhigt.«

Als wir anhielten, fürchtete ich, das wäre nun wieder alles, und gleich würden die Fensterläden erneut herunterrasseln, und sagte: »Ich wünschte, wir könnten echte Freundinnen sein.«

»Sind wir das nicht?« fragte Mrs. Barnes mit ängstlichem Blick, als hätte sie sich möglicherweise als pflichtvergessener Gast erwiesen.

»Doch, natürlich, wir sind Freunde, aber unter echten Freunden verstehe ich Menschen, die über alles und jedes reden. Oder fast alles und jedes«, setzte ich hinzu. »Menschen, die alle möglichen Dinge besprechen«, fuhr ich zögernd fort. »Fast alle möglichen Dinge«, setzte ich hinzu.

»Ich bin sehr für Zurückhaltung«, sagte Mrs. Barnes.

»Davon bin ich überzeugt. Aber glauben Sie nicht auch, daß das Kennzeichen echter Freundschaft manchmal darin besteht, daß man –«

»Mr. Barnes hatte immer sein eigenes Ankleidezimmer.«

Das kam unerwartet und verschloß mir den Mund. Nach einer Weile sagte ich matt: »Ich bin davon überzeugt. Aber Sie sprachen über Dol-, über Mrs. Jewks …«

»Ja.« Mrs. Barnes seufzte. »Nun, es kann nichts schaden, weder Ihnen noch ihr, wenn ich Ihnen erzähle, daß Dolly, kaum daß sie erwachsen war, als erstes übereilt heiratete.«

»Aber tun das nicht die meisten von uns am Anfang?«

»So ungestüm gehen nur wenige vor. Meine Hochzeit war zum Beispiel nicht übereilt. Meine Heirat war eine überlegte Verbindung auf der Grundlage von Zuneigung und Rücksichtnahme, und sie wurde mit Anstand vollzogen, vor den Augen der Öffentlichkeit, begleitet von den guten Wünschen unserer Verwandten und Freunde. Die von Dolly war … nun ja, übereilt. Ich kann nicht einmal sagen, daß sie schlecht beraten war, denn sie hatte niemand um Rat gebeten. Sie stürzte sich bedenkenlos – ja, man kann es ruhig so ausdrücken, denn leider gilt das auch für spätere Entscheidungen von ihr … in eine Mesalliance, und um die Ehe einzugehen, seilte sie sich heimlich nachts an einem Bettlaken aus ihrem Schlafzimmer ab.«

Mrs. Barnes machte eine Pause.

»Wie … wie temperamentvoll«, murmelte ich unwillkürlich.

Ich glaube, ich war tatsächlich etwas eifersüchtig. Nichts in meiner Vergangenheit kann sich auch nur annähernd mit solchem Unternehmungsgeist messen. Ich zweifelte, daß ich je den Mut gehabt hätte, mich einem Laken anzuvertrauen, aber es verdroß mich auch kurz, daß nie einer verlangt hatte, ich solle das seinetwegen tun. Mit Dolly verglichen, bin ich ein armes Schaf.

»Nun verstehen Sie also«, fuhr Mrs. Barnes fort, »wie ernst es mir damit ist, meine Schwester dazu zu bringen, sich normal zu benehmen. Sie hatte davon nichts wissen wollen und wurde dafür bestraft. Ich bin ängstlich darauf bedacht, daß man nichts in ihrer Gegenwart sagt, was vielleicht ... was auch nur die geringste Sympathie für Handlungen oder Anschauungen erkennen läßt, die ihr in der Vergangenheit soviel Leid bereitet haben und ihr in der Zukunft noch mehr Leid bringen können.«

»Warum aber«, fragte ich, immer noch das Laken vor Augen, »ging sie nicht durch die Haustür zu ihrer Hochzeit?«

»Weil unser Vater das nie zugelassen hätte. Sie übersehen, das war eine Schule, und sie lief mit jemandem weg, der noch vor ein oder zwei Jahren dort ein Schüler war.«

»Ach? Sie hat einen Ausländer geheiratet?«

Mrs. Barnes wurde tiefrot. Sonne, Wind und Wetter haben sie gebräunt, aber durch die Bräune glühte unverkennbar das dunkle Rot. Offenbar hatte sie vergessen, was die kürzlich erzählt hatte – daß die Jungen alle Ausländer waren.

»Wir wollen nicht schlecht von den Toten sprechen«, sagte sie mit beklemmender Feierlichkeit. Danach redeten wir auf diesem Spaziergang nur noch über die Aussicht.

Heute abend habe ich in meinem Zimmer nachgedacht. Es gibt Gäste und Gäste, und manche sind eine Heimsuchung. Von dieser Sorte sind meine jetzigen Gäste; das wären sie weniger, wenn wir einfach richtig befreundet sein könnten. Aber das ist solange nicht möglich, wie mir die Unterhaltung mit Dolly verwehrt ist und zwischen uns die unübersteigbare Barriere von Mrs. Barnes steht. Vielleicht mache ich morgen, falls ich den Mut dazu habe, einen großen Vorstoß in Richtung Freundschaft, auf das, was Mrs. Barnes Indiskretion nennen würde. Das ist doch unsinnig, daß wir drei Frauen hier oben in der Abgeschiedenheit zusammen sind und kostbare Zeit damit verschwenden, uns voreinander zu verstecken, statt Freundinnen auf Lebenszeit zu werden. Warum wird mir nicht geradeheraus gesagt, daß Dolly einen Deutschen geheiratet hat? Denn das tat sie offensichtlich. Wenn sie das ertragen konnte, dann kann ich es auch. Zwanzig Jahre zuvor hätte es uns allen zustoßen können. Zwanzig Jahre zuvor hätte ich es vielleicht auch getan, nur war da kein Deutscher weit und breit, für den ich mich am Bettlaken abgeseilt hätte. Im übrigen ist Dollys Deutscher tot. Hört denn nicht einmal ein Deutscher auf, ein Deutscher zu sein, wenn er tot ist? Hätte er nicht auch die natürliche Neigung, sich im Laufe der Zeit in Neutralität aufzulösen? Es scheint mir nicht gerade human, ihn bis in die letzten Nischen der Ewigkeit als fremdländischen Feind zu verfolgen. Außerdem war ich der Meinung, der Krieg sei vorbei.

Eine ganze Weile habe ich mich heute nacht aus dem Fenster gelehnt und gegrübelt. Wenn ich zu den Sternen aufsehe, kümmern mich Deutsche nicht, das ist dann ganz unmöglich. Wenn Mrs. Barnes zu ihnen aufschaute, wäre sie bestimmt nicht so beunruhigt. Das scheint mir eine sehr gute Übung zu sein: sich eine Weile aus dem Fenster zu lehnen, bevor man zu Bett geht, und sich von kühler Dunkelheit umspülen zu lassen. Wenn man den ganzen Tag unter Menschen war – wie heilsam ist es, sie eine gewisse Zeit zu entbehren. Heute nacht ist es unglaublich still, und ich habe so regungslos am Fenster gestanden, ich hätte das kleinste Blatt rascheln hören. Aber nichts regt sich. Es ist völlig windstill. Kein Laut ist zu hören. Es ist, als meditierten die Berge über das Tal, das schläft.

29. August

Antoine sagte mir heute morgen, wenn er annehmen müßte, daß *ces dames* – so nennt er Mrs. Barnes und Dolly –, noch eine Weile blieben, fände er die Anstellung einer Helferin für Mrs. Antoine vielleicht zweckvoll, denn Mrs. Antoine fände möglicherweise ihrerseits die Kombination von Hitze und Besucherinnen etwas zu –

»Selbstverständlich«, erwiderte ich. »Das fände sie auch zu Recht. Es tut mir leid, Antoine, daß ich nicht selbst schon daran gedacht habe. Warum haben Sie mir das nicht schon eher gesagt? Ich werde gleich heute gehen und eine Helferin aufzutreiben suchen.«

Antoine meinte, das sei zu anstrengend für Madame, und er würde selbst nach einer Helferin suchen.

Ich hielt ihm vor, er könne unmöglich die Hühner und die Kuh vernachlässigen, und natürlich würde ich eine Helferin suchen.

Das habe ich nun den ganzen Tag gemacht; ich fand das himmlisch, am Hang entlang von Dorf zu Dorf zu wandern, einen Proviantbeutel über dem Arm und im Herzen das Gefühl der Freiheit. Im Beutel hatte ich etwas zu essen und einen Band von George Crabbe, denn es war nicht vorauszusehen, wie lange die Suche dauern würde, und ohne Nahrung konnte ich in dieser Zeit nicht bleiben. Meinen Gästen erklärte ich, es könnte sich ergeben, daß ich erst gegen Abend zurückkäme. Ich empfahl sie der Betreuung der Antoines, und weg war ich, begleitet vom Mitgefühl Mrs. Barnes', die es beklagte, daß ich an so einem heißen Tag wegen einer, wie sie treffend sagte, Haushaltsangelegenheit unterwegs sein müsse, und sie bemühte sich ernsthaft, nicht allzu erfreut zu erscheinen.

Ich ging zu den Dörfern in Richtung meines geliebten Lärchenplatzes, und nachdem ich schließlich eine Helferin gefunden hatte, wanderte ich weiter nach Westen; ich ging schnell, als ob ich fürchtete, die Leute wüßten schon, daß ich mein Ziel erreicht hatte, und fingen mich ab, um mich nach Hause zu bringen.

Während ich so lief, fiel es mir furchtbar schwer, nicht aus vollem Herzen zu singen. Nur Gastgeberinnen kennen diese reine Freude. Um diese eigentümliche Art tiefster Heiterkeit nachempfinden zu können, muß man Gäste gehabt haben oder sie noch haben. Bevor meine Gäste kamen, hätte ich nach Belieben umherstreifen können, was ich ja auch getan habe, aber niemals so wie heute, niemals mit diesem Gefühl, im Urlaub zu sein. Was für ein wunderbarer Tag! Es war alles herrlich. Ich kann mich nicht erinnern, daß der Wald jemals so gut gerochen hat, und nichts war dem kühlen, weichen Gras vergleichbar, auf dem ich während meiner Mittagspause lag. Und dieser großartige Crabbe – warum spricht man eigentlich nicht mehr von Crabbe? Warum wird er nicht mehr gelesen? Ich habe acht Bände von ihm, keine dieser kleinen Anthologien, die ihm irgendwie all seine Würze nehmen, sondern einfach alles von ihm. Keiner hat je so viele Gedichte geschrieben, für alle Lebenslagen passend. Ich glaube, ich könnte meinen Tag mit Mrs. Barnes und Dolly ganz allein mit Gedichten von Crabbe beschreiben. Doch was er geschrieben hat, stand leider unter einem ungünstigen Stern; im Wandel der Zeit ist, was ernst gemeint war, plötzlich spaßig geworden. Er verwest gewissermaßen vergnügt. Stundenlang habe ich am Nachmittag im Gras gelegen und mich an seinen hübschen Versen ergötzt. Er verzaubert mich. Bei ihm vergesse ich die Zeit. Crabbe war schuld, daß ich zu spät zum Abendessen kam. Allerdings ist er der letzte, den man auf einen Spaziergang mitnähme, wenn man nicht glücklich wäre. Crabbe ist ein Barometer für gelassene Heiterkeit. Man muß fröhlich und sorglos sein, um ihn zu genießen. In dieser Stimmung war ich heute; ich war entkommen.

Nun, ich habe meinen Freigang gehabt, meine kleine Unterbrechung, und bin mit neuer Kraft und neuem Eifer für meine Gäste zurückgekommen. Als ich heute abend gute

Nacht sagte, fand ich alles so erfreulich, war ich so glücklich und fühlte mich meinen Gästen so verbunden, daß ich nicht nur Dolly küßte, sondern kühnerweise sogar wagte, Mrs. Barnes zu umarmen.

Sie ließ es geschehen, überrascht, aber freundlich.

Ich nehme an, sie hielt mich vielleicht für etwas impulsiv.

Ich nehme an, das bin ich vielleicht.

30. August

Früher, vor dem Krieg, war das Haus fast immer voller Freunde – Gäste, denn sie waren eingeladen worden, aber ich hätte nie von ihnen als Gästen gesprochen, und ich kann mich auch nicht erinnern, daß ich mir jemals als Gastgeberin vorkam. Der Eindruck, den ich zurückbehalten habe, ist, daß sie alle sehr jung waren. Das waren sie natürlich nicht; manche waren genauso alt wie Mrs. Barnes und andere sogar noch älter. Doch sie hatten alle etwas gemeinsam, daß sie nämlich, unabhängig vom Lebensalter bei der Ankunft, höchstens zwanzig waren, als sie wieder abreisten.

Dafür habe ich keine Erklärung. Die Luft hier, erfrischend und belebend, wie sie ist, kann nicht allein die Ursache sein, denn meine augenblicklichen Gäste sind noch genauso alt wie am ersten Tag. Jedenfalls Mrs. Barnes. Dolly ist alterslos – sie war nie vierzig und wird nie vierzig sein, aber Mrs. Barnes ist immer noch fünfzig Jahre alt wie vor vierzehn Tagen, und die anderen Gäste hatten immer nur eine Woche gebraucht, um jedes einzelne Jahr bis auf die ersten zwanzig abzuschütteln.

Ist es vielleicht dieser statische, eherne Wesenszug, der Mrs. Barnes so unbeweglich macht, zu einem Gast, der unfähig ist, eine Freundschaft zu entwickeln? Doch weil sie darauf beharrt, nur ein Gast zu sein, muß ich denn auf dem mir zugewiesenen Platz als Gastgeberin festgelegt sein? Warum? Ich habe den Wunsch, Freundschaft zu schließen. Ich bin so voll von diesem Wunsch wie ein überlaufender Pokal. Warum sollte ich davon nicht etwas überschwappen lassen? Wie gern wäre ich mit Dolly befreundet, und ich möchte auch Mrs. Barnes als Freundin gewinnen. Wir würden sicher nicht so intim miteinander werden, wie ich bestimmt schon nach zehn Minuten mit Dolly allein wäre, aber wir könnten eine freundschaftliche Verbindung, geprägt von gegenseitiger Nachsicht, entwickeln. Ich würde ihre Vorurteile gelten lassen, und sie würde mir nachsehen, daß ich kaum welche habe, und fände es vielleicht interessant, mir noch ein paar beizubringen.

Aber da Mrs. Barnes so ängstlich darauf bedacht ist, ihre Rolle als perfekter Gast zu spielen, bin ich dazu gezwungen, die dementsprechende Rolle der perfekten Gastgeberin anzunehmen. Das ist ziemlich ermüdend. Da ist keine unbefangene Freundlichkeit möglich, kein unbekümmertes Gespräch; man darf sich nie gehen lassen. Und muß denn ein Gast so permanent dankbar sein? Ihre Dankbarkeit klingt fast wie ein Vorwurf; sie beschämt mich – als wäre ich ein Plutokrat, ein Kriegsgewinnler, jemand, der mehr besitzt als ihm eigentlich zusteht, der großmütig Gefälligkeiten erweist – eine äußerst fatale Stellung.

Jetzt wird mir bewußt, daß ich vorher nie Gäste hatte, sondern nur Freunde. Zum erstenmal beherberge, bewirte und unterhalte ich Gäste – oder besser, da Mrs. Barnes etwas an sich hat, was mich in eine unerklärliche Unterwürfigkeit zwingt und mich veranlaßt hinzunehmen, wie sie über unsere Tage verfügt, fühle ich selbst zum erstenmal als Gast; das habe ich noch nie in meinem eigenen Haus erlebt, aber auch noch nie in irgendeinem anderen Haus, in dem ich je gewesen bin.

Was ist dieses Etwas an Mrs. Barnes, das Dolly und mich dazu bringt, so brav und still dazusitzen? Das brauche ich nicht zu fragen – ich weiß es. Weil sie so redlich ist, so selbstlos und wirklich zutiefst darauf bedacht, daß jeder glücklich und zufrieden ist; es ist unmöglich, sich gegen solche Güte aufzulehnen. Infolgedessen sind uns Hände und Füße gebunden – wir müssen ihre Wünsche erfüllen, so als wäre sie ein Tyrann.

Dolly hat natürlich tausend Gründe zur Dankbarkeit, die sie fesseln. Hat denn nicht Mrs. Barnes alles für sie aufgegeben? Hat sie nicht auf ihr Heim und ihr Auskommen, auf ihr Land und ihre Freunde verzichtet, nur um ihr beizustehen? Sie ist es, die so edelmütig die Hauptlast von Dollys Heirat trägt; sie hat keine Freuden an der Seite Siegfrieds genießen können – ich kann mir nicht vorstellen, daß Dolly im Schlaf einen anderen Namen murmelt als den ihres Gatten – und hat in diesen Kriegsjahren freudig die entsprechenden Auswirkungen hingenommen und sich der verlassenen und mittellosen deutschen Witwe gewidmet, und ihre Jahre und ihre Lebenskraft geopfert, um ihr in schäbigen Pensionen im neutralen Land Gesellschaft zu leisten, da sie Dolly nicht nach Hause, nach England bringen konnte und sie aber auch nicht dort, wo sie ist, alleinlassen wollte.

So eine Hingabe ist ein starkes Bindemittel. Wenn meine Mutmaßung stimmt, dann ist Dolly wirklich derart an Mrs. Barnes gebunden, daß sie gar nicht anders kann, als jedem ihrer Wünsche zu folgen. Selbstverständlich trägt sie diese Unterröcke und diese langen ehrbaren Trauerkleider; so muß eine Witwe nach Mrs. Barnes Vorstellung gekleidet sein. Selbstverständlich geht sie mit einem Schirm auf eine Bergwanderung; Mrs. Barnes findet das vernünftiger und schicklicher als einen Stock. Dollys Dankbarkeit muß sich auch in den belanglosesten Einzelheiten ihres Lebens zeigen. Ja, ich glaube, ich verstehe ihre Situation. Gute Menschen legen einen in Ketten, die man nicht sprengen kann.

Auch mir hat die Güte von Mrs. Barnes Ketten angelegt, wenngleich sie unvergleichlich leichter zu tragen sind. Ich muß sehr taktvoll und behutsam zwischen ihren Gefühlen lavieren. Ich könnte es mir nie verzeihen, wenn ich einem wohlmeinenden Menschen weh tun müßte; aber wenn dieser wohlmeinende Mensch ganz anders geartet ist als man selber, ganz andere Ideen, einen ganz anderen Geschmack und einen anderen Sinn für Humor hat, dann stehe Gott einem bei: dann regiert eine eiserne Zuchtrute im Haus.

Schon die allmorgendliche Prozession nach dem Frühstück zu den Stühlen und zu Merivale trägt zu Dollys und meiner Unterwerfung bei. Als erste kommt Dolly mit dem Buch, dann folgt Mrs. Barnes mit ihrem Strickzeug, und dann komme ich und schaue in die Runde, um einen plausiblen Grund für meine Erlösung zu entdecken, finde aber keinen, der nicht verletzend wäre. Wenn ich etwas zurückbleibe, sieht mich Mrs. Barnes so besorgt an, als wollte sie fragen: »Vertreibe ich Sie etwa von Ihrer eigenen Terrasse?« Als ich mich einmal mit der Ausrede dringender Hausarbeiten noch im Haus aufhielt, kam sie mir mit ängstlichem Gesichtsausdruck nach und bat mich, ihre Hilfe anzunehmen, denn schließlich seien sie und Dolly der Grund für die zusätzliche Arbeit, und es sei ihr unerträglich, wenn ich wegen meiner Güte, ihnen den Aufenthalt hier zu erlauben, der Freizeit beraubt würde, die ich anderenfalls genießen könnte.

»In Ihrem reizenden Schweizer Heim«, sagte sie, das Gesicht von großem Ernst durchfurcht, »in Ihren Sommerferien. Nach der langen Reise hierher.«

»Liebe Mrs. Barnes …«, murmelte ich beschämt. Ich versicherte ihr, ich hätte nur eine Anweisung geben müssen und käme sofort zum Vorlesen.

31. August

Heute morgen gab ich mir alle Mühe, einfach und natürlich zu sein.

Ich will natürlich alles tun, was in meiner Macht steht, um Mrs. Barnes glücklich zu machen; ich werde dabeisitzen, spazierengehen, mir vorlesen lassen, mich von Dolly fernhalten und für die kurze Zeit, in der sie hier ist, das tägliche Leben so regeln, daß sie die größtmögliche Zufriedenheit findet. Doch warum sollte ich nicht gleichzeitig natürlich sein dürfen? Es ist mir so natürlich, natürlich zu sein. Ich fühle mich so beengt und habe das Gefühl, nicht genug Luft zu bekommen, wenn ich nicht sagen darf, was ich sagen will. Seinem natürlichen Wesen nicht nachzugeben – das ist machbar, wenn es nicht zu lange dauert, so wie man auch für kurze Zeit Charme vortäuschen kann. Aber wochenlang hautnah in der Gesellschaft zweier anderer Leute gefangen zu sein, in einem abgelegenen Haus im Gebirge, das bedeutet, daß man sich früher oder später natürlich benehmen muß, sonst wird man, früher oder später, einfach sterben.

Heute morgen also ging ich entschlossen, natürlich zu sein, zum Frühstück. Nach einem längeren tiefen Schlaf als sonst wachte ich auch unternehmungslustiger als sonst auf. Ich zog mich schnell an, bestärkte mich in meinem Entschluß, indem ich mir noch einmal alle guten Gründe vergegenwärtigte, und stellte mich dann ans Fenster in Erwartung der Schelle.

Beim ersten Klingeln eilte ich hinab, denn komme ich nur eine Minute zu spät, wie es schon ein- oder zweimal geschehen ist, finde ich mein Ei in meine Serviette eingeschlagen, Kaffee und heiße Milch mit dem weißen Wollschal umwickelt, den Mrs. Barnes trägt, einen Teller über der Butter für den Fall, daß da Staub sein könnte, einen Teller über dem Honig für den Fall, daß da Fliegen sein könnten, und Mrs. Barnes und Dolly sorgfältig bemüht, so zu tun, als würden sie nicht auf mich warten, und weit entfernt von jedem Vorwurf, am anderen Ende der Terrasse, taktvollerweise in die Aussicht vertieft.

Das hat mich zur Pünktlichkeit erzogen. Es klingelt – und schon bin ich da. Nicht vorher allerdings, wegen all der kostbaren Augenblicke, die ich zugestandenermaßen in meinem Schlafzimmer verbringen darf. Wäre ich jedoch vorher schon da, würde ich Mrs. Barnes und Dolly bereits vorfinden.

Ich weiß nicht, wann sie hinuntergehen, aber sie sind immer schon da, und jedesmal werde ich von Mrs. Barnes begrüßt, die sich höflich danach erkundigt, wie ich geschlafen habe. Das zieht natürlich die entsprechend besorgte Frage nach sich, wie Mrs. Barnes geschlafen hat, und der erste Teil des Frühstücks wird mit den Antworten auf diese Erkundigungen ausgefüllt und danach mit den Lobliedern über das Bett und über die reine Luft, welche letztlich solche befriedigenden Antworten möglich machen.

In der Folge geht Mrs. Barnes nun dazu über zu betonen, wie dankbar sie und Dolly für meine Gutherzigkeit sind. Das erzählt sie mir jeden Morgen, es ist so eine Art tägliches Morgengebet. Anfangs war ich überwältigt und wußte nicht, wie ich die wiederholten Dankbarkeitsattacken parieren sollte, und verhaspelte mich ungeschickt in Proteste und Versicherungen. Jetzt höre ich mir das schweigend an, dem Beispiel himmlischer Instanzen folgend, doch anders als diese bin ich sichtbarlich verlegen und lächle einfältig.

Nach der Lobpreisung meiner Güte kommt die des Kaffees und der Butter, was mich aber weniger berührt, denn ihre Güte hängt mit meiner zusammen; ich bin der Urheber dieses Kaffees und dieser Butter, und ohne mich wären sie überhaupt nicht da.

Während das vor sich geht, sagt Dolly kein Wort, sondern ißt einfach ihr Frühstück. Eigentlich könnte sie mir ja etwas helfen, da sie das alles jeden Morgen hört und bemerkt haben muß, daß mein Reservoir an Widerspruch erschöpft ist.

Heute morgen, gestärkt durch meinen Entschluß, natürlich zu sein, fragte ich sie geradeheraus, warum sie nichts sagte.

Sie war gerade mit ihrem Ei beschäftigt, und Mrs. Barnes war gerade damit beschäftigt, die Güte dieser Eier zu preisen und also auch in diesem Zusammenhang meine Güte, so daß man nicht genau wußte, wo die Eier aufhörten und wo ich ins Spiel kam. Als Mrs. Barnes die Kaffeetasse am Munde hatte, ergriff ich die Gelegenheit und fragte Dolly: »Warum reden Sie nicht beim Frühstück?«

»Reden?« wiederholte Dolly und schaute mit einem Lächeln zu mir auf.

»Ja. Von Dingen reden. Wie sollen wir jemals Freundinnen werden, wenn wir nicht von Dingen reden? Möchten Sie nicht, daß wir uns befreunden?«

»O doch«, sagte Dolly und lächelte.

Mrs. Barnes setzte ihre Tasse hastig ab. »Aber sind wir denn nicht –«, begann sie, wie ich es erwartet hatte.

»Richtig befreundet!« unterbrach ich sie. »Wollen wir uns heute nicht einen Urlaub von Merivale nehmen und einfach beisammen sitzen und reden? Einfach von Dingen sprechen«, fuhr ich fort, noch entschlossen, natürlich zu sein, aber dennoch etwas nervös. »Von Dingen der Realität!«

»Aber ist denn das Vorlesen ... gibt es vielleicht ein anderes Buch, das Sie lieber ... machen Sie sich nichts aus Merivale?« fragte Mrs. Barnes zutiefst besorgt.

»O doch«, versicherte ich ihr, kurzzeitig nicht mehr ganz so natürlich, um höflich zu sein, »ich schätze ihn sehr. Ich habe nur gedacht ... ich glaube, eine Abwechslung wäre doch ganz amüsant. Einfach dasitzen und reden. Im Schatten sitzen und ... na ja, über Verschiedenes reden.«

»Ja«, sagte Dolly, »von Herzen gern.«

»Wir könnten uns Geschichten erzählen wie die Leute in ›Earthly Paradise‹. Wahre Geschichten ... aus unserem Leben.«

»Ja«, sagte Dolly wieder, »von Herzen gern.«

»Wir würden uns sicher sehr freuen«, sagte Mrs. Barnes höflich, »Geschichten zu hören, die Sie uns erzählen wollen.«

»O ja, aber Sie müssen auch Geschichten von sich erzählen, das wäre nur recht und billig. Die Regeln des Spiels gelten für alle.«

»Ja«, sagte Dolly, »von Herzen gern.« Ihr Grübchen zuckte.

»Wir sind da bestimmt ... jedenfalls Dolly und ich ... zu alt, um noch irgendwelche Spiele zu spielen«, sagte Mrs. Barnes mit Würde.

»Aber nein. Wenn Sie erst einmal angefangen haben, macht es Ihnen Spaß. Das Spiel kann ich doch nicht allein spielen, oder?« sagte ich, immer noch bemüht, fröhlich und einfach zu sein. »Sie möchten mich doch nicht alleinlassen, oder?«

Aber ich wurde schon unsicher. Mrs. Barnes Auge ruhte auf mir, und unter diesem Blick war es mir unmöglich, weiterhin fröhlich und einfach zu sein.

Ich schwankte. »Ich glaube manchmal«, sagte ich fast schüchtern, »daß wir nur Zeit vertun.«

»Aber nein, wirklich nicht«, rief Mrs. Barnes beunruhigt. »Finden Sie denn nicht Merivale« (wäre ich ein Mann gewesen, hätte ich an dieser Stelle ›Zum Teufel mit diesem Merivale‹ gesagt und mich wohler gefühlt), »sehr lehrreich? Eine gute historische Abhandlung zu lesen ist doch niemals Zeitverschwendung! Und er ist nicht schwer – oder finden Sie ihn etwa schwierig zu verstehen? Seine Informationen werden immer bildhaft dargeboten – und zwar in auffallender Weise. Man mag vielleicht zu alt für Spiele sein, aber niemals zu alt für Belehrung.«

»Ich fühle mich nicht zu alt für Spiele«, sagte Dolly.

Mrs. Barnes wandte sich zu ihr. »Gefühle haben nichts mit der Realität zu tun«, äußerte sie streng.

»Ich habe nur gedacht«, warf ich ein, »daß wir heute

miteinander reden könnten, statt uns vorzulesen. Einfach mal zur Abwechslung. Wenn es Ihnen mißfällt, daß wir uns Geschichten aus unserem Leben erzählen, dann können wir uns doch einfach so unterhalten. Wir erzählen uns, was wir über bestimmte Dinge denken. Große Dinge wie ... nun, Liebe und Tod zum Beispiel. Dinge, die uns zu diesem Zeitpunkt nicht wirklich berühren«, versicherte ich ihr.

»Es interessiert mich nicht, über Liebe und Tod zu sprechen«, sagte Mrs. Barnes in eisigem Ton.

»Warum nicht?«

»Das sind Dinge, die einen Menschen durcheinanderbringen.«

»Aber warum? Es wäre doch nur eine Spekulation –«

Sie hob eine Hand in die Höhe. »Vor diesem Wort schrecke ich zurück. Spekulationen jeder Art sind mir widerwärtig. Mein Schwager sagte mir einmal: ›Hüte dich vor Spekulationen!‹«

»Aber das meinte er doch nur im Börsensinne!«

»Er meinte das in jedem Sinne, auch moralisch, dessen bin ich sicher.«

»Also gut, spekulieren wir nicht, sondern sprechen wir einfach über Erfahrungen. Wir haben alle Erfahrungen gemacht. Das wäre bestimmt so lehrreich wie Merivale, und vielleicht könnten wir sogar ... ja, vielleicht könnten wir sogar zusammen ein wenig lachen. Fänden Sie das nicht auch ganz lustig ... ein wenig lachen?«

»Ich würde auch gern lachen«, sagte Dolly mit glänzenden Augen.

»Angenommen, wir wären hier nicht drei Frauen, sondern drei Männer –«

Mrs. Barnes, schon seit einigen Minuten sichtlich verhärtet, richtete sich würdevoll auf. »Ich fürchte, diese Vorstellung ist mir nicht möglich«, sagte sie.

»Also gut, wir nehmen ja nur an, wir wären –«

»Ich möchte das nicht annehmen«, wandte Mrs. Barnes ein.

»Nun gut, also angenommen, wir wären das gar nicht, sondern es wären einfach nur drei Männer hier, die ihre Sommerferien hier verbringen ... können Sie sich vorstellen, wie die miteinander sprächen?«

»Ich kann es mir nur vorstellen, wenn es drei gesittete Männer wären«, sagte Mrs. Barnes, »aber auch dann nur sehr verschwommen.«

»Ja natürlich. Also sprechen wir heute morgen doch einmal so, als ob wir drei gesittete Männer wären – über alles und jedes. Ich wüßte auch nicht«, fuhr ich fast flehentlich fort, »warum wir nicht über alles und jedes sprechen könnten.«

Dolly schaute mich an. Ihre Augen funkelten.

Mrs. Barnes saß sehr aufrecht. Sie war damit beschäftigt, den Honiglöffel um sich selbst zu drehen, immer weiter, ohne aufzuhören, wie um auch noch ein allerletztes Abtropfen zu verhindern; gebannt beobachtete sie den Löffel, und wenn ihr Blick einen Tadel enthielt, blieb er mir verborgen.

»Sie müssen mir verzeihen«, sagte sie und drehte den Löffel sorgfältig ein letztes Mal, »aber da ich kein gesitteter Mann bin, kann ich leider nicht mithalten. Auch Dolly kann das natürlich nicht, und zwar aus demselben Grund. Aber es versteht sich von selbst«, fügte sie ernst hinzu, »daß es überhaupt keinen Grund gibt, warum Sie sich nicht auf Ihrer eigenen Terrasse vorstellen könnten, ein gesitteter Mann –«

»O nein«, unterbrach ich sie, »o nein, nein. Sie haben wahrscheinlich recht. Es ist wahrscheinlich am besten, mit Merivale fortzufahren.«

Wir beendeten das Frühstück mit den üblichen Artigkeiten.

Ich machte keinen Versuch mehr, natürlich zu sein.

1. September
Dolly vergaß sich heute morgen.

Am Ersten jedes Monats bezahle ich Rechnungen. Letzten Monat erinnerte mich Antoine, daß ich es vor dem Krieg so zu halten pflegte, und ich weiß noch, wie widerwillig ich mich von meinen Meditationen vom Gras erhob, um hineinzugehen und Zahlen zu addieren. Aber heute freute ich mich darauf. Fröhlich ging ich ins Haus.

»Das ist heute mein Tag für die Abrechnungen«, verkündete ich Mrs. Barnes, als sie die Prozession zu den Stühlen anzuführen gedachte. »Die werden mich wohl den ganzen Vormittag in Anspruch nehmen, wir sehen uns also erst zum Mittagessen wieder.«

»Du meine Güte«, sagte sie mitfühlend, »wie langweilig für Sie. Diese schrecklichen Termine – wie gut ich die kenne und wie ich sie immer gefürchtet habe.«

»Ja«, warf Dolly ein,

»Reines Glück genießt doch nie,
wer zahlen soll und weiß nicht wie.

Arme Kitty. Das kennen wir doch alle, nicht wahr?« Sie legte den Arm um ihre Schwester.

Dolly hatte sich vergessen.

Ich hielt es für das beste, gleich ins Haus zu meinen Rechnungen zu gehen.

Ihre Aussprache war akzentfrei; ich verstehe genug Deutsch, um das beurteilen zu können.

2. September
Wir waren heute den ganzen Tag über etwas gehemmt wegen gestern. Dolly saß zusammengesunken beim Mittagessen; es war das erste Mal, daß sie nicht lächelte. Ich glaube, Mrs. Barnes hat sie wohl noch nachdrücklicher als sonst gerügt. Es ist mir klar, daß sie verzweifelt bemüht ist, mir die Existenz Siegfrieds zu verheimlichen. Ich habe mir über-

legt, ob es nicht vielleicht möglich ist, Deutsche behutsam ins Gespräch zu bringen und Mrs. Barnes wissen zu lassen, daß ich hinsichtlich Dollys Ehemann schon selber meine Schlüsse gezogen habe und mir nichts daraus mache. Warum sollte ich am Ehemann einer anderen Anstoß nehmen? Eine wirklich liebende Frau kümmert sich nur um ihren eigenen Mann. Aber nun kenne ich keine zwei Themen, die heikler sind als Deutsche und Ehemänner. Wenn beides auch noch zusammenkommt wie in diesem Fall, dann verläßt mich der Mut.

In trübsinniger Stimmung machten wir am Nachmittag einen Spaziergang. Mrs. Barnes war wachsam und Dolly voller Demut. Ich versuchte, lustig und munter zu sein, aber ganz allein auf sich gestellt, kann man nicht lustig und munter sein.

3. September

In der Nacht tobte ein Gewitter, und zum erstenmal seit meiner Ankunft wachte ich bei Regen und Nebel auf. Der Nebel quoll in Wellen durch die offenen Fenster herein; es war recht kalt im Zimmer. Auf dem Thermometer, das draußen hing, war abzulesen, daß die Temperatur um zwanzig Grad gefallen war.

Wir waren schon derart an das schöne Wetter gewöhnt, daß der plötzliche Wechsel einer Revolution gleichkam. Im Treppenhaus war viel Getrappel zu hören, und als ich zum Frühstück ging, sah ich, es war in der Halle gedeckt. Nach unseren Mahlzeiten draußen in strahlender Helle kam es uns jetzt vor, als säßen wir in einem Grab. Die Vordertür war geschlossen; der Regen trommelte auf die Fenster, und hinter den Scheiben, zwischen uns und der Welt, hing der Nebeldunst wie ein großer grauer Vorhang aus Flanell. Ein besonders widerlicher Dezembermorgen in England könnte nicht bedrückender sein.

»*C'est l'automne**«, sagte Antoine, als er drei Rohrstühle hereinbrachte und um den Teetisch, auf dem nun gedeckt war, herumstellte.

»*C'est un avertissement***«, ergänzte Mrs. Antoine, als sie den Kaffee brachte.

Antoine meinte dann, er halte es für möglich, daß Madame und *ces dames* jetzt ein kleines Holzfeuer schätzten, um sich aufzuwärmen und aufzumuntern.

»Bitte nicht unseretwegen«, sagte Mrs. Barnes auf der Stelle sehr nachdrücklich. »Dolly und ich spüren die Kälte nicht, das versichere ich Ihnen. Bitte kein Feuer unseretwegen!«

»Aber es wäre doch so gemütlich –«, begann ich, denn im Hinblick auf Wärme bin ich wie eine Katze.

»Es wäre mir weitaus lieber, Sie würden keines machen lassen«, sagte Mrs. Barnes und runzelte die Stirn. »Bedenken Sie doch – all das Holz!«

»Es wären ja nur ein paar Klötze –«

»Heutzutage ist Holz viel zu wertvoll. Außerdem wäre es ja viel zu früh, mit Kaminfeuer anzufangen. Letzte Woche war es noch August. Da hatten wir die Hundstage.«

»Aber wenn wir frieren –«

»Da wären wir wirklich arm dran, Dolly und ich, wenn wir die Kälte spürten, kaum daß es aufgehört hat, warm zu sein. Bitte denken Sie nicht, daß wir Ihre Liebenswürdigkeit nicht zu schätzen wüßten. Sie wollen für uns ein Feuer machen lassen, aber es täte uns wirklich sehr leid, Dolly und mir, wenn wir daran schuld wären, daß Sie so früh anfangen, Feuer zu machen.«

»Aber –«

»Sparen Sie die Holzklötze auf, ich bitte Sie inständig.« Al-

* C'est l'automne: Es ist Herbst (Anm. d. Ü.)

** C'est un avertissement: Er kündigt sich an (Anm. d. Ü.)

so hatten wir kein Feuer, und da saßen wir nun, Mrs. Barnes mit dem weißen Schal, der endlich seinen Zweck erfüllte, und bemühten uns alle, nicht zu frösteln.

Nach dem Frühstück – das uns die Antoines als Ganzes entführten, mit Tisch und allem, so daß wir uns rings um einen leeren Kreis gegenübersaßen und uns plötzlich seltsam nackt vorkamen – erwartete ich den Auftritt Merivales, stand also auf, schob einen bequemen Sessel zu Dolly hin und machte das Licht an.

Zu meiner Überraschung wollte aber Mrs. Barnes lieber auf das Vorlesen verzichten, damit ich tagsüber keinen Strom verbrauchte. Das wäre eine unverzeihliche Extravaganz, meinte sie. Auch Dolly könnte stricken, sie brauchten beide kein Licht zum Stricken.

Ich war sehr gerührt. Von Anfang an war sie rührend und zugleich in lästiger Weise bemüht, mir vermeidbare Ausgaben zu ersparen, aber nie derartig rücksichtsvoll. Ich weiß, wieviel Wert sie auf das Vorlesen legt. Aber wenn wir einfach im Dunkeln dasäßen, könnten wir doch anfangen, miteinander zu reden. Ich war wirklich sehr gerührt.

Mrs. Barnes ist tatsächlich eine rührende Frau. Weil das so ist, weil sie so darauf bedacht ist, nur keine Mühe zu machen, damit sich jeder wohlfühlt, macht man immer genau das, was sie will. Ich würde alles tun, um Mrs. Barnes nicht zu verletzen. Ich würde auch fast alles tun, um sie zu beruhigen. Was ihren Drang zu selbstlosen Entscheidungen betrifft, wäre es nur vergebliche Liebesmüh, sie davon kurieren zu wollen.

Das habe ich allmählich begriffen.

Anfangs hatte ich während der Mahlzeiten viel Zeit damit verbracht, ihr zu versichern, daß vieles nicht ausgerechnet ihretwegen oder Dollys wegen geschieht, und da es also in ihrer Sicht nur meinetwegen geschehen sein konnte, hatten meine Zusicherungen lediglich zur Folge, daß ich als äußerst habgierig erscheinen mußte. Ich hatte geglaubt, hier oben sehr bescheiden zu leben, aber Mrs. Barnes hatte wohl soviel bescheidener gelebt, daß sie den Verdacht hat, fast alles hier wäre ein Luxus und nur meiner Gastlichkeit zuzuschreiben.

Sie war zum Beispiel felsenfest davon überzeugt, daß die Aprikosen speziell ihretwegen besorgt worden wären, so daß ich schließlich, um sie zu beruhigen, Mrs. Antoine bitten mußte, keine mehr zu kaufen. Dabei liebten wir alle Aprikosen, und unten im Tal wurden sie im Überfluß angeboten. Danach bekamen wir Johannisbeeren, denn die waren aus unserem Garten, wie Mrs. Barnes wußte; allerdings verschmähten wir sie, wir mochten sie nicht.

Täglich wurde mittags ein Krug Zitronenlimonade auf den Tisch gestellt, und das beunruhigte sie. Sie sprach die ganze Zeit nur noch von Zitronen, die nicht verbraucht würden, und von dem Zucker, der gespart werden könnte, wenn sie und Dolly nicht hier wären. Um sie zu besänftigen, damit sie sich keine Vorwürfe zu machen brauchte, bat ich also Mrs. Antoine, nur noch Wasser hereinzubringen.

Gebäck zum Tee gibt es seit einer Woche nicht mehr. Eier zum Frühstück und Honig durften uns erhalten bleiben, denn Mrs. Barnes kann die Hühner hören und die Bienen sehen und weiß also, daß das nicht speziell für sie besorgt worden ist. Sie ißt Kartoffeln und Kohl und alles, was aus dem Garten kommt, wird aber unruhig, wenn Fleisch auf dem Tisch steht. Gestern hat ihr eine Hammelkeule große Pein verursacht, denn nichts hätte sie überzeugen können, daß ich ohne Gäste nicht mit einem Kotelett zufrieden gewesen wäre.

»Bitte keine Hammelkeulen mehr«, sagte ich anschließend zu Mrs. Antoine. »Statt dessen bitte nur noch drei Koteletts.«

Ich fürchte, Mrs. Antoine nimmt voller Entrüstung an, daß ich meinen Gästen mit ungastlicher Härte begegne.

Meine Anweisung an Antoine heute morgen, kein Feuer anzuzünden, wird sie in ihrem Verdacht bestärken, daß aus Madame eine knickerige Madame geworden ist. Sie hat offenbar Antoine ihre Befürchtungen mitgeteilt, denn als ich ihr unlängst sagte, sie möge Zucker und Zitronen weglassen und nur das Wasser bringen, sah sie ihn an, und als ich hinausging, hörte ich sie flüstern – da er ihr zweifellos angedeutet hatte, so sei ich früher nicht gewesen –: »*C'est la guerre.*« Es schien ihr die einzig mögliche Erklärung.

Meine Anwesenheit änderte nichts an der trübsinnigen Stimmung in der Halle, und gegen elf Uhr entfuhr mir eine unbedachte Bemerkung: »Ich wünschte, ich könnte jetzt eine Pfeife rauchen.« Worauf Dolly sofort meinte, das sei doch sicher sehr angenehm, worauf Mrs. Barnes nur sagte: »Dolly!«

Unter dem Vorwand nachzusehen, was es zum Essen gäbe, ging ich in die Küche, aber in Wirklichkeit nur, um wenigstens eine Zeitlang irgendwo zu sein, wo ein Feuer brannte.

Mrs. Antoine beobachtete, wie ich mich wärmte, mit respektvoller Mißbilligung. »*Madame devrait faire faire un peu de feu dans la halle*«, sagte sie. »*Ces dames auront bien froid**.«

»*Ces dames* lassen das nicht zu«, erklärte ich in meinem hitzigsten Französisch, so gut es ging. »*Ces dames* flehen mich an, kein Feuer zu machen. *Ces dames* wehren sich gegen Feuer. Ich komme um, weil *ces dames* beschlossen haben, kein Feuer zu wollen.«

Aber Mrs. Antoine glaubte mir kein Wort. Ich sah es ihr an, daß sie dachte, daß ich auf Kosten meiner wehrlosen

* Madame devrait faire faire un peu de feu dans la halle. Les dames auront bien froid: Madame sollte ein Feuer in der Halle machen lassen ..., den Damen ist sicher kalt. (Anm. d. Ü.)

Gäste knauserig sein will. Es waren die Leiden des Krieges, folgerte sie, die das Wesen von Madame verändert hatten. Das war die freundlichste, die einzig mögliche Erklärung.

Abends

Es hat gerade geklopft. Ich dachte, Mrs. Antoine wollte mich in irgendeiner Haushaltsfrage sprechen und sagte *Entrez*, aber es war Mrs. Barnes.

Sie war vorher noch nie in mein Schlafzimmer gekommen, und ich hoffte, sie merkte mir mein Erstaunen nicht an. Aber ich glaube, ich brauchte nur eine Sekunde, um mich als Gastgeberin zu fassen.

»Oh, treten Sie ein«, rief ich, »was für eine nette Überraschung.«

Zivilisierte Menschen hüllen eben ihre wahren Gefühle in die glitzernden Roben der Höflichkeit.

»Dolly und ich haben Sie doch hoffentlich nicht aus der Halle vertrieben?« fragte sie besorgt.

»Ich bin nur für eine Minute heraufgekommen«, erklärte ich, »und wollte gerade wieder hinuntergehen.«

»Oh, da bin ich froh. Ich hatte schon Angst –«

»Ich wünschte, Sie hätten nicht so oft Angst, mich zu vertreiben«, sagte ich liebenswürdig. »Sehe ich etwa vertrieben aus?«

Mrs. Barnes ging nicht auf meine scherzhafte Bemerkung ein. Sie hatte etwas auf dem Herzen. Sie sah aus wie jemand, der voller Widerstreben ist und sich dennoch angetrieben fühlt, etwas zu tun.

Sie sagte feierlich: »Wenn Sie vielleicht einen Moment Zeit für mich hätten, dann wäre jetzt eine gute Gelegenheit für ein Gespräch. Ich möchte etwas mit Ihnen bereden.« Sie betrachtete mich abwehrend, die Augen voll unangreifbarer Rechtschaffenheit.

»Gern«, sagte sie höflich und scheinbar freudig.

Nun kommt der Nachhall von Dollys deutschem Ausrutscher, dachte ich, und jetzt wird mir endlich Siegfried geoffenbart.

»Nehmen Sie doch bitte Platz«, sagte ich und schob ihr einen bequemen Sessel hin; ich setzte mich auf den Rand des Sofas.

»Vielen Dank. Was ich sagen möchte, ist …«

Sie zögerte. Es fiel ihr vermutlich schwer, aus heiterem Himmel Siegfried ins Spiel zu bringen, und deshalb wollte ich ihr sofort eine Brücke bauen.

»Ach wissen Sie, mir macht es doch gar nichts aus, wenn –«

»Was ich sagen möchte«, wiederholte sie, bevor ich das fatale Wort aussprechen konnte, »worauf ich hinweisen will, ist, daß es sehr viel kühler geworden ist.«

Das war nun so weit von Siegfried entfernt, daß ich sie eine Weile schweigend ansah. Ich ahnte dann, was kommen würde, und versuchte, es abzufangen.

»O ja«, erwiderte ich, denn ich fürchtete all diese Danksagungen, die sie ganz sicher vorbringen würde, weil sie so lange hierbleiben durften, »Sie möchten jetzt endlich auch ein Feuer in der Halle, nicht wahr?«

»Nein, nein. Wir haben es warm genug, glauben Sie mir. Ein Feuer wäre uns unangenehm. Was ich sagen möchte, ist …«, wieder zögerte sie, sprach aber dann mit fester Stimme weiter. »Ich möchte also sagen, das Wetter ist umgeschlagen, die große Hitze ist vorüber, und damit entfallen auch die Gründe für Ihre verlängerte und so wundervolle Gastfreundschaft. Ich brauche Ihnen wohl kaum zu sagen, daß wir niemals, niemals imstande sein werden, unsere –«

»Oh, Sie wollen also kündigen?« unterbrach ich sie und versuchte, frisch und munter ihren permanenten unabwendbaren Dank gewissermaßen zu überklettern wie eine lebensfrohe herbstliche Ranke, und zwar weil ich nervös war.

Immer, wenn ich nervös bin, werde ich furchtbar lustig und munter.

Tatsächlich aber fürchte ich mich vor ihrer Dankbarkeit. Sie erniedrigt mich. Sie erfüllt mich mit Trauer, ähnlich wie Simon Lees Dankbarkeit Wordsworth mit Trauer erfüllte. Ich kann das nicht ertragen. Was ist das nur für eine Welt, möchte ich ausrufen, was für eine elende, schändliche, zerstörerische Welt, wenn man schon mit so furchtbar Wenigem die Menschen so furchtbar froh machen kann.

Jetzt kam es mir in den Sinn, daß der Ausdruck »kündigen« von der feierlich ernsten Mrs. Barnes vielleicht nicht so lustig verstanden werden könnte, wie er gemeint war. Besorgt, sie möglicherweise verletzt zu haben, griff ich zum ersten besten Mittel, das mir einfiel, um sie zu besänftigen, und das war eine warmherzige und fast unbegrenzte Verlängerung meiner Einladung. »Weil ich nämlich, wissen Sie«, sagte ich munter, vom Wunsch getrieben, niemandem wehe zu tun, »Ihre Kündigung nicht annehmen würde. Ich lasse Sie nicht gehen. Vorausgesetzt natürlich«, setzte ich hinzu, »daß Sie und Dolly nichts gegen die Ruhe und die Eintönigkeit hier oben einzuwenden haben. Wollen Sie nicht hierbleiben, bis ich selber abreise?«

Mrs. Barnes machte den Mund auf, um etwas zu sagen, aber ich stand schnell auf, ging zu ihr und küßte sie. Das geschah ganz impulsiv, ich wollte etwas Zeit gewinnen, um den Augenblick ihrer Antwort noch etwas hinauszuschieben, denn ich wußte, was kommen würde, gleichgültig, ob sie nun die Einladung annähme oder nicht, nämlich eine Reihe von endlosen und unerträglichen Ergüssen ihrer Dankbarkeit.

Doch als ich sie küßte, legte sie mir einen Arm um den Hals und drückte mich an sich, und in dieser plötzlichen Bewegung eines Menschen, der sonst mit sichtbaren Zeichen seiner Sympathie geizte, lag etwas so unerwartet Rührendes, daß mein Herz einen kleinen Sprung machte, und ich flüsterte ihr ins Ohr (wie sonderbar, daß ich einer Mrs. Barnes etwas ins Ohr flüstern sollte): »Gehen Sie bitte nicht, lassen Sie mich nicht allein ... bitte nicht ... bitte bleiben Sie ...«

Sie sagte nichts, und ich küßte sie noch einmal und flüsterte: »Bitte ...«

Und als sie weiterhin schwieg, flüsterte ich: »Einverstanden? Sagen Sie, daß Sie bleiben ...«

Und dann entdeckte ich zu meinem Schrecken, warum sie nichts sagte. Sie weinte.

Ich bin im Hinblick auf Mrs. Barnes zu langsam und phantasielos gewesen. Da ich ja ahnte, daß Dolly eine deutsche Witwe war, hätte ich mir auch leicht die Folgen vorstellen können: die Not, die solch eine Situation nach sich zieht, den Kummer und die Demütigungen von seiten der Leute in den Pensionen, durch die sie sich während des Krieges und nach dem Krieg geschleppt hatte, Orte also, an denen Dollys Name notwendigerweise registriert und ihre Staatszugehörigkeit infolgedessen bekannt geworden war; die Strapazen dieses Lebens und die Einsamkeit, ohne eine Bleibe, immer gezwungen weiterzuwandern, denn ihr kleiner Kreis in Dulwich würde sie Dollys wegen zurückweisen oder sie brieflich – wenn sie überhaupt noch Post bekäme – wegen ihres idiotischen Opfers beschimpfen; ohne die Möglichkeit, einen Unterschlupf zu finden, und ohne Ausblick in die Zukunft, gequält von einer nagenden Erinnerung an die verlorene Herrlichkeit eines geordneten Lebens in einem schön ausgestatteten Heim, in dem man sonntags die Kirchenglocken läuten hört, in einer Umgebung, in der jeder höflich ist und der Straßenfeger respektvoll grüßt.

Ihr Leben lang war Mrs. Barnes eine hochachtbare Frau gewesen, und aus dem, was sie sagte, schließe ich, daß die Achtung, die man ihr entgegengebracht hatte, das war, was sie am höchsten schätzte. Klar und einfach vor ihren Freunden zu stehen, ohne das mindeste in ihrem Handeln begründen oder gar verteidigen zu müssen, war wohl das, was das Wort »Glück« für sie bedeutete. Und nun ist sie hier, immer auf Wanderschaft, immer in Deckung. Mit Dolly. Mit der geliebten, schwierigen, unbegreiflichen Dolly. Nirgends willkommen, überall unerwünscht und sicher oft von radikal deutschfeindlichen Pensionswirten vor die Tür gewiesen.

Ich war Mrs. Barnes gegenüber dickhäutig, und ich schäme mich. Ob meine Ahnung nun richtig war oder falsch – sie soll ihre Geheimnisse behalten. Ich hatte scheinbar gute Absichten gehabt und törichterweise geglaubt, ich könnte unser tägliches Zusammensein etwas freundlicher gestalten, aber ich werde nie mehr versuchen, mich unbedacht in Dinge einzumischen, über die sie schweigen möchte. Als sie heute morgen so weinte, sah ich sie bestürzt und fassungslos an – und begriff mit einem Mal. Ich wußte plötzlich alles, so wie ich es hier aufgeschrieben habe, als hätte sie es mir erzählt. Ich streichelte ihr die Hand und tat so, als merkte ich nichts, denn es war so schrecklich mitanzusehen, wie sehr sie sich bemühte, ihre Tränen zu unterdrücken. Ich sagte immer wieder, denn tatsächlich wußte ich nicht, was ich sonst sagen sollte: »Also dann bleiben Sie ... das ist mir wirklich sehr lieb ... nun gut, das ist abgemacht ...«

Und da hörte ich mich doch selbst, wie ich meiner Freude Ausdruck gab, daß ich nun gewiß Merivale bis zum Ende hören dürfte.

Ich hatte die glorreiche Idee, die Unterredung dadurch zu beenden, daß ich unter dem Vorwand, Anweisungen geben zu müssen, Mrs. Barnes in meinem Zimmer allein ließ, so daß sie in aller Ruhe ihre Fassung zurückgewinnen konnte, bevor sie wieder nach unten ging. »Ich muß schnell Antoine etwas auftragen«, hatte ich plötzlich gesagt, »etwas, was ich vergessen habe.«

Jetzt war ich wirklich taktvoll gewesen. Wunderbar. Ich

freute mich darüber, daß es mir gelungen war, diese elegante Lösung zu finden. Dolly sollte nicht sehen, daß Mrs. Barnes geweint hatte, das wäre Mrs. Barnes sicher nicht recht gewesen. Sie konnte jetzt ruhig in meinem Zimmer bleiben, bis ihre Augen nicht mehr gerötet waren, und dann gefaßt hinuntergehen, wie immer bereit, ein gutes Beispiel zu geben.

Weiterhin taktvoll, vermied ich, in die Halle zu gehen, denn da saß Dolly ganz allein; nun hätte ich zum erstenmal Gelegenheit gehabt, mit ihr unter vier Augen zu sprechen, wie ich es mir schon lange gewünscht hatte. Aber natürlich wollte ich jetzt nichts tun, was Mrs. Barnes beunruhigt hätte, und hoffentlich ergibt sich das auch nie mehr.

Die Halle auszulassen bedeutete allerdings, durch den Gesindetrakt zu gehen. Ich konnte nun nicht in der Küche unterschlüpfen und mich dort wärmen, denn es war die Mittagspause der Antoines. So blieb mir nur die Hintertür, der letzte Notausgang für eine Gastgeberin; sie war offen. Draußen war der Hof, der Regen und Mou-Mous Hundehütte, die sich aus dem Dunst erhob.

Ich stellte mich in die Tür und betrachtete den Hof, bis Mrs. Barnes vermutlich wieder aus meinem Zimmer kommen würde. Sie würde so lange dort bleiben, bis sie der Welt wieder gefaßt entgegentreten konnte, ich mußte also geduldig sein. Deshalb stand ich in der Tür, in stiller Betrachtung versunken, um mich in Geduld zu üben.

Es ist erstaunlich, wie durchdringend kalt diese feuchten Bergnebel sind. Sie scheinen durch den Körper hindurch tief in den Geist einzudringen, den sie gleichfalls mit ihrer Kälte imprägnieren und mit Unsicherheit erfüllen, was die Zukunft betrifft.

4. September

Dolly sah gestern beunruhigt aus, wie mir schien, als Mrs. Barnes ihr unbewegt und scheinbar kühl wie immer – doch jetzt wußte ich es besser – beim Tee und in meiner Gegenwart mitteilte, daß ich sie eingeladen hätte, so lange hierzubleiben, wie ich selber blieb.

Diesmal wurde ihre Ankündigung zum Glück nur von einigen wenigen Danksagungen garniert. Ich glaube, sie war sich ihrer selbst noch nicht sicher genug und faßte sich deshalb kurz. Dolly sah schnell zu mir hin, aber ohne ihr übliches Lächeln. Ich sagte, es sei mir ein Vergnügen, sie noch weiter hier zu behalten. »Sie möchten doch gern bleiben, Dolly, nicht wahr?« fragte ich, meine Rede unterbrechend, denn sie blickte mich ernst an, nicht unbedingt wie jemand, der erfreut ist.

Sie bejahte das, selbstverständlich bleibe sie gern, meinte sie mit einigen höflichen Floskeln. Aber sie sah nachdenklich aus, und ich glaube, sie möchte mir sagen oder mir von Mrs. Barnes sagen lassen, was es mit Siegfried auf sich hat. Sie denkt sicher, ich sollte wissen, was für eine Sorte von Gast ich hier einlade, bevor ich entscheide, ob ich sie wirklich noch länger hierbehalte oder nicht.

Ich wünschte, ich könnte ihr irgendwie übermitteln, ohne natürlich Mrs. Barnes aufzuregen, daß ich Bescheid wüßte und daß es mir nichts ausmacht. Ich lächelte ihr beruhigend zu, aber je mehr ich lächelte, um so ernster wurde sie.

Zwischen Mrs. Barnes und mir herrscht nun eine scheue Zuneigung, die sich auf ein geheimes Einverständnis gründet. Sie kann so kalt und steif aussehen, wie sie will, aber wir haben uns geküßt, und ich habe ihren Arm um meinen Nacken gespürt. Wieviel erhellender, wieviel wirksamer als alle Worte und als jede Erklärung ist doch so eine ganz einfache Sache: ein Kuß. Ich glaube, wenn wir alle weniger redeten und mehr küßten, kämen wir sehr viel schneller zu einem gegenseitigen Verständnis. Das ist meine Theorie, aber ich sage sie nur mit größter Zurückhaltung; es ist auch eher eine vage Vermutung als eine Theorie. In der Unterhaltung würde ich sie erst gar nicht erwähnen, und in der Literatur habe ich nirgends dergleichen gefunden – außer früher einmal, und da kam es von einem Deutschen. In einem seiner Gedichte stand in der ersten Zeile:

O schwöre nicht und küsse nur!

Das fand ich eine sehr vernünftige Empfehlung.

5. September

Das Wetter ist tatsächlich nicht umgeschlagen. Wir hatten das Gewitter und den einen trüben Tag, aber dann klärte es sich wieder auf. Es wurde zwar nicht mehr so heiß – die Hitze ist für dieses Jahr vorbei –, aber die Tage waren von einem kühlen, klaren Gold. Gestern ist es den ganzen Tag heller geworden, und gegen Abend kam ein starker Wind auf, der in der Nacht den Himmel bis auf die Sterne klargefegt hat. Als ich heute morgen aufgewacht bin, war da wieder der vertraute goldene Fleck auf der Wand, und da wußte ich, es würde ein schöner Tag.

Es war auch ein schöner Tag; der Schnee kam tiefer die Hänge herab, und die windstille Luft war frisch. Es funkelte ringsherum, und man fühlt sich selber wie eine strahlende Lichtblase. So konnte einem auch beinahe Mrs. Barnes vorkommen; für ihre Verhältnisse war sie von erstaunlicher Heiterkeit.

»Ah«, rief sie auf der Terrasse nach dem Frühstück und sog die Luft in großen Zügen ein, »jetzt verstehe ich diesen Ausdruck, der so oft in Landschaftsbeschreibungen vorkommt. Die Luft ist wirklich wie Champagner.«

»Die Wirkung ist, daß man sich sehr gesund fühlt«, sagte ich.

Es gab manches, was ich statt dessen hätte sagen wollen, aber ich hielt mich zurück. Ich will jetzt so vorsichtig wie möglich meine Unterhaltung mit Mrs. Barnes auf ja, ja und nein, nein beschränken – das heißt, ich will direkt und kurz sein und nichts ansprechen, was auch nur mittelbar Dolly ermutigen könnte. Dolly hat versucht, mich allein abzufangen, zweimal sogar, nachdem Mrs. Barnes ihr erzählt hatte, ich hätte sie eingeladen zu bleiben, aber ich bin ihr aus dem Weg gegangen.

»Gesund?« wiederholte Mrs. Barnes. »Da fühlt man sich mehr als gesund. Die Luft steigt einem zu Kopf. Es ist leicht möglich, daß sie mich schwindlig macht, daß sie mir den Kopf verdreht.«

Und dann gab sie mir tatsächlich ein Rätsel auf – Mrs. Barnes gibt mir ein Rätsel auf, um zehn Uhr morgens, mir, die Rätsel nie leiden konnte und schon im Alter von sechs Jahren nichts Schätzenswertes daran fand und danach auch nicht mehr bis zum heutigen Tag!

Natürlich war meine Antwort falsch. Verwirrt und ungestüm antwortete ich mit »Brandy«, aber es hätte »Whisky« heißen müssen. Aber im Grunde fand ich es großartig, daß ich mit meiner Antwort so nahe an der richtigen Lösung war. Ich schreibe das Rätsel hier nicht auf. Es war schon alt, als Mrs. Barnes jung war, denn sie erzählte mir, sie habe es von ihrem Vater, der über einen Witz so herzlich lachen konnte, wie auch sie es kann.

Aber es war doch sehr verwunderlich, daß diese frische und durchsonnte Luft Mrs. Barnes dazu brachte, wieder alte Rätsel auszukramen. Diese Wirkung hatten meine Gäste vor dem Krieg nie verspürt; sie wurden jung hier, aber nie jünger als zwanzig. Mrs. Barnes sank jedoch heute auf das Niveau von Kleinkindern hinab. Ich hätte das nie für möglich gehalten, dieses Verhalten, das man etwa kindliche Ausgelassenheit nennen könnte. Und dieser Rausch der herrlichen neuen Luft blieb nicht auf den Morgen beschränkt; er wirkte den ganzen Tag weiter. Am Nachmittag hätte man auf dem Hang, der nach dem Gewitter noch glitschig und schwer begehbar war, drei Gestalten sehen können, zwei in Schwarz und eine in Weiß, die eine Weile in schwankender Einerreihe vorrückten, dann als angeregt plaudernde Gruppe stehenblieben und darauf wieder weitergingen. Sie hielten nur deshalb inne, weil sich Mrs. Barnes ein neues Rätsel ausgedacht hatte.

Dolly war mit ihren Antworten so schnell bei der Hand, daß ich sie in Verdacht hatte, mit eben denselben aufgewachsen zu sein – was sie zweifellos war. Ich machte allerdings eine klägliche Figur. Mein natürliches Unvermögen suchte ich durch grenzenlose Gutwilligkeit auszugleichen. Mrs. Barnes' gute Laune schien mir zu selten und zu schätzenswert, als daß ich sie nicht begrüßt hätte. Da ich mit meinen Lösungen versagte, durchforschte ich verzweifelt meine Erinnerung, um meinerseits Rätsel aufzugeben.

Durch eine wunderliche Verdrehung in meinem Gedächtnis kamen mir nur verschiedene Antworten in den Sinn, aber nicht die Fragen. Auf Abfrage lieferte mein Gehirn nur ein paar festgefügte Zeilen – offenbar Antworten auf Rätsel, die ich früher gehört hatte:

Weil sein Schwanz aus dem Kopf kommt …
Der andere Esel auch …
Er nahm eine Droschke und fuhr nach Hause …
Orleans …

Da ich nichts anderes anzubieten hatte, bat ich Mrs. Barnes, sie solle die Rätselfragen zu diesen Antworten liefern.

Aber sie fand diese Art, mit Rätseln umzugehen, ordnungswidrig und schwierig. Dolly fing an zu lachen. Mrs. Barnes, von der anregenden Luft beflügelt, lachte tatsächlich mit. Das war das erste Mal, daß ich sie lachen hörte, und ich hörte es voller Staunen. Anscheinend lacht sie sehr selten, denn Dolly schien außerordentlich erfreut; dieses Lachen gab dem heutigen Tag offenbar einen denkwürdigen Glanz. Sie wandte sich ihrer Schwester zu, so überrascht und zugleich entzückt wie eine Mutter, wenn ihr Sprößling ihr unverhofft ergötzliche Dinge vorführt.

Da standen wir also, munter gestikulierend, auf dem schlüpfrigen Hang. Ein merkwürdiger Ort ist dies hier; er übt eine Wirkung aus, die unvorhersehbar ist. Das liegt, wie ich vermute, an der Höhe von fünfzehnhundert Metern und an dem unverhältnismäßig großen Anteil an Sonnenschein.

6. September

Briefe aus England sind heute morgen angekommen; sie haben die Fröhlichkeit des gestrigen Tages mit einem Schlag weggewischt. Briefe, die Erinnerungen wachriefen. Es war, als wäre der kalte Nebel, den ich für immer vergangen geglaubt hatte, zurückgekommen und hätte das Licht gelöscht. Es war, als hätte sich abermals eine Last auf mein Herz gesenkt, die es erdrückte und mir den Atem nahm, nachdem ich schon gehofft hatte, sie wäre auf immer von mir genommen worden. Mir wird ganz übel. Es macht mich krank, daß die alten Qualen zurückzukommen drohen, krank vor Angst, daß ich ihnen vielleicht wieder hoffnungslos ausgeliefert bin. Wird das geschehen? Oh, wie sehr hatte ich gehofft, mich erholt zu haben. Werde ich mich je wieder ganz erholen? Wird es nicht trotz immer neuer Anstrengung, trotz aller Standhaftigkeit im dauernden Kampf, im besten Fall nur ein mehr oder weniger gelungenes Flickwerk sein, ein mehr oder weniger gelungenes Zusammensetzen zerrissener Fetzen? Ich dachte, ich wäre wieder heil. Ich dachte, ich brauchte mich nicht mehr zu quälen. Und nun kommen diese Briefe …

Lächerlich, ekelhaft und lächerlich, daß man seinen Körper so wenig in Zucht halten kann und hilflos zusehen muß, wie die Hände zittern.

Ich will vergessen. Ich will nicht erinnert werden. Das ist

meine einzige Chance, mein einziger Fluchtweg. Vergessen – bis ich meine Seele wieder heil zurückbekommen habe, bis sie wieder ganz ist und nicht halb zerstört. Ich nenne es meine Seele, ich weiß nicht, was es ist. Mir ist elend zumute.

Es sind Einzelheiten, die ich so schwer erträglich finde. Solange in meinem unglücklichen Gemüt nur ein einziges Durcheinander ist und ich alles nur verschwommen sehe, besteht noch eine Möglichkeit, ganz allmählich in einen Zustand friedvoller Ruhe zurückzufinden. Aber Einzelheiten bringen mir die Erinnerung an frühere Qualen sehr schmerzhaft zurück, und ich sehe alles wieder wie in Scharfeinstellung. Ich hätte diese Briefe nicht öffnen sollen, sondern erst, wenn ich allein gewesen wäre. Aber es war solch eine Freude, sie zu sehen. Ich liebe es, Briefe zu bekommen. Ich erkannte die Handschrift von Freunden. Wie hätte ich ahnen können, als sie da auf dem Frühstückstisch lagen, daß sie mir, in aller Unschuld, so weh tun könnten? Als ich sie gelesen hatte und meine Tasse hob, als wäre nichts geschehen, und den Kaffee trank wie die anderen, zitterte meine dumme Hand so sehr, daß Dolly es bemerkte.

Unsere Blicke trafen sich.

Ich konnte diese vermaledeite Tasse nicht zurückstellen, ohne Kaffee zu verschütten. Wenn ich immer noch so reagiere, was hat mir mein Aufenthalt hier dann genutzt? Das war doch dann nur Zeitverschwendung? Dieser Kuraufenthalt war doch dann ganz vergebens?

Ich bin in mein Zimmer gegangen. Ich kann nicht unten bleiben. Ich könnte es heute morgen nicht ertragen, beim Vorlesen dabeizusitzen. Aber ich muß mir eine Ausrede ausdenken, schnell. Mrs. Barnes kann jeden Moment hereinkommen und mich fragen ... o ja, ich werde gehetzt.

Das Aufschreiben ist mir eine Erleichterung. Wenn man schreibt, ist man auf unerklärliche Weise nicht so einsam.

Wenn man sich allerdings im Spiegel ansehen muß, um Gesellschaft zu haben – hat man dann nicht den allerletzten Grad der Einsamkeit erreicht?

Abends

Die Briefe haben jedenfalls bewirkt, Dolly und mich endlich zusammenzubringen.

Sie kam mir in den Küchengarten nach, als ich mich am Morgen wieder einigermaßen gefaßt hatte. Auf dem Weg zum Garten sagte ich zu Mrs. Barnes mit aller Gelassenheit, die ich aufbringen konnte, daß ich einiges mit Antoine besprechen müsse und deshalb leider und ausnahmsweise beim Vorlesen nicht dabeisein könne.

Ich wußte, daß Antoine im Gemüsegarten an der Arbeit war, einem tiefergelegenen Fleckchen Land, das vom Haus aus uneinsehbar war, und bat ihn, mich helfen zu lassen. Ich sagte, ich würde alles tun, graben, Unkraut jäten, Schnecken sammeln, was auch immer, aber er müsse mich bitte arbeiten lassen. Mit meinen Händen draußen zu arbeiten war das einzige, das ich heute noch fertigbrachte, das wußte ich. Nicht zum erstenmal, fiel mir ein, war der Frieden zwischen den Kohlstrünken zu finden.

Antoine erhob natürlich Einwände, war aber schließlich damit einverstanden, daß ich Johannisbeeren pflückte. Es war eine leichte Arbeit, aber auch nützlich, weil sie Lisette, der Helferin, Zeit sparte, denn sie hätte die Beeren jetzt pflücken müssen. Ich nahm mir also die Büsche vor, die ihm, der die Erde umgrub, am nächsten waren, denn ich wollte jemanden in meiner Nähe wissen, der weder sprach noch Notiz von mir nahm, einen lebendigen Menschen, der freundlich und gut war und mich nicht ansah, und so pflückte ich diese verspäteten Beeren, die man im Tal schon vor zwei Monaten geerntet und inzwischen vergessen hatte.

Dann sah ich Dolly über die im Abhang eingehauenen

Stufen herunterkommen. Sie hob ihren langen, schwarzen Rock hoch. Sie trug keine Kopfbedeckung, die Sonne blendete sie, und als sie unten angekommen war, blieb sie einen Augenblick lang mit zusammengekniffenen Augen stehen, um nach mir Ausschau zu halten. Ich stand zwar über die Büsche gebeugt, sah aber alles.

Sie kam zu mir und stellte sich neben mich.

»Sie dürfen nicht hier sein«, sagte ich und pflückte weiter, ohne sie anzusehen.

»Ich weiß«, erwiderte sie.

»Sollten Sie nicht lieber zurückgehen?«

»Ich sollte. Ich tu's aber nicht.«

Ich pflückte die Beeren und schwieg.

»Sie haben geweint«, sagte sie als nächstes.

»Nein«, entgegnete ich.

»Vielleicht nicht mit Tränen aus den Augen, aber Sie haben im Herzen geweint.«

Jetzt fühlte ich mich sehr wie Mrs. Barnes. So etwa muß sich Mrs. Barnes gefühlt haben, als ich versuchte, sie zur Offenheit zu überreden.

»Wissen Sie, was mir Ihre Schwester kürzlich gesagt hat?« fragte ich sie und pflückte fleißig weiter. »Sie meinte, sie sei sehr für Zurückhaltung.«

»Ja«, antwortete Dolly. »Ich nicht.«

»Ich auch nicht«, gab ich gezwungenermaßen zu.

»Nun dann«, sagte Dolly.

Ich richtete mich auf, und wir sahen einander an. Ihre Augen haben einen sanften Glanz. Siegfried muß entzückt gewesen sein, wenn sie auf dem Laken in seine Arme sank.

»Sie brauchen mir nichts zu erzählen, wenn Sie nicht wollen«, sagte sie und lächelte mit den Augen, »aber Sie haben so unglücklich ausgesehen, und da mußte ich einfach kommen, um Sie ... nun ja, zu streicheln.«

»Es gibt nichts zu erzählen«, entgegnete ich, war aber

schon durch den Gedanken, gestreichelt zu werden, sehr getröstet.

»Doch.«

»Nein, eigentlich nicht. Es ist nur so, daß einmal ... ach, was soll das alles! Ich will nicht daran denken ... ich will vergessen.«

Dolly nickte. »Ja«, sagte sie, »ja.«

»Wissen Sie, ich bin hergekommen, um mich zu kurieren. Ich wollte mich selber durch Vergessen heilen. Ich habe geglaubt, ich wäre geheilt. Aber heute morgen habe ich erkannt, daß das nicht stimmt, und das hat ... das hat mich enttäuscht.«

»Aber Sie dürfen nicht weinen«, ermahnte mich Dolly sanft. »Nicht wenn Sie Johannisbeeren pflücken. Da ist doch der Mann –«

Sie warf einen Blick auf Antoine, der die Erde umgrub.

Ich zog die Nase hoch, ohne das verräterische Taschentuch zu benutzen, und zwang mich zum Lächeln.

»Was sind wir doch für Idioten«, sagte ich traurig.

»Ach ... Idioten ...!« Dolly machte eine weite Geste, die die ganze Welt einschloß.

»Wird man denn nie erwachsen?« fragte ich.

»Ich weiß nicht. Ich bin's jedenfalls nicht.«

»Glauben Sie, man kann irgendwann Schmerz ertragen, ohne gleich weinend zu seiner Mutter zu laufen?«

»Das ist schwer, glaube ich.« Lächelnd fügte sie hinzu: »Man braucht dazu wahrscheinlich mehr Zeit, als ich gehabt habe. Und ich bin vierzig. Sie wissen, daß ich vierzig bin?«

»Ja. Das heißt, das habe ich gehört, aber es ist nicht bewiesen worden.«

»Oh, ich konnte noch nie etwas beweisen«, sagte Dolly.

Dann setzte sie eine so entschlossene Miene auf, daß Mrs. Barnes erschrocken wäre, und erklärte: »Da gibt es noch einiges von mir, was Sie nicht wissen, und da ich jetzt endlich mit Ihnen allein bin, werde ich Ihnen darüber Auskunft geben. Ich werde jedenfalls nicht von hier weggehen, bevor ich Ihnen nicht alles gesagt habe.«

»Dann können Sie mir auch bei den Johannisbeeren behilflich sein, während Sie mir alles erzählen«, meinte ich und stellte den Korb zwischen uns auf den Boden.

Jetzt war mir sehr viel wohler, getröstet und aufgemuntert allein durch Dollys Gegenwart und das liebevolle Verständnis, das von ihr ausging.

Sie streifte die Ärmel hoch und tauchte ihre Arme ins Gesträuch. Zum Glück sind diese Sträucher stachellos, denn wären es Stachelbeersträucher gewesen, hätte sie ihre nackten Arme genauso unbesonnen dort hineingesteckt.

»Sie haben uns eingeladen zu bleiben«, begann sie, »und es ist nur recht und billig, daß Sie ganz genau wissen, worauf Sie sich einlassen.«

»Wenn Sie mir erzählen wollen, wie Ihr Name buchstabiert wird«, sagte ich, »das habe ich mir schon überlegt. Er wird ›Juchs‹ geschrieben, nicht wahr?«

»Oh, wie klug Sie sind!« rief Dolly überrascht aus.

»Nun, wenn das schon klug ist«, sagte ich bescheiden, »dann weiß ich nicht, wie Sie das nennen, was ich mir sonst noch zusammengereimt habe.«

Dolly lachte, wurde dann wieder ernst und zerrte in einer Weise an den Beeren, die dem Strauch nicht guttat.

»Ja, sein Name war Juchs«, erklärte sie. »Kitty sprach es immer ›Jewks‹ aus. Nicht wegen des Krieges, nicht zur Tarnung, sie dachte einfach, es heißt so. Die anderen Verwandten in England dachten das auch. Das heißt, falls sie den Namen überhaupt aussprachen, was vermutlich nie der Fall war.«

»Sie wollen sagen, sie nannten ihn Siegfried?« fragte ich.

Dolly hörte sofort auf zu pflücken. Sie sah mich überrascht an. »Siegfried?« wiederholte sie, die Hände voller Johannisbeeren.

»Das ist auch so etwas, was ich mir ausgedacht habe«, sagte ich stolz. »Durch einfache intelligente Deduktion.«

»Das war nicht Siegfried«, verbesserte mich Dolly.

»Nicht Siegfried?«

Jetzt hörte ich auf zu pflücken und starrte sie überrascht an.

»Aber im Schlaf ... und so liebevoll ...?« sagte ich.

»Siegfried war nicht Juchs, er war Bretterstangel«, erklärte Dolly. »Habe ich den Namen im Schlaf genannt? Der liebe Siegfried.« Ihre Augen ruhten noch auf mir; die Erinnerung verlieh ihnen einen zarten Glanz.

»Aber Dolly ... wenn Siegfried nicht Ihr Mann war, müßten Sie da nicht ... ich meine, finden Sie das denn klug, von ihm zu träumen?«

»Aber er war mein Mann.«

Ich starrte sie an. »Aber Sie haben gesagt, Ihr Mann war Juchs!«

»Das stimmt auch«, sagte Dolly.

»Er war Ihr Mann? Aber warum ... ich bin furchtbar langsam, ich weiß, aber erzählen Sie mir doch ... wenn Juchs Ihr Mann war, warum hieß er dann nicht Siegfried?«

»Siegfried hieß Bretterstangel. Mit Siegfried habe ich angefangen.«

Es gab eine Pause. Wir sahen uns gebannt an, die Hände voller Johannisbeeren.

Dann sagte ich: »Oh.« Und nach einer Weile sagte ich: »Ich verstehe.« Und nach einer weiteren Weile sagte ich: »Sie haben mit Siegfried angefangen.«

Ich war etwas außer Fassung. All meine Kombinationen, die ich mir so schön zurechtgelegt hatte, purzelten durcheinander.

»Sie müssen einfach begreifen«, belehrte mich Dolly, offensichtlich mit einiger Überwindung, »daß ich einen Deutschen nach dem anderen geheiratet habe. Ich hätte nach

Siegfried damit aufhören sollen, und ich wünschte heute, ich hätte es getan. Aber wenn einem etwas zur Gewohnheit wird –«

»Aber«, unterbrach ich sie, gewissermaßen mit offenem Mund, »Sie haben immer wieder ...?«

»Ja«, sagte Dolly herausfordernd. Sie stand sehr aufrecht da. »Ich habe immer wieder ... Und ich möchte, daß das ganz klar ist, bevor wir uns hier unbegrenzt niederlassen. Kitty kann nicht bleiben, wenn ich nicht zustimme. Ich werde manchmal energisch, so wie in diesem Fall. Die arme, liebe Kitty, sie leidet so darunter, was ich getan habe, und ich bemühe mich mit ihr, das alles bei normalen Leuten geheimzuhalten, so gut es geht ... aber ich verplappere mich immer ein bißchen. Doch ich werde nicht zulassen, daß eine Freundin, die uns so großartig einlädt –«

»Sie werden doch jetzt nicht etwa mit Dankbarkeit anfangen«, unterbrach ich sie schnell.

»Sie können sich nicht vorstellen«, antwortete Dolly unzusammenhängend, die Augen vor Staunen über ihr früheres Ich weit aufgerissen, »wie schwer es einem fällt, keinen Deutschen mehr zu heiraten, wenn man einmal damit angefangen hat.«

»Ja ... wie viele denn?« brachte ich heraus.

»Ach nur zwei. Es ist auch nicht wichtig wie viele. Worauf es ankommt, war ihr Rang.«

»Was für ein Rang? Adel? Reiche Junker?«

»Und wenn ja – hätten Sie denn etwas dagegen? Haben Sie überhaupt etwas dagegen?«

»Es macht mir gar nichts aus. Daß Sie theoretisch eine Deutsche sind, interessiert mich nicht die Spur. Ich finde nur, daß es ... nun, vielleicht etwas überschwenglich war, beim zweitenmal noch einen Deutschen zu heiraten. Aber ich bin ohnehin immer für Genügsamkeit. Mir sind die Wenigen lieber als die Vielen, und ich habe lieber wenig statt viel.«

»Auch im Hinblick auf Ehemänner?«

»Ja sicher, ich glaube schon.«

Dolly seufzte. »Ich wünschte, ich hätte auch so gedacht«, meinte sie, »das hätte Kitty soviel erspart.«

Sie ließ die Beeren in ihren Händen Traube für Traube in den Korb fallen.

»Ich verstehe aber nicht«, sagte ich, »was dann für Kitty anders gewesen wäre. Ich meine, da Sie nun einmal Deutsche geheiratet haben, kommt es doch auf einen mehr oder weniger nicht an. Und der zweite – war der nicht schon … gestorben, als der Krieg ausbrach? Ich verstehe nicht, was Kitty das ausmachen kann.«

»Genau darüber müssen Sie sich im klaren sein«, erklärte Dolly; die letzte Beerentraube in ihrer Hand glitt in den Korb.

Sie sah mich an, und ich bemerkte, daß sie langsam errötete. Ein zarter roter Ton breitete sich langsam über ihrem Gesicht aus, so pastellfarben fein, daß ich einen Augenblick lang nicht erkannte, was sie immer schuldiger aussehen ließ, immer ähnlicher einem Kind, das beichten muß, aber einem lieben, ehrlichen Kind, das selber zur Beichte entschlossen ist.

»Wissen Sie«, sagte sie, »ich habe jahrelang in Deutschland gelebt.«

»Ja«, antwortete ich, »das habe ich mir gedacht.«

»Das ist ganz anders als in England.«

»Ja«, sagte ich, »das habe ich gehört.«

»Die Mentalität da. Die Gesetze.«

»Ja«, erwiderte ich.

Es fiel ihr schwer auszusprechen, was sie sagen wollte. Vielleicht hilft es ihr, wenn ich sie nicht ansehe, dachte ich und fing wieder an, Beeren zu pflücken. Unwillkürlich folgte sie meinem Beispiel.

Als wir uns beide über einen Strauch beugten, sagte sie:

»Für Kitty ist das, was ich getan habe, eine furchtbare Sache. So denken auch alle unsere englischen Verwandten. Vielleicht denken Sie auch so, deshalb muß ich es Ihnen erzählen. Dann entscheiden Sie, ob Sie mich wirklich noch hier haben wollen oder nicht.«

»Liebe Dolly«, murmelte ich, »wollen Sie mir Schauer über den Rücken jagen?«

»Ah, aber laut Katechismus ist es verboten.«

»Was ist verboten?«

»Was ich gemacht habe.«

»Was haben Sie gemacht, Dolly?« fragte ich, und jetzt fühlte ich mich unbehaglich; hatte ihr Leichtsinn sie etwa dazu verführt, die Zehn Gebote zu übertreten?

Dolly riß Beeren und Blätter in Büscheln ab und warf sie in den Korb. »Ich habe meinen Onkel geheiratet.«

»Was?« fragte ich, ehrlich verwundert.

»Karl, also mein zweiter Mann, war Siegfrieds Onkel, also der Onkel meines ersten Mannes. Er war der Bruder von Siegfrieds Mutter, der Bruder meiner ersten Schwiegermutter. Meine zweite Schwiegermutter war die Großmutter meines ersten Mannes. In Deutschland kann man das machen. Und man macht es. Aber laut englischem Katechismus ist es verboten. Es steht auch in der Liste der Verwandtschaftsgrade, daß man es nicht darf. Es ist Nummer neun in der rechten Spalte – Bruder der Mutter des Ehemanns. Und Kitty … Sie können sich vorstellen, wie Kitty gelitten hat. Wäre es mein eigener Onkel gewesen, der Bruder meiner Mutter, dann hätte sie nicht entsetzter sein können. Es brach ihr das Herz. Mir war das nicht klar. Ich habe nicht daran gedacht, wie das auf unsere Leute in England wirken muß. Ich habe es einfach gemacht, und sie wußten nichts davon, bis es geschehen war. Ich glaubte immer, erst heiraten und hinterher Bescheid sagen, erspart einem Ärger. Ich bin so viele Jahre in Deutschland gewesen. Für mich war es eine ganz natürliche Sache. Ich blieb einfach weiter in der Familie. Es war nur die Gewohnheit.«

Sie warf ein paar Beeren in den Korb und schaute mich an. »Nun gut«, sagte sie und sah mir in die Augen, »jetzt habe ich es Ihnen gesagt, und wenn Sie mich für unmöglich halten, werde ich gehen.«

»Aber –«, begann ich.

Jetzt war sie tiefrot im Gesicht; ihre Augen glänzten. »Es täte mir nur schrecklich leid«, sagte sie heftig, »wenn das unser Ende wäre.«

»Unser Ende?«

»Ja. Aber ich konnte nicht bleiben, ohne Ihnen das zu erzählen, das werden Sie verstehen. Denn Sie könnten es widerwärtig finden, also mußte ich es Ihnen sagen. Sie haben einen Dekan in der Familie, Sie haben den Katechismus im Blut. Und wenn Sie es ekelhaft finden, verstehe ich das vollkommen, und dann werde ich gehen und Kitty mitnehmen, und Sie werden nie mehr etwas von mir sehen oder hören, und Sie brauchen sich jetzt nicht zu scheuen –«

»O Moment mal!« rief ich. »Ich finde das nicht ekelhaft. Es macht mir auch nichts aus. Es würde mir nur etwas ausmachen, wenn ich einen deutschen Onkel heiraten müßte. Ich weiß auch nicht, warum jemand überhaupt Lust haben kann, Onkel zu heiraten, aber wenn, dann sind es ja keine Blutsverwandten, und außerdem ist es die Sitte des Landes, also was soll's? Sie bleiben hier, Dolly! Ich lasse Sie nicht gehen. Und wenn Sie ein paar Dutzend deutsche Onkel geheiratet hätten, wäre es mir auch egal. Ich habe Sie vom ersten Augenblick an ins Herz geschlossen, als ich Sie oben auf der Mauer in ihrem komischen Unterrock gesehen habe. Sie glauben doch nicht etwa«, schloß ich, jetzt mit allem britischen Hochmut, »daß ich irgendeinem Deutschen erlaube, sich zwischen uns zu stellen?«

Darauf küßten wir uns, nicht einmal, sondern mehrmals. Wir fielen uns sozusagen um den Hals.

Antoine kam, um die Beeren für Lisette zu holen, die ihm schon die ganze Zeit von den Stufen aus Zeichen gemacht hatte; er wartete schweigend, bis wir fertig waren, und dann trat er vor und sagte: *»Pardon, Mesdames.«* Er beugte sich herab und nahm den Korb zwischen uns mit einer schnellen Bewegung an sich.

Dabei heftete er einen kurzen Blick auf die nackten und abgebrochenen Zweige des Strauches.

Er war nicht überrascht.

7. *September*

Gestern abend konnte ich meinen Bericht über den Tag nicht fertigschreiben. Als ich bis zu Antoine und dem Korb gekommen war, sah ich entsetzt auf der kleinen Schreibtischuhr, daß es beinahe Mitternacht war. Ich floh also ins Bett, denn was würde Mrs. Barnes wohl sagen, wenn sie sähe, daß ich Strom verbrauche und so spät noch, wie sie es nennt, Raubbau an meinen Augen betreibe. Es spielt keine Rolle, daß es meine Augen und meine Lampen sind. Mrs. Barnes ist dank ihrer Ängste insgeheim zum Maßstab meines Verhaltens geworden. Für mich ist sie so etwas wie das Auge Gottes, wo immer ich bin. Mein Verlangen, sie bei Laune zu halten und glücklich zu machen, ist noch weitaus größer geworden, seit Dolly und ich trotz all ihrer Vorkehrungen nun doch am Ende echte Freundinnen geworden sind.

Bevor wir gestern den Gemüsegarten verließen, beschlossen wir ein erstes Gebot: Mrs. Barnes jedes Leid zu ersparen, das sich vermeiden läßt, sie hatte schon genug gelitten und würde auch sicherlich noch mehr erleiden müssen. Ich verstehe nun Dollys Gefühle der armen Kitty gegenüber, die Dollys wegen so viel aufgegeben und erduldet hatte, und ich verstehe auch, daß diese Opfer Dolly wie mit Fesseln banden. Es ist eine schreckliche Bürde, im Übermaß geliebt zu werden. Wäre Dolly von ihrem Temperament her nicht so heiter und gelassen, hätte diese Last sie schon längst erdrückt, und dann wäre sie jetzt, nach diesen fünf Jahren, ein farbloses, lammfrommes Geschöpf.

Wir waren uns einig, daß Mrs. Barnes nicht erfahren sollte, was ich von Dollys Ehen wußte. Dolly sagte rundweg, es würde sie töten. Nach Mrs. Barnes' Auffassung hatte ihre irregeleitete Schwester ein Verbrechen begangen; der Katechismus sagt, daß es verboten ist, und die vielleicht vorhandenen Katechismen anderer Länder interessieren sie nicht. Das Wort »deutsch« wird sie hoffentlich nie mehr von mir hören, auch von Ehemännern werde ich nicht mehr sprechen und – auf alle Fälle – auch nicht von Onkeln. Du meine Güte, jetzt muß ich sehr auf der Hut sein. Zum ersten Mal in seinem Leben wird der Dekan zu einem Tabu.

Ich schreibe das vor dem Frühstück. Nach dem Treffen im Gemüsegarten habe ich Dolly nicht mehr allein gesehen. Ich weiß nicht, wie es ihr gelungen ist, Mrs. Barnes zu beruhigen und ihr die lange Abwesenheit zu erklären. Aber es muß ihr gelungen sein, das hat das harmonische Bild bewiesen, das ich eine halbe Stunde später erblickte, als ich wieder ins Haus ging. Sie saßen vor der Haustür in der Sonne und strickten beide. Mrs. Barnes sah ganz zufrieden aus, und Dolly strahlte richtig. Ich glaube, sie besteht nur aus Liebe und Lachen – gefährliche und liebenswerte Ingredienzen! Wir sahen uns nur kurz an, als ich aus dem Haus kam. Wie unglaublich schön und herzerwärmend, plötzlich, unerwartet, eine Freundin zu finden, die alles versteht.

10. September

Wenn man sich einmal mit einem Menschen wirklich versteht, braucht man, wie mir weise Menschen sagten, nicht mehr viel zu reden. Sie erklärten, es genüge schon zu wissen, daß ein gegenseitiges Verstehen vorhanden ist. Sie erklärten, daß vollkommenes Verstehen keines Ausdrucks bedarf, daß eine vollkommene Beziehung ohne Worte auskommt. Das mag sein – aber ich möchte reden. Nicht übermäßig, aber doch manchmal. Eine Freundschaft gewinnt an Reiz, sie wird befriedigender durch das Gespräch. Vielleicht ist es nicht nötig, aber wohltuend.

Soweit ich sehe, werde ich nie mehr – außer vielleicht durch Zufall – eine Gelegenheit bekommen, mit Dolly allein zu sprechen. Da ist noch so vieles, was ich sie fragen möchte. Waren ihre Erfahrungen alle erfreulich? Oder ist es ihre fröhliche, unbezwingbare Natur, die sie alle Erfahrungen heil überstehen ließ? Die letzten fünf Jahre können allerdings nicht erfreulich gewesen sein, und doch haben sie ihre natürliche Heiterkeit keinen Deut beeinträchtigen können. Ich bin überzeugt, sie urteilt sehr gescheit über alles, was ihr klarer Verstand erfaßt hat. Sie hat etwas Heilendes. Ich glaube, sie würde mich auch von den letzten Überresten meines krankhaften Zustands, die vielleicht noch in mir lauern, befreien können.

Sie und Mrs. Barnes sind jämmerlich arm. Bei Kriegsausbruch war Dolly in Deutschland, wie sie mir an diesem Morgen im Gemüsegarten erzählt hat, und schon fast ein Jahr lang Witwe. Nicht die Witwe von Siegfried, sondern von Juchs. Ihre Witwenschaften sind etwas verwirrend.

»Haben Sie je ein Kind gehabt, Dolly?« fragte ich sie.

»Nein.«

»Aber als Ihre Schwester am ersten Tag hier geschlafen hat, haben Sie ihr das Taschentuch vom Gesicht gezogen und ›Huhuh‹ gerufen – wie eine Kinderfrau. Wie kommt das?«

»Ich habe das immer mit Siegfried so gemacht. Wir waren damals ganz jung, und da spielten wir wie die Kinder.«

»Ich verstehe«, sagte ich. »Sprechen Sie weiter.«

Juchs hatte ihr etwas Geld hinterlassen, gerade genug, um davon leben zu können. Siegfried hatte außer seinem Gehalt als Bankangestellter nie Geld besessen. Sie hatte keinen besonderen Grund, um Juchs zu heiraten, glaube ich, sie wollte ihm nur einen Gefallen tun, und es hat ihm in der Tat gefallen, erzählte sie mir, was ich mir sehr gut vorstellen kann. Auch Siegfried hatte wohl zu seiner Zeit seine Freude daran. »Ich habe anscheinend die Gabe, Deutschen zu gefallen«, bemerkte sie lächelnd. »Sie waren beide sehr lieb zu mir. Ich habe sie schließlich beide furchtbar gern gehabt. Aber ich glaube, ich hätte jeden gern, der lieb zu mir ist. Ich habe viel von einem Hund an mir.«

Gleich bei Kriegsausbruch packte sie ihre Sachen und zog in die Schweiz. Unter diesen Umständen wollte sie es lieber vermeiden, noch weiteren Deutschen zu gefallen. Seit ihrer Heirat war sie von ihrer englischen Verwandtschaft – Kitty ausgenommen – geächtet worden, so daß ihr nur noch ein neutrales Land offen stand; Kitty hatte auf der Stelle alles und jeden aufgegeben, um bei ihr sein zu können. Anfangs hatte ihre deutsche Bank ihr noch das kleine Einkommen überwiesen, aber nach einigen Monaten stellte sie das ein, und Dolly wurde darauf völlig abhängig von Kitty. Alles, was Kitty besaß, war der Erlös aus ihrem Hausverkauf. Die Deutschen, sagte Dolly, würden kein Geld mehr schicken. Obwohl der Krieg vorbei war, konnte sie kein Geld mehr bekommen, es sei denn, sie ginge zurück. Aber sie wollte nie mehr zurückgehen. Das würde Kitty umbringen, und sie glaubte, auch sie würde dann vermutlich sterben. Der Lebensabschnitt, in dem sie Deutschen gefiel, schien endgültig zu Endc.

»Sie sehen also«, meinte sie lächelnd, »wie wunderbar das ist, daß wir Sie gefunden haben.«

»Was mir allerdings unfaßbar scheint«, sagte ich, »ist, daß ich Sie gefunden habe.«

Aber da ich sie nun gefunden habe, wünschte ich mir, ich könnte wenigstens manchmal mit ihr reden.

12. September
Wir befinden uns jetzt in einer Art Wettstreit der Guten Tat. Mrs. Barnes und ich tun dauernd etwas, was wir gar nicht tun wollen, tun es jedoch in der Annahme, daß es die andere glücklich macht. Es ist gräßlich. Die Tyrannei der Selbstlosigkeit. Ich kann kaum atmen.

19. September
Ich glaube, es ist nicht gut, wenn Frauen zu lange zusammen eingeschlossen sind – ohne einen Mann. Irgendwie scheinen sie zu kränkeln. Sogar die edelsten. Alles in allem haben wir wirklich die besten Absichten. Wir wollen uns nur in idealer Weise entwickeln, und wenn wir auf dem Pfad zu diesem Ziel Hindernisse zu finden glauben, räumen wir sie uns gegenseitig fort. Dennoch kränkeln wir. Nicht Dolly allerdings. Nichts kann ihrem ausgeglichenen und natürlichen Gemüt jemals etwas anhaben. Aber in manchen Augenblikken ist mir, als wäre ich mit Mrs. Barnes in einer klebrigen Masse eingeschlossen. Schwache Kämpfe hie und da, kurze Lösungsversuche zeigen mir, daß noch Leben in mir ist, selbst wenn ich es nicht als unbedingt wohltätig empfinde, aber ich bereue meine Bemühungen, wenn ich sofort den Schmerz und die Überraschung in Mrs. Barnes' müden, traurigen Augen auftauchen sehe, und versenke mich gleich wieder in tugendhafte Güte.

Deswegen habe ich so lange nichts aufgeschrieben, eine ganze Woche lang. Diese dauernd verlangte Güte ist klebrig; es ist, als wäre mein Geist in Sirup getaucht. Heute aber dachte ich an mein Alter und an die alte Dame, die am Ende der Jahre wartet und unterhalten sein will, deshalb habe ich wieder angefangen.

Ich kann mir genau vorstellen, was die alte Dame am meisten amüsieren wird, dieses verrunzelte, philosophische alte Ding, nämlich alle Anlässe, die mich verwirrten, bei denen mir unbehaglich zumute war. Sie allerdings wird sich dann so behaglich fühlen, so sehr über allem stehen und so unparteiisch urteilen, daß sie über die Auflehnung, die Verwirrung und das Leid des Geschöpfes, das sie selbst einmal war, nur noch lachen kann. Sie wird sehr vergnügt sein, denn ihr kann nichts mehr geschehen. Außerdem wird sie den ganzen Ablauf kennen, wissen, was als nächstes kommt und sicherlich überblicken, wie unnütz der ganze Aufwand an Leid und an Gefühlen war. Natürlich wird sie darüber lachen. »Du dummes, kleines Ding«, höre ich sie rufen, »wenn du doch nur gewußt hättest, wie unwichtig alles war.« Sie wird sehr herzlich lachen, denn ich bin sicher, daß es eine fröhliche alte Dame sein wird.

Aber was wir jetzt wirklich hier brauchen, ist ein gelegentlicher Einschlag von Ruppigkeit – den Besuch eines durchreisenden Mannes, nicht zu oft und nicht allzu lange. Wenn er von Zeit zu Zeit zum Tee käme, würde es schon genügen. Das wäre wie ein Durchzug von frischer Luft ... als würde ein Fenster geöffnet. So lange haben wir uns mit allen möglichen Sorgen und taktvollen Feinheiten abgegeben. Ich möchte den scharfen Geruch einer Pfeife riechen und unordentlich hingeworfene Kissen sehen. Ich möchte jemanden sehen, der nicht strickt. Ich möchte hören, daß jemand Mrs. Barnes widerspricht, das wünsche ich mir sogar ganz besonders ... ach ja, ich fürchte, ich bin immer noch kein guter Mensch.

20. September

Unten in den Weingärten an den Talhängen sind die Trauben jetzt reif. Heute morgen habe ich vorgeschlagen, früh aufzubrechen und den Tag dort unten mit einer Traubenkur zu verbringen.

Der Vorschlag gefiel Mrs. Barnes sehr, und ich bestellte Sandwiches, denn wir würden nicht vor Abend zurücksein.

Aber im letzten Moment fiel ihr ein, daß sich aufgrund der Hitze im Tal ihre Kopfschmerzen, die sie schon seit einigen Tagen peinigten, noch verschlimmern könnten. Die Sandwiches standen in der Halle bereit, Dolly und ich waren auch bereit, gestiefelt und mit einem Wanderstab in der Hand. Zu unserer Überraschung sagte Mrs. Barnes, nachdem sie die Sandwiches begutachtet hatte, wir sollten ohne sie gehen, denn die Sandwiches, die ja nun fertig seien, dürften nicht verkommen.

Wir waren erstaunt. Wir waren wie Kinder, die unvermutet einen freien Tag bekommen. Sie küßte uns herzlich, als wir uns verabschiedeten, wie um ihr Vertrauen in uns zu bekräftigen – in Dolly, auf daß sie mir nicht die grauenvolle Wahrheit über sich verriete, in mich, auf daß ich Dolly nicht zu unerwünschten Dingen ermutigte. Wie sicher wir waren und wie sehr wir ihr Vertrauen verdienten, wußte Mrs. Barnes natürlich nicht. Nichts, was Dolly und ich einander sagten, hätte die jeweils andere außer Fassung bringen können.

»Wenn Mrs. Barnes das Schlimmste wüßte, wenn sie wüßte, daß ich alles weiß, wäre sie dann nicht glücklicher?« fragte ich Dolly, als wir flott den Berg hinuntergingen. »Dann brauchte sie doch nicht mehr jeden Tag soviel Angst zu haben, daß ich etwas erfahren könnte?«

»Das würde sie töten«, sagte Dolly entschieden.

»Doch gewiß –«

»Sie dürfen nicht vergessen, daß ich ihrer Meinung nach ein Verbrechen begangen habe.«

»Sie meinen … den Onkel?«

»Ach, es würde ihr nicht viel ausmachen, wenn Sie über Siegfried Bescheid wüßten. Sie wird zwar alles tun, um das zu verhindern, weil sie so einen Abscheu vor Deutschen hat und den auch bei Ihnen vermutet. Aber wenn Sie es nun einmal wüßten, würde sie sich damit abfinden. Was aber den

Onkel betrifft ...«, Dolly schüttelte den Kopf. »Es würde sie töten«, wiederholte sie.

Wir kamen zu einem grünen, mit Herbstzeitlosen übersäten Hang und setzten uns, um zu schauen. Diese lieblichen, zarten Wildpflanzen sind seit kurzem in den Bergen aufgetaucht, erst einzeln und dann in großer Zahl, pastellfarbene Lichtkelche, lila auf langen weißen Stengeln, die bei der kleinsten Berührung abbrachen. Wie die Mandelbäume in den Vorstadtgärten von London, die blühen, wenn die Winde am grausamsten sind, scheinen die Herbstzeitlosen zu zart, den kalten Nächten zu trotzen, die wir jetzt haben; doch gerade, wenn das Umfeld immer unfreundlicher wird, kommen sie heraus. Nun bedecken sie alle freien Hänge, und je mehr es auf den Winter zugeht, um so mehr und um so zahlreicher blühen sie.

Dieses besondere Feld war so schön, daß Dolly und ich uns wie in gemeinsamem Einverständnis setzten, um es zu bewundern. An solcher Schönheit geht man einfach nicht vorbei. Wir saßen wohl eine halbe Stunde lang da und nahmen alles in uns auf, die lila Blüten, die sonnenbestrahlte Hochebene und wie sich die Spitzen der Kiefern, die etwas unterhalb am Hang standen, gegen die blaue Leere des Tals abhoben. Wir waren tief innerlich zufrieden. Die Sonne war so warm, die Luft von herrlich reiner Frische. Schon das Atmen war beseligend. In meinem Leben, glaube ich, war ich gerade in dieser Beziehung so hoch privilegiert, weil schon das Atmen für mich reines Glück war.

Jetzt konnten wir nach Herzenslust miteinander sprechen, Dolly und ich, und nun redeten wir aber gar nicht so viel. Plötzlich interessierten mich ihre Deutschen nicht mehr. Unter all den Blüten konnte ich sie nicht gebrauchen. Die Vergangenheit, ihre wie meine, schien nicht mehr so wichtig, schien in dieser klaren Gegenwart irgendwie muffig und gleichgültig. Hätten wir nicht einen Korb mitgenommen, um Mrs. Barnes Trauben zu bringen, wären wir vielleicht gar nicht zu den Weingärten hinuntergestiegen, sondern hätten den Tag einfach dort verbracht, wo wir waren. Doch der Korb mußte nun einmal gefüllt zurückgebracht werden, zum Beweis, daß wir gemacht hatten, was wir auch angekündigt hatten. Kitty, sagte Dolly, würde vor Unruhe vergehen, wenn wir den ursprünglichen Plan nicht ausgeführt hätten; sie müßte fürchten, daß wir, statt den ganzen Tag Trauben zu essen wie vorgesehen, womöglich unsere müßigen Münder dazu benutzt hätten, um Dinge auszusprechen, die unausgesprochen bleiben sollten.

»Ist die arme Kitty oft so unruhig und nervös?« fragte ich.

»Immer«, antwortete Dolly.

»Bei jeder Kleinigkeit, die vielleicht geschieht?«

»Bei jeder Kleinigkeit«, sagte Dolly. »Sie ist jetzt unaufhörlich in Angst ... und alles meinetwegen.«

»Aber im Ernst ... jetzt, da sie bei mir wohnt, könnte sie sich doch von dieser Angst befreien, wenn sie wüßte, daß ich alles über Ihren Onkel weiß und es gelassen zur Kenntnis genommen habe.«

»Es würde sie töten«, sagte Dolly noch einmal mit Bestimmtheit.

Wir aßen in den Weingärten zu Mittag, und unser Dessert bestand aus Trauben. Wir aßen sie eine ganze Zeitlang mit großer Begeisterung und aßen immer weiter durch alle Phasen nachlassender Lust hindurch, bis sie uns widerstanden. Für fünfzig Centimes pro Person gab uns der Besitzer die Erlaubnis, so lange Trauben zu essen, bis wir umfielen. Für einen weiteren Franken durften wir den Korb für Mrs. Barnes füllen. Aus reiner Gewissenhaftigkeit füllten wir ihn bis zum Rand, denn es war uns unbegreiflich, wie jemand wirklich Lust verspüren konnte, so etwas wie Trauben zu essen. Dann kletterten wir wieder den Berg hinauf, voll beladen, innen und außen.

Wir brauchten über drei Stunden für den Heimweg. Wir trugen den Korb abwechselnd, immer eine halbe Stunde lang. Aber was ist mit den anderen, den unsichtbaren Trauben, die ebenfalls mitkamen? Ich halte dafür, daß Leute nach einer Traubenkur für den Rest des Tages stillsitzen oder sich jedenfalls nur auf ebener Fläche fortbewegen sollten. Mit solch einer Kur intus fünfzehnhundert Meter hochkraxeln zu müssen, ist hart. Auch diesmal sprachen wir nicht – diesmal allerdings, weil wir nicht konnten. Wir konnten nur keuchen und schwitzen.

Es war ein herrlicher Nachmittag, und hinter den Weingärten führte unser Weg durch verkrüppelte Tannen, die keinen Schatten gaben, über schmale Pfade mit einem Belag aus trockenen Tannennadeln, dem rutschigsten Belag, den es gibt. Durch diese schattenlosen Baumstämme brannte die Sonne auf unsere gebeugten und beladenen Leiber. Jedesmal, wenn wir anhielten, um zu Atem zu kommen, und unsere geröteten, nassen Gesichter sahen, lachten wir.

»Kitty brauchte keine Angst zu haben, daß wir viel reden«, keuchte Dolly in so einer Pause, die Augen vor lauter Lachen über meinen Schmelzzustand zusammengekniffen.

Ich wußte etwa, wie ich aussah – ich brauchte nur sie anzusehen.

Gegen fünf Uhr kamen wir wieder bei den Herbstzeitlosen an und ließen uns dort aufs Gras fallen, an derselben Stelle wie am Morgen, atemlos, schweißnaß, von den Trauben gefällt. Eine ganze Weile sagten wir nichts. Was für eine Erlösung, im kühlen Gras zu liegen, ohne etwas tragen zu müssen! Die tiefstehende Sonne glitt schräg herab auf die Höhe des Feldes, schien durch die schmalen Blumenblätter und verwandelte jede Blüte in einen Stern. Ich kenne nichts, was mich glücklicher macht, als irgendwo zu sein, wo es schön ist, zusammen mit jemandem, der die Schönheit ebenfalls sieht und davon genauso beseligt ist wie ich. Wir lagen ausgestreckt auf dem Gras, stumm, und beobachteten, wie die strahlende Pracht immer weiter zunahm, bis sie, nach einem Augenblick erhabenster Großartigkeit, plötzlich verlosch. Die Sonne versank hinter den Bergen im Westen – mit einem Schlag, in einer Sekunde, und die Herbstzeitlosen auf ihrem jetzt farblosen Feld sahen auf einmal aus wie lauter ausgeblasene Kerzen.

Dolly setzte sich auf.

»Aus und vorbei«, sagte sie. »Jetzt sind sie so blind und matt wie eine Frau, die ihr Liebhaber verlassen hat.« Sie legte ihren Kopf wieder auf den Korbdeckel über Mrs. Barnes' Trauben, wandte sich zu mir und fragte: »Haben Sie jemals eine Frau gesehen, die ihr Liebhaber verlassen hat?«

»Aber sicher. Jeder Mensch wird einmal von jemandem verlassen.«

»Ich meine, gerade soeben verlassen hat?«

»Ja, das habe ich auch erlebt.«

»So sehen sie aus«, sagte Dolly und nickte in Richtung Blumen. »Matt und farblos. Das Licht ist fort, das Leben vergangen, die Schönheit vergangen ... tote Dinge in einer toten Welt. Ich halte nicht viel von der Liebe«, schloß sie und schüttelte langsam den Kopf.

Jetzt setzte ich mich auch aufrecht hin, strich mir übers Haar und setzte den Hut wieder auf. »Es wird kühl«, sagte ich, »die Sonne ist weg. Wir wollen nach Hause gehen.«

Dolly rührte sich nicht.

»Und Sie?« fragte sie.

»Und ich was?«

»Halten Sie viel von der Liebe?«

»Ja«, antwortete ich.

»Egal, was passiert?«

»Ja«, sagte ich.

»Was auch dabei herauskommt?«

»Ja«, bestätigte ich. »Und ich sage nicht einmal Ja-und-

Nein wie die vorsichtige Charlotte Brontë, als sie gefragt wurde, ob sie London möge. Ich will mich nicht vorsehen, wenn es um Liebe geht. Ich will auch gar nicht all die Gründe wissen, die dagegen stehen. Wie wunderbar, eine Liebe erlebt zu haben. Wie wunderbar, geglaubt zu haben, woran man glaubte.«

»Selbst, wenn dieser Glaube auch nie annähernd gerechtfertigt war?« fragte Dolly und schaute mich an.

»Selbst dann«, antwortete ich und steckte mir heftig meinen Hut fest, so vehement, daß ich mir die Nadeln in die Kopfhaut bohrte. »Selbst dann. Man muß eben glauben. Nicht erst bedächtig auf Zehenspitzen herumlaufen, um sich vorher zu vergewissern, daß man glauben darf. Daß man sicher sein kann. Sicher! Es gibt keine Sicherheit in der Liebe. Man riskiert sein Leben. Aber das ist ja das Großartige, daß man zu glauben wagt und für diesen Glauben alles riskiert. Und wenn dann da nichts ist, wenn Sie sich nur allein alles eingebildet haben, die schönen, liebevollen Dinge in dem anderen Menschen, die herrlichen, großzügigen, zärtlichen Eigenschaften – na und? Dann sind sie eben nicht da, aber Sie, Sie waren ein Mal fähig, sie sich vorzustellen, Sie waren für einen winzigen Augenblick zu den Sternen erhoben und haben den Himmel gestreift. Und wenn Sie dann wieder herunterfallen, zerschlagen und entzwei, nur noch ein elendes Häufchen Blut und Abfall – haben Sie dann noch den Mut, sich zu beschweren? Haben Sie denn da oben nicht Wunder erlebt und Freuden von unbeschreiblicher Herrlichkeit ausgekostet? Weil Sie so hoch oben im Himmel waren, ist der Fall so entsetzlich tief und so wahnsinnig leidvoll. Sie müssen nur dafür sorgen, daß er nicht tödlich ist, Sie müssen unter allen Umständen am Leben bleiben, damit Sie sich für den Rest Ihrer Tage dankbar erinnern und Gott dafür danken können, daß Sie einmal … Sie müssen verstehen«, schloß ich abrupt, »daß ich sehr viel vom Dankeschön-Sagen halte.«

»Oh«, sagte Dolly, legte mir eine Hand aufs Knie und schaute mich liebevoll an, »ich bin sehr froh.«

»Worüber denn, Dolly?« fragte ich sie und zog meinen Hut zurecht. Mit erhobenem Kinn fuhr ich fort: »Diese toten Frauen in ihrer toten Welt – also wissen Sie! Schämen sollten sie sich.«

»Sie sind geheilt«, verkündete mir Dolly.

»Geheilt?« wiederholte ich und sah sie streng an. »Ich verstehe ... Sie haben mich ausgehorcht.«

»Sicher habe ich das. Der Gedanke war mir unerträglich, daß Sie weiter unglücklich sind ... von Sehnsucht verzehrt ...«

»Von Sehnsucht verzehrt?«

Dolly stand auf. »Wir wollen nach Hause gehen«, schlug sie vor. »Jetzt bin ich wieder dran, den Korb zu tragen. Ja, es ist ein scheußliches Wort. Niemand sollte sich vor Sehnsucht verzehren. Es würde mich deprimieren, wenn Sie es täten. Ich habe gefürchtet, daß Sie vielleicht –«

»Von Sehnsucht verzehrt!«

Ich erhob mich auch und stand kerzengerade da.

»Geben Sie mir die Trauben«, sagte Dolly.

»Von Sehnsucht verzehrt!« wiederholte ich.

Den Rest des Heimwegs gingen wir über den kühlen Pfad, wo sich die Dämmerung bereits zwischen den Büschen sammelte und das Gras unter unseren staubigen Schuhen schon feucht wurde, und wir gingen hocherhobenen Hauptes – von Sehnsucht verzehrt, also so etwas! – zwei Frauen in völligem Einklang mit dem Leben und dem friedvollen Abend, kluge, einsichtige, stolze Frauen mit Selbstachtung, liebenswürdige, freundliche Frauen, richtige Frauen, die zufrieden und heiter waren. An der letzten Ecke, der letzten zwischen uns und Mrs. Barnes' wachsamen Augen auf der Terrasse, blieb Dolly stehen, stellte den Korb ab, umarmte mich und küßte mich.

»Geheilt«, sagte sie und küßte mich auf eine Wange. »In Sicherheit«, sagte sie und küßte mich auf die andere Wange.

Wir lachten beide, selbstsicher und fröhlich. Ich ging in mein Zimmer, selbstsicher und fröhlich, denn wenn ich mich für geheilt hielt und Dolly davon überzeugt war, daß ich geheilt war, dann mußte es doch so sein?

Von Sehnsucht verzehrt! Na so etwas!

21. September

Aber ich bin nicht geheilt. Als ich gestern abend allein in meinem Zimmer war – das ganze Haus lag schon im Schlaf –, umfing mich eine große Leere, und meine schönen trotzigen Worte vom Nachmittag schienen mir auf einmal kärglich und vermindert, wie ein Kaiser im Nachtgewand. Stundenlang lag ich wach und hatte nur noch eine Sehnsucht: zurückzukriechen, zurück in meine zerschlagenen Träume, in den letzten, kleinsten Schlupfwinkel darin. Sicher könnte ich mich da noch irgendwo hineinzwängen – ich bin so klein, ich brauche ja kaum Platz, ich kann mich zusammenrollen und passe mich überall an. Und keinen Blick mehr würde ich auf die Ruine des Palastes werfen, in dem ich mir einst vorgegaukelt hatte zu residieren; ich würde mich schon mit dem winzigsten Plätzchen begnügen. Wie ist es doch so kalt, kalt, kalt, wenn es kein Vertrauen mehr gibt, wenn man derart ausgegrenzt worden ist.

Stundenlang lag ich wach. Mich zu schämen, nützte mir nichts; Liebe kümmert sich nicht um Scham.

Am Abend

Den ganzen Tag schlich ich verstohlen herum und wartete auf eine Gelegenheit, mit Dolly allein zu sein. Ich möchte ihr klarmachen, daß sie gestern nur eine Seite von mir gesehen hat, daß es da noch eine andere Seite gibt ... und noch eine ... und noch eine ... so viele andere Seiten; daß zwar alles ernst gemeint war, was ich gesagt hatte, aber daß es da noch andere Dinge gibt, ganz andere und fast gegenteilige, die ich aber gleichfalls vertrete. Daß ich wirklich geheilt bin, aber nur teilweise, und über den großen Rest, der immer noch krank ist, branden riesige salzige Wellen der Erinnerung ... ätzend und beißend.

Aber Dolly, heute mehr denn je wie ein ruhiges klares Wasser in einer Schale, wich nicht von Mrs. Barnes' Seite, wohl zum Ausgleich für die lange Abwesenheit gestern.

Um die Teestunde gewahrte ich Mrs. Barnes ängstlichen Blick, ihren bekannten beunruhigten Ausdruck; sie überlegte wohl, ob Dolly sich vielleicht auf unserem Picknick vergessen und mir Dinge erzählt hätte, schreckliche Dinge, die mich verstummen ließen. Also durchforschte ich mein Bewußtsein nach beruhigenden Versicherungen, und zum Glück fielen mir die Trauben ein.

»Ich glaube, ich habe gestern zu viele Trauben gegessen«, sagte ich, als ich ihren besorgten, fragenden Blick wieder auf mir fühlte, »ich war wohl zu gierig.«

Ihr Gesicht erhellte sich. Ich beglückwünschte mich. Allerdings nicht für lange; Mrs. Barnes, in ihrer mütterlichen Überängstlichkeit, wollte wissen, ob ich vielleicht zufällig auch einige der Traubenkerne mitverschluckt hätte, und ich sagte ihr, um sie völlig zu beruhigen, daß das sehr wahrscheinlich der Fall sei, so wie mir zumute war, nach dem Völlegefühl zu urteilen ... Und bevor ich sie aufhalten konnte, war sie in die Küche gestürzt – diese Mageren sind ja ungewöhnlich behende –, und bevor ich Zeit hatte, mich wegzuwenden oder einen Entschluß zu fassen, denn diesmal war ich mißtrauisch, eilte sie schon mit Mrs. Antoine und all den grausigen Utensilien für eine Rizinusöl-Einnahme zurück. Ich mußte das Rizinusöl trinken. Es schien mir grausam ungerecht, daß ich, die ich ja nur Mrs. Barnes so lieb besänftigen wollte, deshalb Rizinusöl schlucken mußte und außerdem noch dankbar dafür zu sein hatte.

Düster betrachtete ich die Flasche. Das ist ziemlich schäbig, dachte ich, an die Adresse des Schicksals gerichtet.

Da es keinen Ausweg gab, konnte ich das Zeug auch genauso gut tapfer hinunterkippen, und das tat ich auch sehr elegant, nachdem ich das Glas erhoben und den Zuschauern in einer freundlichen Ansprache Glück und Gesundheit gewünscht hatte.

Mrs. Barnes, Mrs. Antoine und Dolly schauten mir gebannt zu. Ein Schauder durchrieselte sie, als ich das Glas bis zur Neige leerte.

Danach begab ich mich in mein Zimmer.

22. September

Ich rufe dich an, alte Frau, die am Ende meiner Tage sitzen wird, und möchte dich hinweisen auf die Färbung der Bäume und Büsche dort, wo du einst lebtest, in Herbstzeiten, die für dich nun so weit zurückliegen. Kannst du dich daran erinnern, wie das so glühend flammte, wie die Luft so golden schien? Die Haselsträucher – erinnerst du dich? Am Weg, der von der Terrasse zum Dorf führte? Wie jeder einzelne einem Lichtbündel glich? Erinnerst du dich noch, wie du den 22. September 1919 verbracht hast, auf einer Decke in der Sonne unter einem solchen Strauch liegend, beglückt über die hellgelben Blätter vor einem Himmel, der dir den Atem benahm? Das hast du vergessen, behaupte ich. Du denkst nur an deine nächste Mahlzeit und daß du danach zu Bett gebracht wirst. Aber tatsächlich hattest du einen Tag erlebt, der erinnerungswürdig ist. Du warst äußerst zufrieden. Du warst durchaus im Gleichgewicht der Gegenwart, ohne die kleinste Schwingung hin zur Vergangenheit, einem Zeitabschnitt, den du damals noch nicht mit jener Souveränität betrachten konntest, die jetzt unter anderem deinen

Rang bezeichnet, und auch nicht hin zur Zukunft, an die du seinerzeit voller Zweifel und oft mit Angst gedacht hast, wie sehr dich jetzt auch eine solche Haltung belustigen mag. Mrs. Barnes hat dich heute gehen lassen, in Anbetracht der Rücksicht, die man den Leidenden schuldet, und du hast dir ein Kissen und eine Decke genommen – denk mal, wie aktiv du warst –, und dann hast du den ganzen lieben langen Tag nur dagelegen und dir die Sonne auf den Bauch scheinen lassen, alles Vergangene abgestreift und nichts weiter im Sinn gehabt als schöne, friedliche Dinge. Da warst du fast wie ein Baby, das auf dem Rücken liegt, am Daumen lutschend und gelassen die Kinderzimmerdecke betrachtend. Nur daß diese Decke der weite Himmel war, in dem von hoch oben zwei Adler in die Tiefe kreisten, und wenn sich die Sonne in ihren abwärtsschwingenden Flügeln fing, blitzten sie auf.

Es ist so schade, daß man diese Dinge vergißt. Sie sind es schließlich, die in ihrer Gesamtheit die wesentliche Schönheit des Lebens ausmachen. Aber daß ich sie hier vermerke, wird auch nicht dazu führen, daß du dann abermals deine Freude daran hast, du altes Ding. Zu zerbrechlich und von Rheuma geplagt wirst du dann sein, um dir noch ohne Grausen vorstellen zu können, daß du einen ganzen Tag lang im Gras gelegen hast. Mehr und mehr mißfällt mir der Gedanke, eines Tages in deinen alten Leib hineingezwängt zu werden, und bei näherer Betrachtung scheint mir dein philosophisches Losgelöstsein und deine Unfähigkeit, die Hoffnungen und Schmerzen und Freudensprünge, die Enttäuschungen und bitteren Qualen deiner Vergangenheit anders als lachend abzutun, wie die erstarrte Grimasse eines Totenkopfs.

23. September

Mrs. Barnes kann nicht ununterbrochen bei uns sein, wie sehr sie sich auch anstrengt. Unweigerlich gibt es immer wieder Lücken in ihrer Aufsicht. So zum Beispiel heute, und ich nutzte sie; über den vorübergehend leeren Stuhl in der Mitte zwischen uns hinweg – wir waren auf der Terrasse beim Vorlesen – sagte ich zu Dolly: »Seit unserem Traubentag habe ich Sie nicht mehr gesehen. Ich wollte Ihnen nur sagen, ich bin nicht geheilt. Ich hatte gleich in der Nacht einen Rückfall. Was ich Ihnen gesagt habe, war alles ernst gemeint, aber was ich mir selber während meines Rückfalls sagte, war gleichfalls aufrichtig. Ich muß Ihnen einfach gestehen: Ich habe mich hoffnungslos vor Sehnsucht verzehrt.«

Dolly ließ Merivale in den Schoß fallen und schaute gedankenvoll auf die fernen Berge am Ende des Tals. »Das letzte Donnergrollen«, sagte sie nach einer Pause.

»Donnergrollen?« wiederholte ich.

»Das letzte Grollen und Brummen eines Gewitters, das abzieht. Was Ihnen auch geschehen sein mag – Sie haben es nie erzählt, aber ich habe ein ganz gutes Gespür –, es war einem Gewitter sehr ähnlich. Einem heftigen allerdings. Es war ziemlich kurz, es tobte mit unglaublicher Gewalt und verzog sich dann grollend. Sie waren zwar zu Boden geschmettert, solange es dauerte, wie die Halme vor einer an sich vielversprechenden Ernte –«

»Oh!« Ich protestierte, mußte aber lachen.

»– doch Sie haben nicht bemerkt, wie es abzog. Ich würde das nicht sagen«, ergänzte sie und blickte mich liebevoll an, »ich würde keine Scherze darüber machen, wenn ich nicht sicher wäre, daß Sie schon auf dem Wege der Heilung sind. Sehr bald werden Sie reif zu der Erkenntnis sein, daß es genauso angenehm ist, sich zu entlieben wie sich zu verlieben. Das ist so, glauben Sie mir. Es ist wunderbar, das zu erleben, dieses allmählich wiederkehrende Freiheitsgefühl und die Wiederherstellung alter Freundschaften.«

»Sie haben es nicht verstanden«, sagte ich.

»Doch«, widersprach sie.

»Nein. Sie reden vom Entlieben. Ach, das ist doch gar nichts, das machen doch alle, die ganze Zeit. Was mir zugestoßen ist, ist schlimmer. Ich habe mein Vertrauen verloren. Als ob ich Gott verloren hätte, nach Jahren des Vertrauens in Ihn. Ich habe Vertrauen gehabt, geglaubt ... aus ganzem Herzen. Jetzt bin ich verlassen und verzweifelt.«

Aber Dolly schüttelte nur den Kopf. »Nicht so verlassen und verzweifelt, wie Sie es einmal waren«, sagte sie. »Niemand, der das alles hier so liebt wie Sie« – sie blinzelte in die Sonne – »bleibt lange verlassen und verzweifelt. Außerdem ... also wirklich ... sehen Sie einmal dort hinüber.« Sie deutete auf die schimmernden Berge im Osten jenseits des Tales.

»Ja. Das bleibt immer bestehen. Diese Schönheit ist ewig. Wenn ich das sehe, wenn ich diese Berge in der richtigen Stimmung mit wachem Bewußtsein wirklich bewundernd in mich aufnehme, dann muß ich allerdings sagen, daß alles übrige – die Verwirrungen und die Tränen, das Festhaltenwollen und die verzehrenden Sehnsüchte – in der Tat unwürdig ist. Da liegt dieses weite Land in dieser wunderbaren Welt vor einem ausgebreitet, aber statt sich frei darin zu bewegen und voller Entzücken Gott zu loben, bleibt man wie im Gestein gefangen an einem Fleck und vergeht vor Gram.«

»Was haben Sie gesagt? Scham?« fragte Dolly.

»Habe ich etwas gesagt?« Überrascht drehte ich mich zu ihr um. »Ich habe doch nur gedacht.«

»Laut gedacht jedenfalls«, erklärte Dolly. »Haben Sie von Scham gesprochen?«

»Nein. Von Gram.«

Sie nickte lächelnd. »Beides gleich überflüssig.«

24. September

Was wird aus Mrs. Barnes und Dolly, wenn ich nach England zurückfahre? Das Wetter war gestern und heute etwas wechselhaft, unbeständig, wie ein Geschöpf, das im Schlaf unruhig zuckt, und da fing ich an nachzudenken. Wenn der Wetterwechsel um diese Zeit erst einmal eingesetzt hat, gibt es kein Zurück mehr, es wird dann immer ungemütlicher – mit scharfen Winden, Regen, Schnee, Schneestürmen –, bis nach Weihnachten der richtige Winter beginnt, wolkenlos und ohne ein Lüftchen, die kurzen Tage sonnenüberflutet, die zwielichtigen Dämmerungen voller Farbenwunder.

Diese Schikanen des Wetters, die heulenden Winde und die Schneegestöber sind nur der Auftakt für die große Ruhe, die am Ende folgt. Der letzte Blizzard, der über die Berge fegt, gleicht einem häßlichen Vorhang, der sich hebt; dahinter eine neue Welt. Eines Nachts, während man schläft, endet das Geheul und Geratter plötzlich, und am Morgen sieht man zum ersten Mal seit Wochen durch das Fenster wieder die Berge am Ende des Tals klar gegen den Himmel abgehoben, von Kopf bis Fuß in neuen Schnee eingekleidet, und hinter und über ihnen das liebliche Grün dort, wo sich der Sonnenaufgang ankündigt. Ich kenne das, denn ich mußte einmal im Oktober, November und Dezember hier ausharren, als das Haus gerade gebaut war und eingerichtet wurde. Es waren drei grauenvolle Monate – und danach war es paradiesisch.

Aber was wird nun aus Mrs. Barnes und Dolly, wenn das Wetter endgültig umschlägt?

Ich will mir nicht vorstellen, wie sie einen düsteren Winter unten im Tal in einer billigen, ungenügend geheizten Pension verbringen; einen endlosen Winter untätig verbringen und jeden Franc umdrehen müssen. So haben sie seit fünf Jahren gelebt. Woher hat Dolly nur ihre heitere Gelassenheit? Am liebsten nähme ich sie mit nach England. Aber Dolly kann nicht nach England reisen. Sie ist Deutsche. Geächtet. Auch Mrs. Barnes ist geächtet, unentrinnbar in Dollys Schicksal verstrickt. Ich werde sie natürlich bitten, hierzubleiben, aber das ist ein etwas jämmerliches Angebot, hier inmitten von Schneestürmen zu leben, vor denen ich selber fliehe. Das scheint doch eine sehr fragwürdige Gastfreundschaft zu sein. Ich müßte eigentlich mit ihnen hierbleiben, um sie annehmbar zu machen. Aber das kann ich einfach nicht. Ich glaube, ich würde sterben, wenn ich drei Monate lang mit Mrs. Barnes zusammen von Schneestürmen eingeschlossen wäre. Meinetwegen soll sie alles haben – das Haus, die Antoines, alles, was ich besitze, nur soll sie mich gehen lassen.

Angesichts der Aufgabe verläßt mich der Mut bei dem Gedanken an die Überredungen und die Proteste, die zu erdulden sind. Und Dolly …? Wie kann ich denn Dolly allein lassen? In London werden mich die Schreckensbilder der beiden verfolgen, die in diesem Haus sind, wenn der Wind heult und die Schneedünen sich bis zu den Schlafzimmerfenstern auftürmen, wenn sie manchmal eine Woche lang vom Tal abgeschnitten sind, denn nur in einer Sturmpause können die kleinen schwarzen Gestalten, die Bauern nämlich, mit ihren Schaufeln durch den Schnee stapfen, um jemanden auszugraben. Ich weiß es; ich habe das in jenem ersten Winter durchgemacht. Aber damals war das etwas Neues für uns, wir waren eine sorgenfreie, unbekümmerte Gruppe im Haus, fünf Leute, die sich mochten und über alles redeten, wonach ihnen der Sinn stand, außerdem mit der tröstlichen Rückendeckung eines Sackes Linsen und mehrerer Säcke Kartoffeln ausgerüstet, die Antoine, schon damals meine rechte Hand und umsichtig, für just diesen Notfall bereitgestellt hatte. Wir machten große Feuer und brauten uns ausgefallene Getränke. Wir saßen bis spät in die Nacht im Kreis und erzählten uns Gespenstergeschichten. Was haben wir gelacht! Wir sagten genau das, was uns einfiel. Aber Mrs. Barnes und Dolly? Allein hier oben und nicht freigeschaufelt? Eine Vorstellung, die mich verfolgen wird.

25. September

Sie hat die Wetterlage noch nicht wahrgenommen – oder zumindest keine Schlüsse daraus gezogen. Sie glaubt anscheinend, die Unbeständigkeit, die gelegentlichen Sonnenstrahlen und die bedrohliche Bewölkung wären nur vorübergehende Erscheinungen. Sie wird sich vermutlich einreden, es wäre schließlich noch September. Aber Antoine weiß es besser und ich auch; schon in wenigen Stunden wird sogar sie den Wettersturz bemerken. Dann wird der Wettstreit der Guten Tat beginnen. Aber ich kann nicht, nein ich kann nicht hier bleiben, nur damit Mrs. Barnes sich bemüßigt fühlt, gleichfalls hier zu bleiben, um mich in meiner Einsamkeit aufzumuntern. Ich habe das Rizinusöl nur getrunken, damit ihr aufgeregtes Gemüt wieder Frieden findet, aber im Sinne solch unerträglichen Edelmuts werde ich keinen Schritt weiter tun. Ich würde sterben.

26. September

Heute habe ich zwölf Zigaretten geraucht, nur damit es im Haus etwas männlich riechen soll. Zigaretten sind nicht so gut wie eine Pfeife, aber immerhin besser als der ewige fade saubere Geruch selbstloser Frauen.

Nach jeder Zigarette erhob sich Mrs. Barnes unauffällig, um zu lüften. Worauf ich eine neue Zigarette anzündete.

Ich warf auch die Kissen auf den Boden, bevor ich mich auf das Sofa in der Halle fallen ließ. Gleich kam Mrs. Barnes und legte sie wieder ordentlich hin.

Worauf ich sie wieder herunterschmiß.

Gegen Abend fragte sie mich, ob ich mich wohl fühlte. Nun fühlte ich mich nicht wohl wegen der Zigaretten, aber das sagte ich ihr nicht. Ich sagte, ich fühlte mich sehr wohl. Ich konnte ihr natürlich nicht erklären, daß ich nur die Gegenwart eines Mannes simulieren wollte.

»Sind Sie sicher, daß diese Traubenkerne –«, fragte sie besorgt.

»O ganz sicher«, rief ich und wurde ganz schnell wieder demütig.

27. September

Zum Thema Verwünschungen. Um alles in der Welt möchte ich sie nicht empfehlen. Aber es spricht einiges dafür. Sie sind kurz. Man kommt über eine Stimmung hinweg. Sie klären die Situation. Frauen erklären und protestieren und umgehen auf Zehenspitzen taktvoll das, was sie für die Gefühle des anderen halten, und das nimmt kein Ende. Wenn es dann noch gute Frauen sind, warmherzige, selbstlose Frauen, dann haben sie so eine Art, einem zu vergeben. Sie werden nicht müde, einem zu vergeben, ohne weiteres, mit erschreckendem Großmut. Mrs. Barnes beharrte gestern darauf, mir die Zigaretten und die Unordentlichkeit zu vergeben. Angenehm ist mir das nicht, daß mir im Käfig meines kleinen abgelegenen Hauses pausenlos vergeben wird.

28. September

In der Nacht ließ der Wind die Fenster erzittern, und der Regen prasselte gegen die Scheiben; da wußte ich, daß beim Frühstück die Auseinandersetzung mit Mrs. Barnes beginnen würde.

So war es. Der Kampf fing gleich nach dem Frühstück in der Halle an, wo Antoine mit der entschiedenen Feststellung »*C'est l'hiver**«, ein loderndes Feuer entfacht hatte, nicht gewillt diesmal, sich irgendwelche Vorwände aus Knauserigkeit anzuhören, und der Streit hat sich den ganzen Tag über fortgesetzt, immer mit den nötigen Pausen zur Erholung.

Nichts ist geregelt worden. Ich habe noch nicht die leise-

* C'est l'hiver: Wir haben Winter (Anm. d. Ü.)

ste Ahnung, was ich tun soll. Mrs. Barnes beharrt eigensinnig auf ihrer selbstlosen Haltung. Sie und Dolly, wiederholt sie, würden auch nicht im Traum daran denken hierzubleiben, es sei denn, sie wüßten, daß sie mir von Nutzen sein könnten, indem sie mir Gesellschaft leisteten. Wenn ich nicht hier wäre, könnten sie auch niemandem Gesellschaft leisten – das müsse ich doch zugeben.

Ich gebe es zu. Immer wenn sie es sagt – es war ein Tag der Wiederholungen –, gebe ich es zu. Folglich müssen sie gehen, wenn ich gehe, schließt sie mit einer Art von grimmigem Triumph über ihre Entschlossenheit, keine Umstände zu machen und keine Unkosten zu verursachen. Ihr fehlten die Worte, fügt sie hinzu – welch eine Fehleinschätzung! –, ihrer Dankbarkeit für mein Angebot Ausdruck zu geben usw., und niemals bis an ihr Lebensende werden sie und Dolly vergessen, wie reizend und so weiter und so fort.

Was soll ich tun? Ich weiß es nicht. Wie leichtherzig läßt man sich auf eine Heirat oder auf Gäste ein – und wie unerwartet kann sich beides entwickeln! Was ist diese Uneigennützigkeit nur für eine gräßliche Sache! Wenn sie erst einmal zur Gewohnheit geworden ist, ist sie kaum mehr aufzubrechen. Eine einzige Person, die halsstarrig auf ihrer uneigennützigen Rücksichtnahme besteht, kann einem ganzen Haushalt die Seelenruhe rauben. Ist es denkbar, daß ich gezwungen bin hierzubleiben? Dabei wartet so vieles in England auf mich, was ich unbedingt erledigen muß.

Das Kaminfeuer in meinem Schlafzimmer brennt, und auf dem Boden sitzend starre ich schon eine ganze Stunde lang hinein und suche nach einer Lösung. Die ganze Zeit weigert sich nämlich Mrs. Barnes, auf meine dringende Bitte einzugehen, das Haus doch bitte in meiner Abwesenheit zu benutzen; dabei zeigt sich auf ihrem schmalen Gesicht, wie sie danach hungert, das Angebot annehmen zu können, und wenn sie davon spricht, scheinbar tapfer und gefaßt, wieder heimatlos auf Wanderschaft zu gehen, füllen sich ihre Augen mit Tränen.

Einmal war ich so verzweifelt, daß ich sie bat, doch mir zu Gefallen zu bleiben, um auf die so tüchtigen und vertrauenswürdigen Antoines ein Auge zu haben. Das war nun wirklich der Strohhalm, an den sich der Ertrinkende klammert, und da lächelte sogar Mrs. Barnes, die so selten lächelt.

Nein ... ich weiß nicht, was da zu tun ist. Wie der Wind heult! Ich gehe jetzt zu Bett.

29. September

Auch Dolly ist mir keine Hilfe. »Sie haben gesagt, daß Sie manchmal energisch werden können«, rief ich ihr heute morgen zu, als Mrs. Barnes kurz abwesend war. »Warum nicht jetzt?«

»Weil ich nicht möchte«, antwortete Dolly.

»Aber warum nicht?« fragte ich verzweifelt. »Mein Vorschlag ist so vernünftig, es wäre so leicht –«

»Ich möchte nicht hier sein, wenn Sie nicht da sind«, sagte Dolly. »Dieses Haus, das sind Sie! Sie haben es erschaffen. Sie haben es geprägt. Ohne Sie wäre das wie ein Geisterhaus für mich. Ich würde mich darin verloren fühlen.«

»Das stimmt doch nicht. Wir wechseln hier doch kaum ein Wort miteinander –«

»Aber ich beobachte Sie«, sagte Dolly und lächelte, »und ich weiß, was Sie denken. Sie haben keine Ahnung, wie alles, was Sie denken, sich auf Ihrem Gesicht widerspiegelt.«

»Aber wenn es Ihre unglückliche Schwester etwas glücklicher macht? Wenn sie sich hier frei von Ängsten fühlen kann? Wenn sie annimmt, daß Sie hier in Sicherheit sind?« stellte ich ihr leidenschaftlich vor.

»Ich will nicht in Sicherheit sein.«

»O Dolly, Sie wollen doch nicht wieder ausbrechen?« fragte ich genauso beunruhigt, wie Mrs. Barnes sie wohl gefragt hätte.

Dolly lachte. »Ich werde nie mehr etwas tun, was Kitty unglücklich machen könnte«, erwiderte sie. »Aber ich liebe das Gefühl ...«, sie breitete ihre Arme aus, als wären es Flügel, »o wie mir das wohltut, dieses Gefühl, Platz zu haben.«

30. September

Das Wetter hat sich gebessert. In unserem Ringen hat sich eine Unterbrechung ergeben. Wir sind beide müde, Mrs. Barnes und ich; ich ziehe mich in den Schlupfwinkel der Schwachen zurück, ich scheue mich, Entscheidungen zu treffen, und so sind wir wieder dazu übergegangen, nur noch von der Lage und der Aussicht zu sprechen. Wenn Mrs. Barnes doch nur nicht so gütig und dafür etwas intelligenter wäre! Aber die Kombination von Unintelligenz und Güte ist unangreifbar. Man kann sie nicht durchbrechen. Nichts kann sie durchbrechen. Man gibt auf. Sie erschlägt einen. Man wird zum Sklaven. Absolut hoffnungslos aber wird es, wenn die Unintelligenten und Gütigen gleichzeitig die tapfer duldenden Opfer unverdienten Unglücks sind.

Abends

Heute hat es eine überraschende Wendung gegeben: eines meiner Gebete wurde erhört. Ich werde mich nie mehr trauen zu beten. Ich betete um einen Mann, irgendeinen, auf daß er komme und uns durchsäuere – und ich habe ihn bekommen.

Aber der Reihe nach.

Auf unserem Spaziergang am Nachmittag, kurz nachdem wir das Haus verlassen hatten und uns gegen die Windstöße und das wirbelnde Laub zum Fahrweg vom Tal durchkämpften, sagte Dolly: »Wer ist denn dieser komische kleine Mann, der auf uns zukommt?«

Ich schaute hin. Einen Augenblick lang stand mir das Herz still – denn weswegen war er gekommen? »Der komische kleine Mann ist mein Onkel«, erklärte ich.

Da kam er heran, der echte Onkel: Gamaschen, Schürze, der Schaufelhut anglikanischer Geistlicher. Er hielt den Hut fest, und der rüde Wind, dem es nun versagt war, damit herumzutoben, nahm sich zum Ausgleich die Schürze vor, riß sie nach oben und wölbte sie vor, so daß mein Onkel mit der anderen Hand vollauf beschäftigt war, sie wieder hinabzudrücken und geziemend zu glätten, und den Schirm hielt er infolgedessen fest unter dem Arm eingeklemmt.

»Doch nicht der Dekan?« fragte Mrs. Barnes mit ehrfürchtiger Stimme und rückte sich hastig den Hut zurecht, denn ein Hauch von Kirche, selbst ein so schwacher Hauch wie ein Hilfspfarrer, ist für sie wie der Odem des Lebens.

»Ja«, antwortete ich, erstaunt und hilflos. »Mein Onkel Rudolph.«

»Dem Namen nach könnte er ein Deutscher sein«, meinte Dolly.

»Sagen Sie ihm das bloß nicht«, riet ich, »er hat einen wahnsinnigen Abscheu vor Deutschen –«

Es war draußen, bevor ich es zurückhalten konnte, bevor ich mich erinnerte. Du meine Güte, dachte ich, du meine Güte.

Ich blickte seitwärts auf Mrs. Barnes. Du meine Güte, sie war sehr rot im Gesicht. Also tauchte ich wieder hinein, um sie so schnell wie möglich zu beruhigen. »Jedenfalls«, sagte ich abschwächend, »während des Krieges. Aber jetzt ist der Krieg vorbei, und da wäre es ja die reine Dummheit ... jetzt kümmert das niemanden mehr ... jetzt dürfte es niemanden mehr kümmern ...«

Doch meine Stimme, schwächer werdend, versandete im

Schweigen, denn ich wußte, und Mrs. Barnes wußte, daß die Leute darüber ganz anders dachten.

Inzwischen waren wir in Rufweite, und mit der freudigen Erregung, die einen bei solchen Gelegenheiten unwillkürlich befällt, winkte ich ihm überschwenglich mit meinem Stock und rief: »Was für eine reizende Überraschung, Onkel Rudolph!« Ich lief vor, um ihn allein zu begrüßen, und die anderen kamen taktvoll langsam hinterher.

Wir küßten uns dort am Hang, während der grobe Wind ohne jede Ehrfurcht an seinen Kleidern zerrte, und im Kuß meines Onkels nahm ich etwas wahr, was so ähnlich auch in Mrs. Barnes' Reden spürbar gewesen war, als ich die zwölf Zigaretten geraucht hatte: mein Onkel vergab mir.

»Ich bin gekommen, um dich heim nach England zu begleiten«, sagte er, und der Geist des Vergebens und Vergessens überglänzte sein Gesicht, und in diesem Geiste ließ er die Schürze los, um mir ermutigend auf die Schulter zu klopfen.

Sofort wölbte sich die Schürze, und seine Hand wurde gezwungen, meine Schulter zu verlassen, um die Schürze wieder nach unten zu drücken. »Du hast Damen dabei?« fragte er, leicht beunruhigt, während er die unbotmäßigen Teile seiner Kleidung zu beherrschen suchte.

»Ja, Onkel Rudolph«, erwiderte ich demütig. »Du hast sicher nicht erwartet, mich mit Herren vorzufinden.«

»Liebes Kind, ich habe erwartet, dich vorzufinden wie immer, nämlich bereit, Dinge zuzugeben und rückgängig zu machen. Immer bedingungslos und großzügig dazu bereit.«

»Wie lieb von dir«, murmelte ich. »Du hättest ankündigen sollen, daß du kommst. Dann hätte ich einiges für dich umbringen lassen. Einiges, was gemästet worden ist.«

»Nicht ich bin es«, sagte er so sanft, wie es der Wind zuließ, »der als verlorener Sohn heimkehrt. Es wäre mir allerdings lieber, ich wäre es. Denn ich könnte die Last besser tragen als du mit deinen kleinen Schultern.«

Das klang bedeutungsvoll, deshalb lenkte ich ab. »Ich muß dich Mrs. Barnes und ihrer Schwester Mrs. Jewks vorstellen. Darf ich Ihnen«, sagte ich förmlich und drehte mich zu ihnen um, die nun nahe genug herangekommen waren, »meinen Onkel Rudolph vorstellen, von dem ich Ihnen ja oft genug erzählt habe.«

»Das haben Sie wirklich«, sagte Mrs. Barnes so herzlich, wie es ihr die Ehrfurcht noch gestattete.

Mein Onkel, sichtlich erleichtert, seine Nichte nicht exzentrischerweise als Klausnerin vorzufinden, sondern von so achtbaren Persönlichkeiten flankiert, gewissermaßen in Witwen eingebettet, war sehr charmant. Mrs. Barnes quittierte seine liebenswürdige Anrede mit entzückter Verehrung. Als wir ins Haus zurückgingen – denn das erste, was man Gästen aus England anbietet, ist natürlich ein Bad –, fanden sie sich wie selbstverständlich auf dem schmalen Pfad zusammen, und Dolly und ich folgten ihnen.

Wir schauten uns an; wir hatten gleichzeitig erfaßt, wieviel vorteilhafter es ist, zu viert statt zu dritt zu sein. Hinter Mrs. Barnes unterwürfig vorgebeugtem Rücken schauten wir uns an, sahen im Geiste schon die vielen Möglichkeiten zu gemeinsamen Zwiegesprächen ohne jede Aufsicht.

»Sehen Sie, sie können ganz nützlich sein«, sagte ich leise, was bei diesem Wind gar nicht nötig gewesen wäre.

»Das haben Dekane so an sich«, bestätigte Dolly nickend.

Meine Lust zu lachen – leise und verdeckt natürlich und bereit, mein Gesicht sofort in ernste Falten zu legen und beiläufig zu den Wolken aufzusehen, sowie unsere Verwandtschaft sich umdrehen sollte – wurde jedoch von der schrecklichen Gewißheit erstickt, daß die Ankunft meines Onkels nur Schlimmes verheißen konnte.

Er wird mit mir reden – über Dinge, die ich verzweifelt aus meinem Bewußtsein zu verbannen suche, was mir jetzt auch schon gelingt; er wird das traurige Thema in christlichem

Geiste besprechen, wie er sich gewiß selber einredet, was sich aber in Wirklichkeit als ein sehr weltlich gesinnter Geist herausstellen wird. Er hat begründete Hoffnung, bald Bischof zu werden. Ich bin seine Nichte. Der weibliche Anhang von Bischöfen sollte unauffällig bleiben und dafür sorgen, nicht ins Gerede zu kommen. Er wird also versuchen, mir nahezulegen, mich erneut in ein Leben von unausstehlicher Erbärmlichkeit einzufügen, damit die Fassade wieder ordentlich aussieht. Die Fassade des Hauses einer Bischofsnichte muß unter allen Umständen sauber bleiben, genauso wie alle anderen Fassaden in der Straße, auf daß niemand wisse, was drinnen vorgeht und die Nachbarn nicht über den Onkel sprechen.

Wäre ich nicht mit ihm verwandt, sondern nur eine ganz gewöhnliche arme Seele in Schwierigkeiten, würde dieser selbe Mann voller Verständnis sein und könnte angesichts der Tatsachen gar nicht anders, als mir mit größter Fürsorge behilflich zu sein, mich von allen Versuchungen dessen, was er »die Dinge rückgängig machen« nennt, fernzuhalten. Gleichzeitig wäre er auch bemüht, mich in der Haltung zu bestärken, die auch die richtige ist, wie ich glaube: in dieser Gemütsverfassung, in der man ohne Groll und Zorn ist und sich freut, daß man sich wenigstens noch die Erinnerung an die schönen Dinge, an die man geglaubt hat, bewahren konnte. Aber ich bin seine Nichte. Er wird bald Bischof. Er muß sich natürlich davor hüten, Christus allzu ähnlich zu werden.

So folgte ich ihnen mit ungutem Gefühl zum Haus. Was würde wohl als nächstes geschehen? Aber bis jetzt ist nichts geschehen. Noch nicht. Morgen wahrscheinlich ...

Wir haben einen sehr angenehmen Abend erlebt. Ich bin so schläfrig und mit guten, schönen, heiligen Dingen übersättigt, als hätte ich den ganzen Tag in der Kirche verbracht. Mein Onkel, frisch gewaschen, rasiert und durch den Tee gestärkt, gab sich alle Mühe, uns zu unterhalten. Er war der glanzvolle Mittelpunkt unserer Runde. Er gestattete sich diese gebändigte Überschwenglichkeit, mit der die guten Menschen von solch hoher Berufung gern beweisen, daß sie sich letztlich nicht allzusehr von gewöhnlichen Menschen unterscheiden. Nach dem Tee saßen wir im Kreis vor dem Kamin, und so auch wieder nach dem Abendessen, Dolly und ich jeweils außen einander gegenüber und mein Onkel und Mrs. Barnes in der Mitte, und das Zimmer war erfüllt von geziemendem, sanftem und zuträglichem Frohsinn. Wie ergötzlich doch, schien mein Onkel zu sagen, als er uns nach jeder seiner Geschichten ansah und sich in wohlverdienter Wertschätzung badete, wie ergötzlich doch und wie befriedigend die Freude an moralisch einwandfreiem Spaß ... wie kann man sich nur an ungehörigen Späßen vergnügen?

Seine Geschichten waren tatsächlich so gut, daß jede von ihnen, noch bevor sie die Pointe erreichte, offenbar von der Kirche schon abgesegnet war.

Dolly strickte, das Licht fiel auf ihr kindlich blondes Haar, die Augen in taubenähnlicher Sanftmut nach unten gerichtet. Ihr Grübchen zuckte bei jeder Anekdote immer im richtigen Augenblick. Sie schien instinktiv zu wissen, wann man lächeln mußte. Mehrmals wurde ich nur durch ihr Grübchen darauf aufmerksam, daß der Höhepunkt gekommen war.

Mrs. Barnes' Gesichtsausdruck war unbewölkt – zum ersten Mal, seit ich sie kennengelernt hatte. Mein Onkel erging sich in Anekdoten, der Krieg wurde nicht erwähnt. Wir kamen nicht einmal auf die Deutschen zu sprechen. Mrs. Barnes konnte richtiggehend vergnügt sein. Sie strahlte. Entzücken, mit Ehrfurcht gemischt, erfüllte sie ganz und gar. So wie sie im Sessel saß, zeigte ihre ganze Haltung eine Hingabe, einen Eifer, sich nicht den kleinsten Krümel dieser Köstlichkeiten entgehen zu lassen, die meinen Onkel sicher hocherfreut hätten, wäre er nicht an solche Verehrung gewöhnt gewesen. Es ist sonderbar, wie sehr sich Witwen an Geistliche klammern. Seit ich denken kann, sind sie scharenweise zu Onkel Rudolph gekommen. Meine Tante zog immer die Augenbrauen hoch und fragte mich, ob ich ihr vielleicht verraten könne, was diese Frauen in ihm sahen.

Als wir uns alle Gute Nacht sagten, zeigte mir etwas in Mrs. Barnes' Benehmen, daß die Anwesenheit eines Mannes schon ihre Wirkung tat. Sie war durchlüftet. Frische Luft war in sie eingedrungen und durchpulste sie. An meiner Schlafzimmertür umarmte sie mich spontan und herzlich, ohne die übliche peinliche Nachforschung auf meinem Gesicht, ob sie vielleicht irgend etwas in ihrer Pflicht als rücksichtsvoller Gast vergessen hätte. Die Ankunft meines Onkels hat ihre Gedanken ein wenig von mir abgelenkt. Ich wußte, daß wir einen Mann gebraucht hatten. Nicht, daß ein Dekan meiner Vorstellung von einem Mann in besonderem Maße entspricht, aber andererseits ist er auch nicht das, was ich mir unter einer Frau vorstelle, und seine Ankunft beendet im Augenblick den Wettstreit der Guten Taten zwischen Mrs. Barnes und mir. Er bringt unserem anämischen kleinen Kreis frisches Blut, oder, vielleicht besser gesagt, andersartiges Blut, da das Blut von Dekanen, wie ich vermute, nicht immer sehr frisch ist.

»Gute Nacht, Onkel Rudolph«, sagte ich um zehn Uhr, stand auf und hielt ihm eine Wange hin. »Wir haben dir für einen reizenden Abend zu danken.«

»Für einen äußerst reizenden Abend«, tönte Mrs. Barnes enthusiastisch, ebenfalls aufstehend, und rollte ihr Strickzeug zusammen.

Mein Onkel war sehr erfreut. Er hatte das Gefühl, in Hochform gewesen zu sein, und diese Hochform war gewürdigt worden.

»Gute Nacht, mein liebes Kind«, sagte er und küßte mich auf die Wange. »Mögen die Engel Wache halten über deinem Bett.«

»Ich danke dir, Onkel Rudolph.« Ich beugte den Kopf unter diesem Segensspruch.

Mrs. Barnes betrachtete die kleine häusliche Szene mit ehrerbietiger Anteilnahme. Dann kam sie an die Reihe.

»Eine sehr gute Nacht wünsche ich, Mrs. Barnes«, sagte mein Onkel mit all seinem Charme, schüttelte ihr die Hand und verbeugte sich aus der Hüfte heraus, wie meine Tanzlehrerin das zu nennen pflegte.

Dann zu Dolly. »Gute Nacht, Miss ...«

Er zögerte, suchte nach einem Namen.

»Mrs.«, korrigierte ihn Dolly sanft, ihre Hand noch in seiner.

»Oh – ich bitte um Verzeihung. Verheiratet also. Diese gegenseitigen Vorstellungen ... besonders bei dem Lärm, den der Wind macht.«

»Nicht, nicht eigentlich verheiratet«, verbesserte ihn Dolly sanft, immer noch ihre Hand in seiner.

»Nicht eigentlich ...?«

»Meine Schwester verlor ihren ... meine Schwester ist Witwe«, erklärte Mrs. Barnes hastig. Sie war nervös. Daß Dolly immer alles komplizieren muß!

»O ja, o ja. Tragisch, tragisch«, sagte mein Onkel teilnahmsvoll und hielt immer noch ihre Hand fest. »Und so jung. Ah, ja. Nun denn, eine gute Nacht, Mrs. ...«

Wieder mußte er innehalten und nach dem Namen suchen.

»Jewks«, sagte Dolly sanft.

»Verzeihen Sie mir und vertrauen Sie darauf, daß ich nicht ein zweites Mal so gedankenlos sein werde. Gute Nacht. Mögen die Engel ...«

Zum dritten Mal zögerte er, plötzlich aufgestört durch den Gedanken, nehme ich an, daß es vielleicht nicht ganz schicklich wäre, den Segen der Engel auf das Bett einer nicht anverwandten Dame zu erflehen. Selbst Engel sind da möglicherweise penibel. So schüttelte er ihr lediglich herzlich die Hand, während sie ihm ein wirklich himmlisches Lächeln schenkte.

Wir ließen ihn mit dem Rücken zum Feuer stehen, und er sah zu, wie wir die Treppe hinaufgingen, ein Glas heißes Wasser fast zärtlich in der Hand; an irgend etwas muß man schließlich seine Sympathie verschwenden.

Mein Onkel ist ein sympathischer Mann. In Dingen, die sein eigenes Fortkommen nicht behindern, ist er voller Verständnis. Deshalb lieben ihn auch die Witwen, vermute ich. Meine Tante hätte sicher den wahren Grund gekannt, wäre sie nicht seine Frau gewesen.

1. Oktober

Beim Anziehen habe ich die Gewohnheit zu lesen. Irgendein Buch lehnt da aufgeschlagen gegen den Spiegel, und da man nicht überall Augen haben kann, geschieht es folglich manchmal, daß ich meine Haken und Ösen nicht richtig zusammenbringen kann. Ich könnte wirklich ganz adrett sein ... aber es gibt andere Dinge. Heute morgen war mein Buch die Bibel, und darin las ich: *Der vorsichtige Mann* – um wieviel vorsichtiger dann eine Frau? – *sieht das Unglück voraus und verbirgt sich, doch die Einfältigen gehen weiter und werden bestraft.*

Dadurch kam ich zu spät zum Frühstück. Ich saß vor dem Fenster und schaute hinaus, die Hände im Schoß, die klugen Worte Salomons noch im Ohr, und überlegte, wie man wohl dem Schicksal der Einfältigen entgehen könnte.

Aber da gibt es keinen Ausweg. Es schien mir ungerecht, daß ich, obwohl nicht unbedingt zu den Einfältigen zählend, dennoch ihr Schicksal erdulden sollte. Draußen war es kalt und windig, einer dieser Morgen, an dem männliche Verwandte einen zu einem »Auslauf« mitnehmen, wie sie es nennen – als wäre ich ein Hund –, um sich die rauhe Behandlung angedeihen zu lassen, die sie folgendermaßen umschreiben: »Da werden einem die Spinnweben weggeblasen.« Ich will aber meine Spinnweben behalten, ich will auf keinen Fall, daß man sie mir wegbläst. Onkel Rudolph ist klein und aktiv, abgesehen davon, daß er nach dem Tod meiner Tante hinter seiner Schürze ziemlich geschrumpft ist, und ich bin überzeugt, er wollte mich nach dem Frühstück den Berg hinauf jagen, um dann, wenn er mich außer Atem und sprachlos auf einem Felsblock sitzen hatte, mir all das zu sagen, was ich fürchte, mir anhören zu müssen.

Es fiel mir schwer, mich zu zwingen, hinunterzugehen. Ich war wie angewurzelt. Da ich nun einmal die unglückselige Rolle einer Gastgeberin spielen mußte, waren mir auch meine Pflichten klar; man erwartete von mir ein Morgenlächeln hinter der Kaffeekanne zu sehen. Weil ich aber nun genau voraussah, was nach dem Frühstück geschehen würde, verharrte ich reglos, obwohl es schon zweimal geklingelt hatte.

Als ich jedoch nach dem zweiten Klingeln schnelle Schritte über den Gang auf meine Tür zutrappeln hörte, stand ich auf, sprang ich auf, in Furcht vor dem, was da kommen mochte. Schlafzimmer bieten keinen wirksamen Schutz vor Onkels. Die schnellen Schritte könnten von Onkel Rudolph sein. Ich eilte zur Tür und riß sie auf, so daß ich wenigstens durch mein Hinaustreten sein Eintreten verhindern konnte. Doch da stand Mrs. Antoine, die gerade klopfen wollte.

»*Ces dames et Monsieur d'Evêque attendent**«, sagte sie, zugleich überrascht und vorwurfsvoll.

* Ces dames et Monsieur l'Evêque attendent: Die Damen und der Bischof warten schon (Anm. d. Ü.)

»Das ist kein Bischof«, antwortete ich auf Französisch, etwas gereizt, denn ich war natürlich im Unrecht, weil ich noch hier oben stand, und es ärgerte mich, daß man mich nicht in Frieden ließ, auch wenn ich im Unrecht war. »Es ist nur fast einer.«

Mrs. Antoine erwiderte darauf nichts. Sie machte Platz, um mich vorbeizulassen, und informierte mich ziemlich streng, daß der Kaffee schon seit einer Viertelstunde auf dem Tisch stand.

»Wie nennt man das denn bei Ihnen«, fuhr ich auf Französisch fort und blieb noch in der Tür stehen, um Zeit zu gewinnen, »das was vor dem Bischof kommt?«

*»Ce qui vient devant un évêque**?« wiederholte Mrs. Antoine unsicher.

»Ja, dieser Herr, der nicht ganz Bischof ist, aber fast.«

Mrs. Antoine runzelte die Stirn. *»Ma foi*** ...«, begann sie.

»Ach ja, ich habe ganz vergessen«, sagte ich, »Sie sind ja keine Katholikin mehr. In Ihrer protestantischen Kirche gibt es nicht so etwas wie Bischöfe oder solche Herren, die fast Bischöfe sind, nicht wahr?«

*»Mais rien, rien rien****«, beteuerte Mrs. Antoine nachdrücklich mit ausgestreckten Händen und hochgezogenen Schultern und verteidigte leidenschaftlich die Reinheit ihrer angenommenen Kirche, *»mais rien du tout, du tout. Madame peut venir un dimanche voir***** ...«

Nachdem sie diese Unterstellungen abgewehrt hatte, kam sie wieder auf den Kaffee zurück. *»Le café ... Madame*

* Ce qui vient devant un évêque: Was vor dem Bischof kommt? (Anm. d. Ü.)

** Ma foi: Meine Güte ... (Anm. d. Ü.)

*** Mais rien: Aber nicht doch (Anm. d. Ü.)

**** Madame peut venir un dimanche voir: Wenn Madame einmal eines Sonntags mitkommen wollte ... (Anm. d. Ü.)

*désire que j'en fasse encore? Ces dames et Monsieur Evêque** –«

»Es ist kein Bischof –«

»Ah, da bist du ja!« rief mein Onkel, dessen Kopf nun am Fuß der Treppe erschien. »Wollte gerade nachsehen, ob da was los ist. Hier haben wir sie, sie kommt jetzt, sie kommt«, rief er wohlgemut den anderen zu. Ich lief eilends auf ihn zu, denn es liegt mir nicht, gegen das Unausweichliche anzukämpfen; er hängte sich bei mir ein, und zusammen gingen wir zum Frühstück.

Unten angekommen, legte er mir die Hände auf die Schultern und drehte mich ins Licht. »Liebes Kind«, sagte er, hielt mich in dieser Stellung fest und durchforschte mein Gesicht, »wir fingen schon an, uns Sorgen zu machen. Mrs. Barnes fürchtete, du könntest krank sein und dachte bereits an wirksame Arzneien ...«, ich schauderte, »... jedoch«, er wirbelte mich zu Mrs. Barnes herum, »dieser jungen Dame fehlt bestimmt nichts, Mrs. Barnes, wie?«

Darauf nahm er mein Kinn zwischen Daumen und Zeigefinger und gab mir einen leichten, fast frohgemuten Kuß auf jede Wange und ließ mich los. Händereibend schritt er munter auf den Tisch zu, auf dem, wie üblich, wenn ich zu spät kam, all die warmen Sachen mit Servietten oder Kleidungsstücken von Mrs. Barnes bedeckt waren.

»Jetzt komm aber, nun komm schon – Frühstück, Frühstück!« rief mein Onkel aus. »Für all das und deine Gnade, o Herr ...«, fuhr er fast ohne Unterbrechung mit geschlossenen Augen fort, die Hände segnend über Mrs. Barnes' weißes wollenes Umhängetuch gebreitet.

Wir waren überwältigt. Ein Mann war gekommen und hatte das Kommando übernommen. Wir waren sogar glück-

* Madame désire que j'en fasse encore? Les dames et Monsieure Evêque –: Soll ich noch Kaffee machen? Die Damen und der Bischof – (Anm. d. Ü.)

lich überwältigt, nach Mrs. Barnes' Miene zu schließen. Seit sie bei mir war, hatte sie den Segen des Himmels auf ihr Ei herabgefleht, und zum ersten Mal hatte er sich offenbar herabgesenkt; während sie es aß, konnte ich ihr vom Gesicht ablesen, wie sehr sie dank meiner gottlosen Frühstücksgewohnheiten unter dem erzwungenen Verzehr ungeweihter Eier gelitten hatte. Auch Dolly schien hocherfreut, wie immer, wenn ihre arme Kitty glücklich ist. Nur ich freute mich nicht. Sinnend saß ich hinter der Kaffeekanne; ich wußte nur zu gut, was vor mir lag. Ich mißtraute der guten Laune meines Onkels. Er hatte sich alles in der Nacht ausgedacht und war zu dem Schluß gekommen, daß er sich dem peinlichen Thema am besten im Geiste frohsinniger Zuneigung näherte. So gut gelaunt hatte ich ihn noch nie gesehen – allerdings habe ich ihn seit dem Tod meiner Tange überhaupt nicht mehr gesehen.

»Mein liebes Kind«, fing er an, als der Tisch mit allem darauf von den Antoines ruckartig aus unserer Mitte entfernt wurde und wir nun gewissermaßen um ein leeres Loch herum saßen, überrascht und mit dem Gefühl, plötzlich nackt zu sein, wie immer, wenn diese Räumaktion stattfindet. Mein Onkel war einen Augenblick lang vor Verblüffung sprachlos. Dann fuhr er fort: »Mein liebes Kind, ich möchte dich gern zu einem kleinen Auslauf vor dem Mittagessen mitnehmen.«

»Ja, Onkel Rudolph.«

»Damit uns die Spinnweben weggeblasen werden.«

»Ja, Onkel Rudolph.«

»Ich weiß, du bist eine schnellfüßige junge Dame ...«

»Ja, Onkel Rudolph.«

»Und damit wirst du meiner Lust an körperlicher Betätigung die Spitze nehmen.«

»Ja, Onkel Rudolph.«

»Und heute nachmittag wird vielleicht die eine oder andere der Damen ...« Mir fiel auf, daß er es vorsichtig vermied, beide zusammen zu erwähnen.

»Ach, entzückend!« beeilte sich Mrs. Barnes, ihm zu versichern. »Es wird uns ein großes Vergnügen sein, Sie zu begleiten. Wir sind gute Spaziergängerinnen. Wir halten sehr viel von regelmäßiger Bewegung, die der leiblichen Gesundheit so dienlich ist. Unser Vater hat uns streng zur Einsicht in diese Notwendigkeit erzogen. Wären wir nicht so sehr davon überzeugt, daß jeder Tag hauptsächlich förderlichen Beschäftigungen gewidmet sein sollte, würden wir ihn sicherlich, wie ich glaube, zur Gänze draußen im Freien zur körperlichen Ertüchtigung verbringen.«

Ich griff nach dem Strohhalm. »In diesem Fall gehen Sie doch heute morgen schon mit meinem Onkel«, schlug ich vor. »Ich muß sowieso Anweisungen geben –«

»O nein, nein, unter keinen Umständen. Die Wünsche des Dekans –«

Doch wer kam in diesem Moment durch die Halle und ging zu dem kleinen Zimmer, wo ich alle Haushaltssachen regele? Antoine – mit den Monatsbüchern in beiden Händen. Es ist der erste Oktober. Zahltag. Ich hatte ihn vergessen. Aber jetzt wußte ich, daß ich wenigstens an diesem Morgen gerettet war.

»Da sehen Sie es«, sagte ich zu Mrs. Barnes und nickte in Richtung Antoine und der Bücher.

Ich war sicher, sie würde die feierliche Pflicht der Abrechnung und ihre Unaufschiebbarkeit anerkennen – ein Charakterzug der tugendhaften Armen; sie würde verstehen, daß sogar die Wünsche eines Dekans hinter diesem heiligen Haushaltsritual zurückstehen müßten.

»O wie bedauerlich«, rief sie. »Gerade heute, am ersten Tag Ihres Onkels.«

Aber da war nun nichts zu machen. Das sah sie ein. Aber

außerdem war nie eine Frau halsstarriger entschlossen als ich an diesem Tag, der Pflicht zu gehorchen.

»Lieber Onkel Rudolph«, sagte ich sehr lieb – und plötzlich war mir auch sehr lieb zumute –, »es tut mir sehr leid. Das ist der einzige Tag im Monat, an dem ich hier angebunden bin. An jedem anderen Tag ...«

Scheinbar höchst ungern und zugleich mit der Miene nicht nachlassender tugendhafter Gutwilligkeit verschwand ich in mein kleines Zimmer und blieb dort, sicher eingesperrt, bis ich sie weggehen hörte.

Aus dem Fenster sah ich sie gleich darauf den Berg hinaufstreben, angeführt von meinem Onkel, dem es nicht gelungen war, nur eine mitzunehmen, und Mrs. Barnes, die auf unseren Spaziergängen immer an der Spitze ist und den Weg bestimmt, schritt mit dem Eifer einer gehorsamen Henne hinter ihm her, und erst nach einigem Abstand, als würde sie sich genauso ungern die Spinnweben wegblasen lassen wie ich, folgte ihnen Dolly. Erst als sie am fernen Hang zu schwarzen Pünktchen geschrumpft waren, wandte ich mich mit großem Vergnügen den Abrechnungen zu.

Gesegnet seien die Abrechnungen. Hätte ich doch nur weiter Zahlungen ausfertigen können, am liebsten hätte ich den ganzen Tag gezahlt. Aber als ich damit fertig war und mit Antoine über die Hühner und Bienen und die Kuh sprach, als die Mittagszeit näherrückte und ich jeden Moment durchs Fenster drei schwarze Pünktchen sehen konnte, die sich zu drei Fleckchen verdickten, dachte ich, es könnte mir vielleicht so vorkommen, als hätte ich Kopfweh.

Ich bekomme oft Kopfschmerzen von den Additionen, besonders wenn bei zweimaligem Zusammenrechnen nicht dasselbe herauskommt, was kurioserweise immer wieder geschieht, so daß es also sehr wahrscheinlich war, daß ich tatsächlich Kopfschmerzen hatte. Ich saß da und wartete darauf, um ganz sicher zu sein, und just, als die drei Pünktchen am oberen Rand des Panoramas erschienen, war ich ganz sicher. Ich bin also hierhergekommen und habe mich ins Bett gelegt. Diesmal sind es nicht Traubenkerne, habe ich mir gedacht, es sind Summen, und für arithmetische Beschwerden kann mir Mrs. Barnes keine Arznei geben, und selbst wenn Onkel Rudolph mich unbedingt besuchen will, wird er nicht so unmenschlich sein, jemanden, dem es so schlecht geht, auch noch zu quälen.

So habe ich mich also sehr gemütlich ins Bett gekuschelt, und ich muß sagen, meine Gäste sind sehr rücksichtsvoll gewesen. Sie haben mich fast ganz allein gelassen. Mrs. Barnes hat einmal hereingeschaut, aber als ich die Augen schloß und murmelte »Es sind die Rechnungen von diesen Händlern«, hat sie sofort verständnisvoll genickt und ist verschwunden.

Dolly ist gekommen und hat sich eine Weile zu mir gesetzt, aber wir konnten nicht viel sagen, denn Mrs. Antoine ist gleich darauf mit einer Bitte meines Onkels erschienen, Dolly möge doch zum Tee kommen.

»Was macht ihr alle?« fragte ich.

»Ach, wir sitzen nur vor dem Kamin, ohne zu reden«, sagte sie lächelnd.

»Ohne zu reden?« fragte ich verdutzt.

Aber da war sie schon gegangen.

Vielleicht, dachte ich, sprechen sie nicht, um mich nicht zu stören. Ich finde das wirklich sehr rücksichtsvoll.

Onkel Rudolph hat jedoch keinen Versuch gemacht, mich zu sehen. Das einzige Lebenszeichen war, daß er mir die letzte Nummer der mitgebrachten Zeitschrift ›Nineteenth Century‹ hinaufgeschickt hat, in der ein Artikel von ihm, übrigens ein sehr guter, abgedruckt ist. Außerdem hat auch er sich sehr ruhig verhalten. Ich habe gelesen, nachgedacht und jetzt das hier geschrieben, und nun ist es wirklich Zeit zum Schlafengehen. Immerhin, ich habe einen ganzen Tag gewonnen und Stunde um Stunde vollkommenen Friedens genießen können. Wirklich eine bemerkenswerte Menge von Frieden. Ich finde das ziemlich verwunderlich. Ich meine, daß sie nicht den Wunsch gehabt haben, öfter zu kommen und nach mir zu schauen. Es ist nicht einmal jemand gekommen, um mir Gute Nacht zu sagen. Wenn ich es bedenke, habe ich es ganz gern, wenn mir jemand Gute Nacht sagt. Besonders dann, wenn es niemand tut.

2. Oktober

In vierundzwanzig Stunden kann sich erstaunlich viel ändern. Wie zum Beispiel heute.

Wieder ist es Nacht, und ich bin in meinem Zimmer und werde bald zu Bett gehen. Aber bevor ich noch müder werde, will ich schnell noch soviel wie möglich aufschreiben, denn heute war ein ungewöhnlich interessanter Tag. Ich hatte gewußt, daß wir einen Mann brauchten.

Ich war pünktlich zum Frühstück erschienen, gestärkt durch meinen gestrigen Urlaub und von Kopf bis Fuß gewappnet durch all das, was ich mir in diesen stillen Stunden überlegt hatte, um mich gegen Onkel Rudolphs unvermeidliche Attacken möglichst immun zu machen, auch hatte ich meine Gebete aufgesagt und alle niederdrückenden Erinnerungen aus meinem Bewußtsein verbannt.

Da saßen meine drei Gäste schweigend am Tisch.

Onkel Rudolph, der gestern beim Frühstück so überaus redselig gewesen war, beschränkte sich heute darauf, das Tischgebet zu sprechen. Sonst sagte er kein Wort, genauso wie Mrs. Barnes nach ihrem »Amen«. Auch Dolly schwieg, aber das tut sie sowieso immer.

»Ich habe keine Kopfschmerzen mehr«, erklärte ich freundlich und schaute sie alle an.

Vielleicht wollten sie nur weiter rücksichtvoll bleiben, dachte ich mir. Wahrscheinlich zumindest Mrs. Barnes. Das Schweigen meines Onkels war allerdings bedenklich im Hinblick auf das, was mir bevorstand, besonders nachdem er eine ganze Nacht Zeit gehabt hatte, über meine Probleme nachzudenken und darüber, daß er leider darin verwickelt war, da Gott mich ihm als Nichte gegeben hatte. Aber Mrs. Barnes – warum sagte sie denn nichts? Nur weil ich einmal über Kopfschmerzen geklagt hatte, wollte sie doch hoffentlich nicht für den Rest unserer Tage auf Zehenspitzen herumlaufen?

Niemand nahm Notiz von meiner Erklärung, und deshalb fügte ich nun hinzu: »Es geht mir heute morgen wieder sehr gut, vielen Dank.«

Darüber lachte Dolly, und mit ihren Blicken schickte sie mir kleine Morgenküsse. Sie wenigstens verhielt sich normal.

Ich schaute auf die beiden anderen stummen Köpfe. »Sind Sie denn nicht froh darüber?«

»Sehr froh«, antwortete Mrs. Barnes, »wirklich.« Aber ihr Blick blieb auf ihr Ei fixiert, und mein Onkel verharrte in seinem Schweigen.

Also gut, dachte ich, ich kann mich genauso zurückhalten. Ich verschloß mich, frühstückte in Würde und stärkte mich gelegentlich durch Dollys friedlichen und erfrischenden Anblick.

Was für ein heiteres Gesicht, so lieb, so rein, so anmutig wie ein morgendlicher Sonnenstrahl: ein ideales Frühstücksgesicht. Was für ein unverdientes Glück für diesen Juchs und diesen Siegfried, daß sie sich jeden Morgen darauf freuen durften, dachte ich patriotisch, als ich das sanfte Auf- und Niederwippen ihrer Wimpern beobachtete, während sie ihren Toast mit Butter bestrich. Doch beide hatten sie glücklich gemacht – oder vielleicht hatte sie die beiden glücklich gemacht und gewann sozusagen durch die Rückwirkung ihre eigene Beseligung. Das ist sicher bei jedem normalen lieben und anständigen Ehemann möglich. Daß sie in der Tat glücklich gewesen sein muß, war offensichtlich, denn der

Zustand des Unglücklichseins hinterläßt Spuren, und ich habe noch nie jemanden gesehen, dessen Gesicht so rein und ungezeichnet und gleichzeitig so intelligent und liebreizend ist wie das von Dolly.

Wir beendeten unser Frühstück schweigend. Kaum hatten die Antoines in ihrer geschwinden, verwirrenden Art den Tisch aus unserer Mitte weggezaubert, stand mein Onkel auf und ging zum Fenster. Mit dem Rücken zu uns blieb er dort stehen.

»Würde vielleicht ein Spaziergang gewünscht?« fragte er, ohne sich umzudrehen.

Tiefes Schweigen.

Wir drei, die wir um die Leere, die der Tisch gelassen hatte, im Kreis herumsaßen, schauten einander unsicher an, und jeder fragte sich im stillen: Bin ich gemeint?

Aber ich wußte, daß ich gemeint war.

»Meinst du mich, Onkel Rudolph«, fragte ich, denn schließlich wollte ich es schnell hinter mich bringen.

»Ja, mein liebes Kind.«

»Jetzt?«

»Wenn es dir recht ist.«

»Es gibt also keinen Aus- … du findest das Wetter nicht zu scheußlich?«

»Erfrischend.«

Ich seufzte und ging, um mir die genagelten Schuhe anzuziehen.

Verwandte! … Was hatte er für ein Recht … als hätte ich nicht schon genug durchgemacht … und an so einem unfreundlichen Morgen … wenn wenigstens die Sonne gestrahlt hätte, wenn es warm gewesen wäre … aber dann noch auf die Berge geschleppt zu werden in diesem schneidenden Wind, als wollte er mich noch elender machen, als ich schon war …

Zwei Stunden später saß ich nach mühevollem Aufstieg

im scharfen Wind, wie ich es befürchtet hatte, auf einem kalten Felsblock, durchfroren und von jedem Spinnengewebe, das ich vielleicht jemals besessen hatte, gewaltsam befreit und hilflos dem gefürchteten Gespräch ausgeliefert, und da ließ sich Onkel Rudolph zu meinen Füßen nieder und nach einem langen, bedrohlichen Schweigen, bei dem ich mir noch einmal innerlich bebend mein Plädoyer zurechtlegte, in der trügerischen Hoffnung, den schlimmsten Verletzungen zu entgehen, sagte er:

»Wie wird das geschrieben?«

Wie einfältig kann man doch sein. Nur mit mir beschäftigt, hatte ich überhaupt nicht an Dolly gedacht.

3. Oktober

Es ist gestern so spät geworden, daß ich zu Bett gegangen bin. Jetzt, noch vor dem Frühstück, will ich den Teil von gestern zu Ende bringen.

Onkel Rudolph hatte mich nur den Berg hochgejagt, um über Dolly zu sprechen. Es ist kaum zu glauben – aber er hat sich verliebt. Auf den ersten Blick. Mit sechzig Jahren. Einer Frau ist so etwas sicherlich unmöglich, und schon dadurch überzeugt er mich, daß er ein Mann ist. Vor drei Tagen schrieb ich hier, daß ein Dekan nicht gerade meiner Vorstellung von Mann entspricht. Ich ziehe das zurück; er ist ein Mann.

Da hatte ich nun auf dem kalten Fels gesessen und schlotternd darauf gewartet, daß er an meine Wunden rührt, und statt dessen sagte er nur: »Wie schreibt man das?« Ich war völlig entgeistert.

Ich starrte ihn ausdruckslos an, während ich versuchte, meine Gedanken völlig neu zu ordnen. Seine Frage hatte mich ganz unerwartet getroffen. Zu diesem Zeitpunkt ahnte ich noch nicht, was mit ihm geschehen war. Es wäre mir niemals in den Sinn gekommen, daß Dolly solch eine direkte

Wirkung ausüben könnte, einfach indem sie dasaß und ihre Grübchen zur rechten Zeit aufs Gesicht zauberte. Was sie so anziehend, so entzückend erscheinen läßt, ist weniger ihr Aussehen als ihr Wesen – aber was konnte Onkel Rudolph in so kurzer Zeit aus ihrem Wesen ersehen haben? Er hatte sich gewissermaßen in ein Lächeln verliebt. Dabei ist er sechzig. Und ein Onkel. Diese erstaunliche Dolly – wirkte offenbar unwiderstehlich auf Onkel.

»Du meinst Mrs. Jewks Namen?« fragte ich, als ich wieder dazu fähig war.

»Ja«, sagte mein Onkel.

»Ich habe ihn noch nicht geschrieben gesehen«, erklärte ich; die Erleichterung, die ich Dolly verdankte, hatte mich derart aufgerichtet, daß ich imstande war, mich ausweichend auszudrücken. Das war ein inneres Gebot; ich sah im Geiste Mrs. Barnes, die mich flehentlich anblickte.

»Sehr wahrscheinlich«, sagte mein Onkel nach einer Pause, »wird es nach den gleichen Regeln geschrieben wie Molyneux.«

Ich stimmte zu. »In der Tat sehr wahrscheinlich.«

»Es klingt so, als wäre die Familie ihres verstorbenen Gatten ursprünglich aus Frankreich gekommen.«

»Ja, das könnte sein.«

»Vielleicht Hugenotten.«

»Ja.«

»Es hat mich doch sehr verwundert, daß sie schon eine Witwe ist.«

Nicht nur einmal Witwe, sondern gleich zweimal, ging es mir durch den Kopf. Laut sagte ich, nun wieder völlig gefaßt: »Aber warum denn, Onkel Rudolph? Witwen gibt es wie Sand am Meer.«

»Das ist leider wahr. Aber da ist so etwas überaus Jungfräuliches an ihr.«

Ja, da hatte er recht. Dollys Anziehung beruht zum großen

Teil auf der seltsamen Anmutung von Unberührtheit und freundlicher Distanz.

Mein Onkel brach sich einen welken Grashalm ab und nagte daran. Er lag mit aufgestütztem Ellbogen auf der Seite, etwas unterhalb von mir. Seine schwarzen, gepflegten Hosenbeine nahmen sich in dem langen gelben Gras ein wenig sonderbar aus. Er hatte den Hut abgenommen, dieser abgehärtete Mensch, und der Wind blies sein graues Haar hierhin und dorthin und drückte es ihm auch manchmal flach über die Augen. Dann sah er gar nicht mehr so würdig aus, er wischte es jedesmal zurück und strich es sich geistesabwesend glatt, den Blick starr auf das Tal tief unten gerichtet, ohne aber das Tal zu sehen.

»Wie lange hat dieses arme junge Ding –«, begann er.

»Du wirst dich wundern«, unterbrach ich ihn, »aber Mrs. Jewks ist schon vierzig.«

»Tatsächlich?« sagte mein Onkel und drehte sich langsam zu mir um. »Tatsächlich? Da wundere ich mich allerdings.« Nach einer Pause fügte er hinzu: »Tatsächlich sehr verwunderlich und befriedigend.«

»Wieso befriedigend, Onkel Rudolph?« fragte ich.

»Wann hat sie ihren Mann verloren?« wollte er wissen, ohne auf meine Frage einzugehen.

Um auf diese exakte Frage exakt zu antworten, hätte man erst einmal wissen müssen: Welchen? Abermals stieg vor mir das beschwörende Gesicht von Mrs. Barnes auf, und so beschränkte ich mich auf Juchs und sagte, sie habe ihn kurz vor dem Krieg verloren.

»Aha. Da blieb dem armen Kerl also die Ehre erspart, für England zu fallen.«

»Ja, Onkel Rudolph.«

»Der arme Kerl. Der arme Kerl.«

»Ja.«

»Der arme Kerl. Na jedenfalls hat er auch nie erfahren, was

er versäumt hat. Das blieb ihm wenigstens erspart. Und sie ... seine arme Frau ... wie ist sie darüber hinweggekommen?«

»Ich glaube gut.«

»Ja. Das glaube ich auch. Sie würde bestimmt nicht anderen mit ihren Sorgen lästig fallen, da bin ich ganz sicher.«

In diesem Augenblick wurde mir bewußt, daß sich mein Onkel verliebt hatte. Merkwürdigerweise war mir das bis zu diesem Zeitpunkt nie in den Sinn gekommen. Jetzt dämmerte es mir, mehr noch, es überwältigte mich.

Plötzlich sah ich ihn, fast erschreckt, mit ganz anderen Augen an. »Onkel Rudolph«, sagte ich etwas unbeherrscht und diesmal nicht mehr wie eine argwöhnische Nichte zu einem Onkel, dem sie mißtraut, sondern als Gleichberechtigte, wie ein Mensch zum anderen, »hast du nie daran gedacht, wieder zu heiraten? Es ist doch nun schon lange her, daß Tante Winifred –«

»Daran gedacht?« erwiderte mein Onkel, und zum erstenmal klang er wie ein gewöhnlicher normaler Mensch ohne jede Spur von abstoßendem Kanzelton. »Daran gedacht? Ich denke die ganze Zeit daran.«

Ohne die Schürze und die Gamaschen hätte er jetzt auch irgendein alleinstehender kleiner Mann sein können, der sich vor Sehnsicht nach einer Gefährtin verzehrt.

»Und warum tust du es dann nicht? Das Heim eines Dekans braucht doch gewiß eine Frau!«

»Aber ganz bestimmt. Diese ganzen Räume, leer und hallend. Das schreit nach einer Frau, sage ich dir. Mein Haus jedenfalls. Aber ich habe nie ... nie jemanden gefunden ...«

Er brach ab und biß auf seinem Grashalm herum.

»Aber ich weiß doch noch«, fuhr ich eifrig fort, »wie du immer von Frauen umgeben warst. Ganze Trauben anhänglicher Frauen. War da denn keine –«

»Nein«, sagte mein Onkel brüsk, und nach einer weiteren Sekunde sagte er so laut, daß ich zusammenfuhr: »Nein!« Noch heftiger fuhr er fort: »Sie ließen mir keinen Freiraum. Keine Minute lang ließen sie mich allein. Nach Winifreds Tod waren sie um mich herum wie die Fliegen, und sie hingen an mir, sie machten mich krank, riesige Fliegen, die über mich krabbelten ...«. Er schauderte und schüttelte sich, als wollte er den ganzen Schwarm abschütteln.

Ich war ganz verblüfft. »Also weißt du«, rief ich, »du redest jetzt genau wie ein Mann!«

Aber er nahm keine Notiz von mir; er starrte auf das Panorama, ohne es zu sehen, und ich hörte ihn flüstern, so als wäre ich gar nicht dagewesen: »Mein Gott, wie einsam bin ich an den Abenden.«

Das klärte die Situation. In diesem Augenblick begann ich, meinen Onkel zu lieben. Bei diesem ehrlichen Aufschrei der Verlorenheit hatte ich Mühe, mich nicht über ihn zu beugen und ihn zu umarmen, einfach um ihn zu trösten, einfach um ihn zu wärmen. Wie schrecklich muß das sein – sechzig Jahre alt und ganz allein. Da sieht einer so erwachsen aus, so als hätte er viele Hilfen und ganz wenig Bedürfnisse und wird für völlig versorgt gehalten nach einer so erfolgreichen Karriere, mit den Häusern und Dienern und Freunden und Büchern, die er hat, und mit dem ganzen inhaltsleeren, unwesentlichen Rest, und in Wahrheit ist er unter den mutterlosen ungeliebten Babys das unglücklichste, einer, der genau weiß, daß sich kein weiches, warmes Wesen mehr liebevoll über ihn beugt und noch ein Liedchen singt und ihn küßt, bevor er einschläft, daß ihn niemand mehr anlächeln wird, wenn er aufwacht.

»Onkel Rudolph –«, begann ich, aber dann beugte ich mich vor und nahm ihm den Grashalm weg, auf dem er dauernd herumbiß.

»Ich kann nicht zulassen, daß du dieses Zeug ißt«, sagte

ich, »das ist nicht gut für dich.« Ich behielt seine Hand in meiner und drückte sie. »Wird alles gut«, murmelte ich.

Er schaute zu mir auf, noch tief in seinen Gedanken versunken, und als er bemerkte, wie fest ich seine Hand hielt, lächelte er.

»Du bist ein liebes Kind«, sagte er und durchforschte mein Gesicht, als hätte er es noch nie gesehen.

»Ja«, erwiderte ich und lächelte zurück, ohne seine Hand loszulassen, »so gefällt es mir – im Gegensatz zu den früheren lieben Kindern, die ich war.«

»Was für frühere liebe Kinder?«

»Onkel Rudolph, wir wollen nach Hause gehen«, meinte ich. »Hier ist es doch ungemütlich. Warum sollen wir in dieser Einsamkeit vor Kälte zittern, wenn schon alles da unten auf uns wartet?«

Ich ließ seine Hand los und stand auf, streckte ihm beide Hände entgegen und zog ihn in die Höhe; da er etwas tiefer stand, waren unsere Augen auf gleicher Höhe.

»Alles? Was meinst du mit alles?« fragte er zögernd mit unsicherem Blick.

»Aber Onkel Rudolph! Wärme und Dolly natürlich.«

4. Oktober

Aber so einfach war es nicht. Gestern abend war alles wie gehabt. Mein Onkel blieb stumm. Dolly saß da, schon bereit über Anekdoten zu lächeln, die er indes nie erzählte. Mrs. Barnes strickte in gedrückter Stimmung, vermutlich dauernd in Angst aufgrund seines seltsamen Schweigens, er könnte Siegfried irgendwie gewittert haben, denn wie sonst wäre sein Schweigen nach diesem heiteren, wunderbaren ersten Abend und Morgen zu erklären?

So war ich es also, die gestern abend das Reden übernahm und ohne jede Hilfestellung meines Onkels munter für Unterhaltung sorgte. Ich erzählte Anekdoten, und als ich alle erzählt hatte, die ich kannte, und immer noch alles stumm blieb, erzählte ich die, die ich nicht kannte – alles besser, als dieses fortdauernde bedrückende Schweigen. Aber mein Gott, wie schwer das war; ich schwitzte vor lauter Anstrengung. Nicht einmal ein Lächeln belohnte mich, außer von Dolly, aber selbst Dolly, die besonders bei meiner zweiten Anekdoten-Serie amüsiert schien, sah mich mit milder Verwunderung an, als ob sie sich fragte, ob mit mir noch alles in Ordnung wäre.

Unglückselig die Gastgeberin, deren Gäste – aus welchem Grund auch immer – vom Schicksal mit Zungenlähmung geschlagen worden sind.

5. Oktober

Crabbes Sohn schrieb in der Biographie seines Vaters: »*Erscheint es uns nicht wunderbar angesichts der Verhältnisse, in denen er sich damals befand, daß er, ein Mensch voller Zärtlichkeit, der immer nach weiblicher Gesellschaft Verlangen hegte und noch reich war an unverbrauchten Leidenschaften, in seinem zweiundsechzigsten Lebensjahr wieder an eine Heirat dachte? Ich vertraue darauf, daß niemand an solch einem Beweis für die Kraft seiner Gefühle Anstoß nimmt.*«

Etwas betreten konnte man vielleicht sein, das hat Crabbes Sohn noch hingenommen, aber Anstoß nehmen nicht.

Jedenfalls ist es ganz gut, daß mein Onkel zu jener Zeit nicht gelebt hat, denn sonst hätte er es schwer gehabt. Die Kraft seiner Gefühle? Nein, nein – die Wildheit seiner Gefühle!

6. Oktober

Wenn Dolly im Zimmer ist, rührt sich Onkel Rudolph nicht, er starrt sie nur stumm an. Geht sie fort, steht er sofort auf, nimmt meinen Arm und führt mich auf die Terrasse, wo wir im schneidenden Wind auf- und abgehen.

Unser Verhältnis hat sich völlig verkehrt; nun bin ich die kluge alte Verwandte, die rät, ermutigt und bei den Ausbrüchen zuhört. Auf und ab laufen wir, auf und ab und Arm in Arm und ziemlich schnell wegen der frischen Kraft von Onkel Rudolphs Gefühlen und auch wegen der Windstärke, und ich versuche, Schritt zu halten, während ihn so etwas wie unser Gleichschritt gar nicht interessiert, er denkt nur an seine Lage, seine Hoffnungen und seine Befürchtungen. Ganz besonders an seine Befürchtungen. Da er nun die perfekte Frau gefunden hat, schaudert er bei dem Gedanken, sie wollte ihn vielleicht nicht haben. »Warum sollte sie auch?« fragt er, fast wütend. »Warum sollte sie? Sag mir, warum sie sollte.«

»Das kann ich nicht«, erkläre ich ihm, denn nun sind Onkel Rudolph und ich ganz offenherzige Freunde. »Aber ich könnte dir auch nicht sagen, warum sie es nicht sollte. Du bist ein netter Mensch, Onkel Rudolph, vergiß das nicht. Und Dolly ist von Natur aus sehr liebevoll.«

»Sie ist perfekt, perfekt«, verkündet mein Onkel ungestüm.

Mrs. Barnes, die uns durchs Fenster beobachtet, schaut mich angstvoll und fragend an, wenn wir hereinkommen. Was kann mein Onkel so nachdrücklich mit mir auf der Terrasse zu besprechen haben, und warum starrt er stumm wie ein Stein auf Dolly, wenn er wieder ins Zimmer tritt? Arme Mrs. Barnes.

7. Oktober

Wer um Dolly freien will, befindet sich insofern in einer schwierigen Lage, als er sie niemals allein erwischen kann, nicht einmal in einer Nische außerhalb Mrs. Barnes' Hörweite. Mrs. Barnes weicht keinen Augenblick von ihrer Seite; nur gemeinsam gehen sie weg; bewundernswert geschickt geht sie zu Werk. Sie ist besessen von dem schaudervollen

Gedanken, daß der deutsche Onkel irgendwie ans Licht kommen könnte. Wenn sie schon Angst davor hatte, daß ich davon erfahre, so würde sie es doch unendlich viel mehr erschrecken, wenn Onkel Rudolph davon erführe. So unerschütterlich verharrt sie in ihrer Unterwürfigkeit gegenüber einem, wie sie meint, so hoch über ihr stehenden Würdenträger, daß sie von der Entwicklung der Dinge nichts mitbekommen hat. Sie hat nur den einen inbrünstigen Wunsch, sich die hohe Meinung dieses heiligen und hervorragenden Mannes zu bewahren und ihre Dolly, ihre geliebte Verblendete, vor seiner gerechten, aber nicht zu ertragenden Verachtung zu schützen. Deshalb bewegt sie sich nicht von der Stelle. Dolly darf niemals ihrer Obhut entkommen.

»Kein Mann kann einer Frau einen Antrag machen«, sagte mein Onkel heute morgen heftig, »wenn ihre Schwester zuhört und zusieht.«

Das war auf der Terrasse. »Du bist also dazu entschlossen?« fragte ich und versuchte dabei, so gut wie möglich mit ihm Schritt zu halten.

»Sowie ich sie einmal abfangen kann. Ich halte das nicht mehr aus. Ich muß jetzt Gewißheit haben. Wenn sie mich nicht haben will ... mein Gott, wenn sie mich nicht haben will ...«

Ich packte ihn liebevoll am Arm. »Sie will dich bestimmt haben«, sagte ich beruhigend. »Weißt du, Dolly ist ein Gewohnheitsmensch.«

»Du meinst, sie hat sich schon an die Ehe gewöhnt ...?«

»Ja, das glaube ich schon.« Ich zögerte wie schon ein dutzendmal davor in diesen letzten Tagen, weil ich mich fragte, ob ich nicht eigentlich die Pflicht hätte, ihm von Juchs zu erzählen; Siegfried wäre schon ein Schlag für ihn, aber Juchs, wenn man es ihm nicht sehr behutsam beibrächte, wäre vernichtend. »Hör mal, Onkel Rudolph«, fuhr ich fort, »meinst du nicht ... glaubst du nicht, du solltest vielleicht etwas mehr über Dolly erfahren ... das heißt, bevor du ihr einen Antrag machst?«

»Nein!« brüllte mein Onkel.

Etwas später sagte er etwas ruhiger, er könne zwar das Gras wachsen hören wie fast jeder Mann, daß aber Dolly kein Grashalm sei, sondern eine vollendet schöne Blume. Was könnte man ihm noch erzählen, was er nicht selber sähe? Nichts, sagte mein Onkel.

Was macht man mit einem Mann, der verliebt ist? Nichts, sage ich.

8. Oktober

Manchmal bin ich wirklich ärgerlich über Dolly, daß sie sich mit Deutschen eingelassen hat; es ist so lästig. Sonst wäre jetzt alles so einfach. Aber in ruhigerer Verfassung sehe ich ein, daß sie gar nicht anders konnte. Sich auf solche Dinge einzulassen, ist ihr so selbstverständlich wie das Atmen. Sehr liebe Wesen von zärtlicher Gesinnung lassen sich immer auf so etwas ein. Wäre da nicht Mrs. Barnes' nie erlahmende Wachsamkeit und ihr eigenes aufrichtiges Verlangen, der armen Kitty nie mehr weh zu tun, wäre sie vermutlich schon am Anfang ihrer Wanderungen in den Kriegsjahren die Frau eines feurigen Schweizer Hoteliers geworden. Einfach, um ihm gefällig zu sein, einfach deshalb, weil er sich sonst unglücklich gefühlt hätte. Dolly müßte unbedingt verheiratet sein. Das ist die einzige Möglichkeit, sie vor einer Heirat zu bewahren.

9. Oktober

Es schneit. Der Wind heult, und der Schnee wirbelt herum, so daß wir nicht aus dem Haus gehen und etwas Abstand voneinander gewinnen können. Wenn Dolly nicht da ist, muß Onkel Rudolph gezwungenermaßen Mrs. Barnes Gesellschaft leisten. Heute kann er mich nicht auf die Terrasse hinausdrängen. In diesem Hause kann man nur in der Halle sitzen, denn das Zimmerchen, in dem ich die Abrechnungen mache, ist nur so groß wie ein Schrank.

Onkel Rudolph kann Mrs. Barnes gerade noch ertragen, wenn er ihr hie und da wieder entwischen kann. Heute kann er sie überhaupt nicht ertragen. All die typischen Kennzeichen eines Dekans, Geduld, Höflichkeit, Güte, sind infolge seines dringenden Verlangens, um Dollys Hand anzuhalten, und der Unmöglichkeit, das auch zu tun, von ihm abgefallen. Nichts von alledem, was er einmal war, ist übriggeblieben – außer diesem inhaltslosen Symbol, seiner Schürze.

10. Oktober

Es gärt in meinem Onkel, er möchte auf Freiersfüßen gehen, aber die sind gefesselt. Außerdem müßte er wieder in England sein. Er habe eigentlich umgehend zurückkehren sollen, sagt er, er sei nur für drei oder vier Tage gekommen …

»Ja, gerade so lange, um mir die Leviten zu lesen«, sagte ich.

»Ja«, erwiderte er lächelnd, »und um dich an den Ohren nach Hause zu führen.«

Er soll über einigen wichtigen Tagungen präsidieren, die jetzt anstehen, und nun hängt er hier in der Schwebe. Mrs. Barnes ist daran schuld, und infolgedessen ist er nicht sehr nett zu ihr. Vergeblich versucht sie, sich lieb Kind bei ihm zu machen; er will nur eines von ihr, sie soll weggehen und ihn mit Dolly alleinlassen, aber natürlich tut sie das nicht. Sie sitzt einfach herum, äußert sich demütig, wenn auch schwach optimistisch über das Wetter, sofort bereit nachzugeben, wenn mein Onkel anderer Meinung ist, und schweigt respektvoll in dem Augenblick, wenn er ein Buch in die Hand nimmt, und wenn er es niederlegt, ist sie darauf eingestimmt, es freudig zu kommentieren, falls ihm danach der Sinn steht, oder mit ihm darüber zu weinen, falls er

Tränen vorzöge. Je mehr sie sich bemüht, ihm zu Gefallen zu sein, um so knurriger wird er. Er kann ihr die unerklärliche einseitige Gebundenheit nicht verzeihen. Ihr penetranter, nie nachlassender Herdentrieb ist ihm unverständlich. Die Liebe hat ihn einfältig gemacht, und er will ja nur eines: daß man ihn mit Dolly alleinläßt. Als Mann kann er nicht verstehen, warum er nicht bekommen sollte, was er will.

»Du bist nicht sehr freundlich zu Mrs. Barnes«, sagte ich ihm heute nachmittag. »Sie ist befangen, völlig eingeschüchtert.«

»Ich kann sie nicht ausstehen«, sagte er kurz angebunden.

»Du tust ihr Unrecht. Sie hat Schlimmes erlebt und ist voller Güte. Ich habe noch nie einen so selbstlosen Menschen getroffen.«

»Ich wünschte, sie ginge auf ihr Zimmer, und da könnte sie so selbstlos sein, wie sie will«, sagte mein Onkel.

»So kenne ich dich nicht«, erwiderte ich achselzuckend. »Du kommst hierher, ganz salbungsvoll und triefst vor Menschenliebe, und jetzt ...«

»Warum läßt sie mir keine Chance?« rief er aus. »Aber sie rührt sich nicht vom Fleck. Diese Frauen, die an einem kleben, die nicht allein sein können – du lieber Himmel, hat sie denn keine Gebete, die sie hersagen müßte, keine Unterhosen, die sie flicken müßte?«

»Ich kann nicht glauben, daß du dir soviel aus Dolly machst«, sagte ich, »sonst wärst du etwas freundlicher zu der Schwester, der sie so treu ergeben ist.«

Das ernüchterte ihn. »Ich will's versuchen«, sagte mein Onkel. Was für eine lachhafte Verschiebung unserer Positionen: Jetzt war ich der Graubart, der tadelnde Weise, und er der hitzige junge Verwandte, allerdings mit den besten Absichten.

11. Oktober
Gäste sollten einander gernhaben, das ist meine Meinung. Auch lieben, wenn sie das vorziehen, aber zumindest sollten sie sich mögen. Auch sie haben ihre Pflichten, und eine davon ist es, sich feindseliger Gefühle zu enthalten. Wenn sie diese jedoch aufgrund unversöhnlicher Gesinnung hegen müssen, dann sollten sie allerdings danach trachten, sie nicht zu zeigen. Das müßten sie doch. Sie müßten auf die hilflose Stellung der Gastgeberin Rücksicht nehmen, auf diese geplagte Frau, die zumindest theoretisch dazu verpflichtet ist, alle gleichmäßig gern zu haben.

Es ist wahr, bevor mein Onkel hier eintraf, kränkelten wir – aber in erträglicher Weise. Mrs. Barnes und ich kränkelten mit allen Anzeichen gegenseitiger Rücksichtnahme und Höflichkeit. Wir waren eben Damen. Onkel Rudolph ist keine Dame, und in diesem kleinen Haus, das von außen, wie ich behaupten möchte, wie der Inbegriff der Friedlichkeit aussieht, wenn der Schnee aufs Dach fällt und das Kaminfeuer sich in den Fenstern widerspiegelt, brodeln elementare Leidenschaften. Angst, Liebe, Wut – das alles wabert jetzt darin, und alles durch meinen Onkel verursacht und durch eine Mischung entstanden, die jeder für harmlos halten würde und nur dazu imstande, die Früchte des Geistes hervorzubringen ... die Mischung aus zwei Frauen und einem Geistlichen. Fabelhaft, wieviel man mit geringen Mitteln erreichen kann. Fabelhaft auch, wie viele Jahrhunderte mich von jenen Julitagen zu trennen scheinen, als ich unschuldig, im Gras liegend, die Wolken über die Köpfe des Rittersporns ziehen sah, bevor ich noch Mrs. Barnes und Dolly erblickt hatte, als Onkel Rudolph in seinem fernen Heim noch ein normaler Dekan in seiner normalen Dekanei war, ohne überhaupt an einen Paß zu denken.

Ich bin sicher, er hat sich, wie versprochen, bemüht, etwas freundlicher zu Mrs. Barnes zu sein, und ich kann nur vermuten, daß es ihm nicht gelungen ist, denn ich stelle keinen Unterschied fest. Mit finsteren Blicken läuft er herum, und sie sitzt unbewegt und strickt. Schweigen herrscht, außer wenn ich einmal einen verzweifelten Anlauf nehme, etwas zur allgemeinen Belustigung beizutragen, und dennoch liegt da eine Stimmung über dem Raum, als befänden wir uns in einem Zustand gedämpften Aufruhrs und könnten unsere Zwietracht nur mühsam überdecken. Ich habe das Gefühl, daß schon bei der kleinsten Kleinigkeit, bei der kleinsten Berührung, und sei es nur, daß jemand hustet, das Haus in die Luft fliegt. Ich ertappe mich dabei, daß ich wie auf Eiern durch die Halle gehe, um jede Erschütterung zu vermeiden, um nicht an die Möbel zu stoßen. Wie friedlich, wie gesichert und herrlich einfach erscheinen mir jetzt diese gästefreien Julitage von damals.

12. Oktober
Gestern abend ging ich in Dollys Zimmer. Ich schlich auf Zehenspitzen hinein, denn da führt eine Zwischentür in Mrs. Barnes' Zimmer, packte sie am Handgelenk und brachte sie, ohne ein Wort zu sagen und darauf bedacht, mich lautlos zu bewegen, in mein Schlafzimmer. Wir schlossen uns ein, und ich fragte sie: »Wie werden Sie sich jetzt verhalten?«

Sie tat nicht so, als ob sie nicht verstünde. Die Reinheit ihrer Stirn widerspiegelt die Reinheit ihres Gemüts.

»Ihrem Onkel gegenüber«, sagte sie und nickte. »Ich habe ihn sehr gern.«

»So gern, daß Sie ihn heiraten würden?«

»O ja. Leute, die ich gern habe, habe ich auch immer so gern, daß ich sie heiraten könnte.« Wie um diese ziemlich überschwengliche Neigung zu erklären, fügte sie hinzu: »Ehemänner sind so lieb.«

»Sie müssen es wissen«, sagte ich.

»Ja, das weiß ich«, gestand sie mit einem Lächeln voller süßer Erinnerungen.

»Onkel Rudolph wartet nur darauf, Sie einmal allein zu treffen, damit er Ihnen einen Antrag machen kann«, sagte ich.

Dolly nickte. Ich konnte ihr nichts erklären, was sie nicht schon wußte.

»Da Sie anscheinend schon über alles im Bilde sind, werden Sie sicher bereits bemerkt haben, daß er sich in Sie verliebt hat.«

»O ja«, bestätigte Dolly seelenruhig.

»Und zwar so sehr, daß er sich offenbar gar nicht mehr seiner Stellung als Würdenträger der Kirche bewußt ist, und wenn er mit mir zusammen ist, benimmt er sich in einer Weise, die der Kirche bestimmt nicht gefallen würde. Manchmal flucht er sogar.«

»Aber ist das nicht zu begrüßen?« Sie fand das offenbar sehr gut.

»Ja schön. Aber was machen Sie mit Siegfried?«

»Der liebe Siegfried«, murmelte Dolly.

»Und mit Juchs ...«

»Mein armer Liebling«, murmelte Dolly.

»Ja, ja. Aber sollte man es Onkel Rudolph nicht erzählen?«

»Aber natürlich«, sagte Dolly, die Augen überrascht aufgerissen, daß ich nach so einer Selbstverständlichkeit fragte.

»Sie haben mir anvertraut, daß es Kitty umbringen würde, wenn ich etwas von Juchs wüßte. Aber wenn Onkel Rudolph von Juchs weiß, wird es sie zweimal umbringen.«

»Kitty wird nichts davon erfahren, jedenfalls nicht, bevor alles vorüber ist. Meine Liebe, wenn es zur Hochzeit kommt, kann ich nicht voller Geheimnisse sein.«

»Sie meinen, Sie wollen es meinem Onkel selber erzählen?«

»Aber natürlich«, erwiderte Dolly, abermals überrascht.

»Wann?«

»Wenn er mich fragt, ob ich ihn heiraten will. Vorher geht ihn das eigentlich nichts an.«

»Müssen Sie nicht befürchten ... glauben Sie nicht, daß Ihre zweite Heirat ein schwerer Schlag für ihn sein wird? Schließlich ist er ein Dekan und hat die Verwandtschaftsliste im Kopf.«

»Das mag ja sein. Aber trotzdem, er muß es wissen. Wenn er mich liebt, macht es ihm nichts aus. Und wenn er mich nicht liebt, macht es ihm auch nichts aus.«

»Weil seine Bedenken hinsichtlich Juchs dann gewichtiger wären als sein Wunsch, Sie zu heiraten?«

»Ja«, sagte Dolly und lächelte. »Es würde nämlich bedeuten, daß seine Liebe nicht groß genug war.«

»Das würde Ihnen nichts ausmachen?«

Ihre Augen weiteten sich. »Warum sollte mir das etwas ausmachen?«

»Ja, warum auch. Sie sind ja gar nicht verliebt.«

Wiewohl ich verstehen konnte, daß sie in einen Mann im Alter meines Onkels nicht verliebt war, wurde mir jetzt klar: sie hatte noch nie im Leben jemanden wirklich geliebt. Niemanden. Nicht einmal Siegfried, und ich sagte ihr das.

Dolly bestätigte mir das; sie habe die Menschen viel zu gern, als daß sie sich jemanden schnappen wollte.

»Schnappen?«

»Das ist doch mit Ihrem Verliebtsein gemeint«, sagte Dolly. »Liebe schnappt gierig zu.«

»Aber Sie sind selbst geschnappt worden, und es hat Ihnen gefallen. Onkel Rudolph ist jedenfalls ganz erpicht darauf, Sie zu schnappen.«

»Ja. Aber Männer werden schneller damit fertig. Ein Mann schnappt sich eine, und damit hat es sich, und dann widmet er sich den Sachen, auf die es ankommt, der liebevollen

Zuneigung. Eine Frau wird nie damit fertig. Sie kann nicht loslassen. Das arme Ding, denn sie liebt und ist so furchtbar verwundbar und wird verletzt … so verletzt …«

Dolly küßte mich und strich mir übers Haar.

Während sie das tat, sagte ich: »Ich glaube trotzdem, ich hätte lieber aufs innigste geliebt – jemanden geschnappt, wenn Sie wollen, es ist mir gleich, welche häßlichen Wörter Sie dafür benutzen – und wäre verwundbar gewesen und verletzt worden, als niemals Liebe erfahren zu haben, als nur eine liebenswerte Amöbe gewesen zu sein –«

»Ist Ihnen schon aufgefallen«, unterbrach mich Dolly, während sie mich weiter küßte, ihre Wange neben meiner, und mir zärtlich übers Haar strich, »daß ich Ihre Tante sein werde, wenn ich Ihren lieben kleinen Onkel heirate?«

13. Oktober

Also gut, Dolly ist bereit, meinen Onkel zu heiraten, und mein Onkel ist ganz verrückt danach, Dolly zu heiraten, folglich muß man nur noch Mrs. Barnes aus der Halle entfernen, eine Stunde lang. Eine Stunde sollte genügen, glaube ich, um alles zu besprechen: fünf Minuten für den Antrag, fünfzehn, um Siegfried einzuführen, fünfunddreißig, um Juchs zu erklären, und fünf für den glücklichen Abschluß bei beiderseitigem Einverständnis.

Ich muß heute morgen Mrs. Barnes irgendwie hinausbugsieren, ich weiß noch nicht genau wie. Und dann auch noch für die Dauer einer Stunde. Denn ich glaube, Juchs und Siegfried lassen sich nicht in weniger als fünfzig Minuten zwischen den beiden abhandeln – also in Gottes Namen, es muß eine Stunde sein.

In den letzten Tagen hatte ich immer wieder versucht, Mrs. Barnes aus der Halle zu locken, aber ohne Erfolg. Möglicherweise muß ich mir etwas antun, mich verletzen, irgend etwas an mir verletzen, das einen zeitraubenden Verband erfordert. Die Vorstellung ist mir in hohem Maße zuwider, aber so kann es nicht weitergehen.

Ich habe Dolly gestern abend gefragt, ob ich nicht am besten Mrs. Barnes auf den Liebeskummer meines Onkels hinweisen sollte, denn eine Heirat wäre offenkundig die Lösung all ihrer Probleme und würde ihr nur unendliche Erleichterung und Freude bringen. Aber Dolly ließ das nicht zu. Sie sagte, das würde der armen Kitty nur neue Qualen bereiten, denn wenn sie von meines Onkels Verliebtheit erführe, wäre sie auch sofort davon überzeugt, daß in dem Augenblick, in dem er von Juchs Kenntnis erhielt, reines Entsetzen seine Liebe verdrängen würde. Wie könnte es ein Dekan der Kirche von England über sich bringen, würde Kitty sagen, sich eine Frau zu nehmen, die vorher mit einem Mann aus der verbotenen Gruppe in der Verwandtschaftsliste verheiratet gewesen war? Und die Tatsache, daß Juchs außerdem noch ein Deutscher war, würde ihrem Gefühl nach die Sache erheblich verschlimmern. Außerdem, sagte Dolly und schüttelte lächelnd den Kopf, vielleicht würde mein Onkel ihr gar keinen Antrag machen. Vielleicht änderte er sich abermals. Wäre ich nicht selbst über die heftige Verwandlung erstaunt gewesen, erinnerte sie mich, über den plötzlichen Wechsel vom salbungsvollen zum fast fluchenden Menschenwesen? Wie schnell könnte er sich neuerlich verändern, und dann wäre es doch ein Jammer, den kleinen Vorrat an Seelenfrieden, den Kitty besaß, durcheinandergewirbelt zu haben?

»Seelenfrieden hat sie doch ohnehin nie gehabt«, sagte ich, und ich sagte es leider etwas ungeduldig.

»Da haben Sie recht«, gab Dolly zerknirscht und gedankenverloren zu, »und ich bin daran schuld.«

Aber ich dachte nur daran, daß auch ihr Denkvermögen nie in ruhigen Bahnen funktioniert hatte, weil sie gar keinen Verstand besaß, der in Ruhe hätte funktionieren können.

Ich sagte das allerdings nicht.

Ich gab dem Taktgefühl den Vorzug.

Später

Es ist soweit. Mrs. Barnes ist aus der Halle entfernt, und in diesem Augenblick sind Onkel Rudolph und Dolly dort allein; er wird ihr seinen Antrag machen, sie wird seinen Antrag anhören. Er wird ihr erzählen, daß er sie verehrt, und im Gegenzug wird sie seine Aufmerksamkeit sanft auf Siegfried und Juchs lenken. Wie sehr werden ihn die beiden stören? Wird er an ihnen Anstoß nehmen? Oder wird seine Liebe sie in Kauf nehmen? Oder wird er, Siegfried gerade noch hinnehmend, sich außerstande sehen, auch noch Juchs zu ertragen?

Oh, wie ich es liebe, wenn Menschen glücklich sind! Und wie glücklich ich bin, wenn Menschen sich lieben! Ach, wie sehr hoffe ich, daß alles gut ausgeht! Dolly kann sagen, was sie will, aber nur die Liebe kann in dieser Welt Wunder vollbringen. Betrachten wir nur Onkel Rudolph. Ich bin allerdings nicht mehr so sicher wie gestern, was das Ergebnis anlangt, denn was Mrs. Barnes bewogen hat, die Halle zu verlassen, ist auch genau das, was mich jetzt nervös macht. Wie wird er die Enthüllungen aufnehmen?

Während ich warte, kann ich auch genausogut die Folge der Ereignisse beschreiben. Der Uhr nach hat Dolly jetzt ein Drittel der Geschichte mit Siegfried hinter sich, das heißt, ich habe noch eine Dreiviertelstunde Zeit.

Folgendes ist geschehen:

Der Morgen fing schon übel an. Genauer gesagt: schrecklich. Dolly hatte es satt, schweigend angestarrt zu werden, murmelte etwas von »mehr Wolle holen« und ging gleich nach dem Frühstück hinauf. Mein Onkel schaute verzweifelt aus dem Fenster auf den wirbelnden Schnee, blickte Mrs. Barnes finster an und nahm sich eine alte ›Times‹, hinter der er sich verbarg.

Um diesen unverhüllten Groll meines Onkels Mrs. Barnes gegenüber etwas auszugleichen, wollte ich eine freundliche Unterhaltung anfangen, aber sie gebot mir sofort Einhalt, machte »Pst, pst« und wies ehrerbietig mit der Stricknadel auf meinen lesenden Onkel.

Über soviel Unterwürfigkeit aufgebracht, wollte ich sogleich aufbegehren und eine Unterhaltung erzwingen, als er, offenbar durch irgendeine blutrünstige Geschichte in der ›Times‹ empört, mit lauter Stimme hervorstieß: »Da kann man nachdenken, solange man will – und ich habe lange nachgedacht –, aber da fällt einem nichts ein, was man zugunsten von Deutschen vorbringen kann.«

Das wirkte wie eine Bombe. Von Deutschen hatte er noch nie gesprochen. Ich hatte mich in dieser Beziehung schon ganz sicher gefühlt. Aber jetzt war ich wie gelähmt. Mrs. Barnes' Stricknadeln blieben plötzlich stecken. Ich wagte nicht, zu ihr hinüberzusehen. Tiefes Schweigen.

Mein Onkel ließ die Zeitung sinken und blickte uns an; er erwartete unsere Zustimmung und wurde unwillig, daß wir ihm nicht sogleich versicherten, wir dächten wie er.

»Oder fällt dir etwa etwas ein?« fragte er mich, als ich mich, erstarrt wie ich war, nicht äußerte.

Ich brachte es gerade noch fertig, den Kopf zu schütteln.

»Oder Ihnen?« wandte er sich fragend an Mrs. Barnes.

Ihre Reaktion war überraschend – natürlich überraschend für meinen Onkel; sie sprang auf, ließ ihre Wolle auf den Boden fallen und eilte die Treppe hinauf.

Er beobachtete sie verblüfft. Als sie verschwunden war, blickte er mich an, völlig entgeistert.

»Na so was«, sagte er fassungslos, »also ... dieses Weib ist deutschfreundlich!«

Jetzt starrte ich ihn fassungslos an. »Mrs. Barnes?« rief ich aus, und bei diesem ungeheuerlichen Fehlurteil wurde ich sogar ziemlich laut.

»Ja«, bestätigte mein Onkel entsetzt. »Ja! Hast du ihr Gesicht nicht gesehen? Du lieber Himmel – und dabei war ich seit fünf Jahren streng bemüht, nicht mehr mit jemandem zu sprechen, der deutschfreundlich ist, und ich habe sogar gehofft, nie mehr mit so jemandem sprechen zu müssen, wenn Gott will, geschweige denn –«, er hieb mit den Fäusten auf die Armlehnen, und die ›Times‹ fiel zu Boden, »mit so jemandem unter einem Dach zu wohnen.«

»Du siehst also, Gott hat's nicht gewollt«, sagte ich ziemlich erschüttert.

Hier hatte wieder der Kirchenmann in ihm mit all den typischen antichristlichen Eigenschaften die Oberhand gewonnen. Seine Bereitschaft, sofort von seinem Urteil überzeugt zu sein und das Schlimmste von der armen, verwirrten Mrs. Barnes anzunehmen, brachte mich so sehr auf, daß ich alle Vorsicht in den Wind schlug. Entrüstet sprach ich weiter: »Nicht Mrs. Barnes ist prodeutsch in diesem Haus …, sondern Dolly!«

»Was?« schrie mein Onkel.

»Ja«, wiederholte ich und nickte herausfordernd, denn nun hatte ich vor meiner eigenen Courage Angst, »es ist Dolly!«

»Dolly?« sagte mein Onkel und umklammerte die Lehnen.

»Pro-deutsch ist vielleicht nicht der richtige Ausdruck«, sprach ich schnell weiter, »andererseits … ich weiß nicht recht. Vielleicht wäre es richtiger zu sagen, daß sie … daß sie von dem unvoreingenommenen Geist einer Menschheit ohne Grenzen durchdrungen ist …«

Mit einem Mal wurde mir wieder bewußt, daß Mrs. Barnes nicht mehr unter uns weilte, fortgetrieben war, und sich sicher eine Ewigkeit lang nicht mehr sehen ließ.

Hastig stand ich auf. »Hör mal, Onkel Rudolph«, sagte ich und strebte wie Mrs. Barnes geschwind zur Treppe, »das fragst du am besten Dolly selbst. Ich gehe hinauf und bitte sie, herzukommen. Du fragst sie, ob sie deutschfreundlich ist. Sie wird es dir sagen. Nur –«, ich lief zu ihm zurück und fuhr mit gesenkter Stimme fort, »mach ihr erst den Antrag, denn sie wird dir nichts erzählen, wenn du ihr nicht erst den Antrag gemacht hast.«

Er starrte mich an, die Hände um die Lehnen gekrampft, und ich beugte mich zu ihm und flüsterte: »Das ist deine Chance, Onkel Rudolph. Für eine kleine Weile hast du Mrs. Barnes außer Gefecht gesetzt, sie wird dich nicht stören. Ich schicke dir Dolly. Auf bald! Viel Glück.«

Ich küßte ihn eilends und hastete hinauf zu Dollys Zimmer.

Wegen der Zwischentür zu Mrs. Barnes' Zimmer mußte ich genauso vorsichtig sein wie gestern abend. Also machte ich genau dasselbe: Auf Zehenspitzen schlich ich hinein, packte sie am Handgelenk und führte sie wortlos hinaus. Dann brauchte ich nur noch auf die Treppe zu deuten, und gleichzeitig machte ich eine Grimasse zur verschlossenen Tür ihrer Schwester hin – ich hoffe nur, es war eine freundliche Grimasse; die intelligente Dolly erledigte den Rest.

Sie schritt über den Gang mit einer Würde, die ich nur bewundern konnte, und ging hinab, um einen Heiratsantrag entgegenzunehmen. Sie ist darin geübt, und sie machte ihre Sache perfekt. Am Treppenabsatz drehte sie sich noch einmal um und lächelte mir zu; ihr Grübchen war hinreißend. Ich winkte ihr. Sie verschwand. Nun bin ich hier.

Vierzig Minuten der Stunde sind vergangen. Sie muß jetzt bei ihrem Juchs angelangt sein.

In der Nacht

Ich wußte immer, daß dieses kleine Haus Freundlichkeit und Liebe beherbergen sollte. Seit es erbaut worden ist, hatte ich immer das Gefühl gehabt, ein Segen läge darauf. Ganz gewiß hatte ich den richtigen Instinkt, als ich aus England fortging und mich verbissen den Berg hinaufschleppte, um meine Bürde hier abzuwerfen. Dieses Haus vereinnahmt einen unweigerlich, und dem kann niemand widerstehen. Niemand geht so von hier fort, wie er hergekommen ist, es sei denn, er gehörte zu den Gesegneten, die überall, wohin sie gehen, den Frieden ihres Herzens mitbringen. Von Anfang an hatte ich gespürt, daß die Bekümmerten nur hierher zu kommen brauchten, um ihre Sorgen zu verlieren, und die Einsamen, um aufgeheitert zu werden, und die Unglücklichen, um Trost zu erfahren, und die Alten, um wieder jung zu werden. Jetzt muß die Liste erweitert werden: und die Witwen, um sich wieder zu verehelichen. Denn mit Onkel Rudolph und Dolly ist alles gutgegangen, und das Haus erfüllt wieder seinen normalen Zweck: Jetzt beherbergt es niemanden mehr, der nicht glücklich ist.

Das Glücksgefühl überwältigte mich – so sehr, daß ich nicht überrascht wäre, wenn ich jetzt auch alles andere überwunden hätte –, als ich beim Hinuntergehen Onkel Rudolphs Gesicht erblickte.

Dolly saß am Kamin und sah hocherfreut aus. Mein Onkel stand auf dem Kaminvorleger. Als er mich sah, kam er mit ausgestreckten Händen auf mich zu; ich blieb auf der untersten Stufe stehen, unsere Hände hielten sich umfaßt, und wir sahen uns an und lachten, lachten vor lauter Glück.

Dann küßten wir uns, ich immer noch auf der untersten Stufe und deshalb auf gleicher Höhe mit ihm, und sein Gesicht strahlte vor Liebe für die ganze Welt, so wie Menschen in dieser Situation eben strahlen, und er sagte: »Das muß man sich mal vorstellen, daß ich nur herkam, um dir die Leviten zu lesen.«

»Ja, Onkel Rudolph«, erwiderte ich, »das muß man sich mal vorstellen.«

»Vielleicht bin ich deswegen hergekommen, aber ich bin geblieben, um zu lieben«, schloß er.

Wir strahlten uns gegenseitig an, und ich sagte: »Und laut Bibel ist das ja auch viel, viel besser.«

Dann ging Dolly hinauf, um Mrs. Barnes die Neuigkeit zu bringen – wie herrlich, mit einem einzigen Satz alle Sorgen eines Menschen fortwischen zu können –, und mein Onkel beichtete mir, daß zum erstenmal ein Zweifel sein Bild von Dolly überschattete, als ich ihn allein ließ, um sie zu holen.

»Das ist doch unfaßbar!« rief er und schlug die Hände zusammen. »Unfaßbar! Unfaßbar, daß Deutsche – ich bitte dich, *Deutsche*! – sich auch nur eine halbe Sekunde lang zwischen sie und mich stellen könnten«; doch in dem Augenblick, als er sie die Treppe herunterkommen sah, überkam ihn die Liebe zu ihr mit solcher Macht, daß er aufstand und ihr einen Antrag machte, noch bevor sie die unterste Stufe erreicht hatte. Und noch auf der Treppe, wie von der Kanzel aus, erklärte Dolly, aufs Geländer gestützt, die Sache mit Siegfried und Juchs.

Sie wollte auch keinen Schritt weitergehen, bevor sie mit beiden fertig war. Wie ich seiner Darstellung entnehmen konnte, hat sie Siegfried ausführlich behandelt, aber als sie zu Juchs kam, wurde sie episch. In beiden Fällen verbreitete sie sich weitläufig über jeden einzelnen Gesichtspunkt, der einen Dekan vermutlich dazu veranlassen könnte, eine Heirat mit ihr als ein Ding der Unmöglichkeit zu betrachten. Sie würde nicht weiter hinunterkommen, verkündete sie, bis mein Onkel alle Tatsachen erfahren habe und sich dabei gleichzeitig die Verwandtschaftsliste sehr genau vergegenwärtige.

»Warst du nun furchtbar überrascht und entsetzt, Onkel Rudolph?« fragte ich; wir standen in unserer neuen Familienpose, nämlich Arm in Arm, mit dem Rücken zum Feuer.

Mein Onkel ist ein häßlicher kleiner Mann, und doch

hätte ich geschworen, daß er in diesem Augenblick das Gesicht eines Engels hatte. Er sah mich an und lächelte. Es war ein beseligtes Lächeln.

»Ich weiß nicht, was mit mir war«, sagte er. »Als sie fertig war, sagte ich nur ›Mein Geliebtes‹ … und da kam sie herunter.«

15. Oktober

Das ist nun mein letzter Abend hier, und es ist das letzte Mal, daß ich in dieses Buch meines Alters schreibe. Morgen fahren wir alle miteinander nach Bern, wo mein Onkel und Dolly heiraten werden, und dann nimmt er sie nach England mit. Mrs. Barnes und ich fahren auch dorthin, doch taktvollerweise auf einer anderen Strecke.

So haben also die Wanderungen von Mrs. Barnes und Dolly ihr Ende gefunden, und Mrs. Barnes kommt nun in einen Bereich, der ihrer Vorstellung von höchster Seligkeit entspricht; sie wird direkt im Herzen der Kirche leben, mit einer Kathedrale fast im Hinterhof. Mein Onkel, jetzt gewillt, alles und jeden zu lieben, liebt folglich auch Mrs. Barnes und hat sie eingeladen, in seinem Haus zu wohnen. In diesem Augenblick würde er tatsächlich jeden dazu einladen, denn er hat nicht nur mich ebenfalls eingeladen, sondern ich habe zugehört, wie er die ganz besonders unbeweglichen Antoines freundschaftlich dazu gedrängt hat, sein Haus zu ihrem Quartier zu machen, wann immer sie sich in England aufhalten sollten.

Ich glaube, es liegt in der Familie, Leute einzuladen, und ich habe mir ja auch immer gern Gäste ins Haus geholt. Ich habe Mrs. Barnes eingeladen, bei mir in London zu wohnen, bis sie in die Dekanei umzieht, und sie hat angenommen. Zusammen werden wir reisen und zusammen wohnen in jener Eintracht, die der Psalmist preist und als wünschenswert und erfreulich erklärt.

In den Wochen, in denen mein Onkel Dolly für sich allein haben möchte, wird sie bei mir leben, und ich glaube, das wird eine ganze Menge von Wochen sein, wie ich Dolly kenne. Aber das Zusammensein mit einer glücklichen Mrs. Barnes wird anders werden, als es hier mit einer nicht so glücklichen Mrs. Barnes war. So glücklich ist sie, daß sie nur noch aus uneingeschränkter Herzlichkeit besteht. Die Falten in ihrem Gesicht sind zusammen mit ihren Herzensängsten und Heimlichkeiten verschwunden. Sie ist so natürlich und durchsichtig wie ein Kind. Sie war immer durchsichtig, doch ohne es zu wissen; jetzt hat sie sich selbst die Schleier abgenommen und fordert jeden freundschaftlich auf, durch sie hindurchzusehen und sich zu überzeugen, daß man außer ihrer Zufriedenheit nichts mehr dort entdecken wird. Was kann ein wenig Glück doch für Wunder wirken – gab es je eine bessere Medizin?

Auf diesem Haus ruht Segen. Als ich vor drei Monaten meinen Berg heraufkam, allein und so zerschlagen, war es mir nicht vergönnt, schon vorauszusehen, daß ich von dort wieder fortginge als ein Mensch unter vieren, von denen jeder das kleine Haus voll neuer Lebenskraft verlassen würde, mit neuen Hoffnungen und kräftigen Impulsen, geläutert, mit beiden Beinen auf der Erde, sich selbst und der Welt wieder von Nutzen. Keiner von uns wird nutzlos gelebt haben, denn das Gute, das in jedem von uns steckt, kann weder durch die Umstände zerstört noch als unbrauchbar abgetan werden. Wenn ich so töricht sein sollte – oder besser, falls ich so töricht sein sollte, denn ich fühle mich wieder ganz hergestellt –, je wieder anders als heiter und gelassen gestimmt in Erinnerungen zurückzufallen, werde ich sofort hierherkommen und die unglücklichsten aus meinem Freundeskreis bitten, mir Gesellschaft zu leisten, und dann zusehen, wie dieser gesegnete Ort sie und mich wieder heilt.

Ich finde, das Haus sollte auf einen neuen Namen getauft werden. Es sollte heißen: *Chalet du Fleuve Jordan.*

Das Haus Zum Jordan.

Aber das würde meinen Gästen vielleicht nicht gefallen.

Nachwort

Der Ort, an dem das ›Tagebuch eines Sommers‹ entstand, heißt Bluche, bei Randogne sur Sierre in der Schweiz. Es ist ein kleines Dorf in 1220 Meter Höhe, in dem noch ein kleiner Rest Landwirtschaft und einige bodenständige Menschen zu finden sind; gelegen an einem der sonnigsten »Balkone« der Walliser Berge, eine halbe Stunde Fußweg unter dem berühmten Luftkurort Crans-Montana.

Im Gasthaus *Le Petit Paradis* sitzen ein paar Gäste bei einem Glas Wein und Tomaten-Fondue. Sie wissen, wo das *Chalet Soleil* war, in der *Route des Taulettes* soll es das letzte Haus am Hang sein. »Propriété privée!« mahnt das Schild an der Gartenpforte, das Grundstück ist wild überwuchert und zugewachsen, das kleine Chalet steht dort noch, aber das Haupthaus ist weg. Eine Spaziergängerin rechnet nach, sie sei jetzt seit elf Jahren hier in Bluche, der Brand müsse aber schon lange vorher geschehen sein. 1956 ist das Chalet in Flammen aufgegangen, seitdem hat man hier kein neues Haus mehr gebaut. Das kleine Chalet, Elizabeths geliebtes Arbeitsrefugium, hat inzwischen offenbar Landstreichern als Winterquartier gedient. Alte Decken und Müll liegen darin, es müffelt düster, aber das große Panoramafenster zum Tal, mit einem Schreibtisch davor, erzählt noch von der Zeit, als hier das ›Tagebuch‹ entstand. Das Häuschen ist im übrigen nicht so klein, wie wir es uns nach Elizabeths Schilderungen vorstellen, sondern könnte nach heutigen Ansprüchen durchaus einer Kleinfamilie als Wohnsitz dienen, und Elizabeth-Kenner werden ahnen, daß es ein eigenes Bad und eine Toilette hatte. Ein winziger Balkon mit einer ganz niedrigen Brüstung ist auch da, selbst relativ kleine Menschen wie Elizabeth konnten hier sitzend die Aussicht bewundern: ein sanfter Blick über einen olivgrün-grauen Streifen, das

Rhônetal, dahinter lauter Viertausender mit Schneespitzen in der Ferne, Weißhorn, Rothorn und Gabelhorn. Die Luft ist samtig weich im Frühherbst und schon ein bißchen feucht. Im Nachbardorf läuten Glocken, zehn Minuten dauert es, dorthin zu wandern, über üppige Wiesen, vorüber an außerordentlich fruchtbaren Gärten mit großen Kohlköpfen und farbenprächtigen Blumenbeeten, ein Mann gräbt gerade rote Kartoffeln aus. In die andere Richtung, den Berg hinauf, geht es schon etwas mühsamer, aber in einer knappen Stunde ist man in dem mondänen Crans-Montana, wo eine kleine Gasse nach Elizabeths Cousine benannt wurde: Allée Katherine Mansfield. Nachmittags stiefelte Elizabeth dort mitunter hinauf, mit einem Korb Aprikosen oder ähnlichen Köstlichkeiten, um die kranke Cousine zu besuchen.

Noch heute ist in Montana-Vermala ein Höhensanatorium. Heilung verspricht man sich durch die Sonne und die Höhenluft bei Bronchial- und Lungenleiden. Dem Sanatorium verdankt der Ort seinen Namenszusatz Vermala, er wurde hinzugefügt, damit die zahlreichen Anfragen nicht in den Staat Montana/USA gingen.

Kurz vor der Jahrhundertwende hat einer der Pioniere des heutigen Tourismus Montana entdeckt und ein riesiges Hotel bauen lassen, das *Grand Hôtel de Crans*, 1892 eröffnet, ab 1902 hieß es *Hôtel du Parc.* Bald traf sich hier oben eine internationale intellektuelle Elite, um in größeren Rudeln den Traum zu leben, man sei völlig von der Welt abgeschnitten und könnte in ewig langen Wintern das vertraute Schweigen und die Freiheit genießen; in der kaum von Menschen gestörten Natur über die Ewigkeit der Gipfel und die Nichtigkeit der eigenen Werke meditieren. Katherine Mansfield etwa machte nie einen Hehl aus ihrer Abneigung gegen die Walliser und ihrer Bewunderung für die Landschaft. Paul Hindemith, Rudolf Kassner, Thomas Mann, Jean Cocteau und viele andere kamen ins Wallis zum Wintersport, in die eleganten Bars und das *Palace Hotel.* Nachts war in den Hotelzimmern am Waldrand der Duft der Tannen zu riechen, man befand sich schließlich mitten in der Natur.

Elizabeth bevorzugte ihr eigenes Haus in dem kleinen Dorf Bluche, mit für sie idealen Bedingungen. Für die fanatische Briefschreiberin gab es eine Post im Ort, eine Bahnstation, von der aus man mit einer Seilbahn in knapp dreißig Minuten unten in die Stadt Sierre gelangen konnte, mit herrlichen Wanderwegen, einem Gasthaus und einem kleinen Lebensmittelgeschäft. Im Tagebuch notierte sie regelmäßig, sie sei nachmittags nach Sierre gegangen, um dort Tee zu trinken. Ihre »kleinen« Wanderungen heute nachzuverfolgen erfordert aber eine gewisse Kondition, ungeübten Spaziergängern bereitet der Ausflug zum Tee einen Tag Muskelkater, denn es geht zwei Stunden ziemlich steil bergab. (Zu unseren Gunsten nehmen wir an, sie sei zurück, bergan, mit der Seilbahn gefahren.) Der Weg nach Montana hinauf ist weniger beschwerlich, aber er führt in einen Ort, der überquillt von Touristen, in der Hochsaison halten sich hier bis zu 30000 Gäste auf, 5000 Einwohner hat der Ort. Die Hotels türmen sich zu kleinen Wolkenkratzern, während der Rush-hour winden sich die Autos im Schrittempo durch den Ort. Die Luft stinkt wenig heilsam nach Abgasen. Aber geboten wird, was heutzutage im Tourismus erforderlich scheint, um ewigen Sonntag vorzutäuschen. Ein Helikopter kann zum Alpenflug gemietet werden, es gibt Golf-, Squash- und Tennisplätze, Reitpferde, Mountainbikes oder Elektroautos und diesen ganzen elenden Fitneß-Schnickschnack. Und hinter all dem lauert die Langeweile.

Durch einen Hohlweg geht es wieder hinunter nach Bluche, *Chemin des Noisettes* heißt der Weg, von irgendwo rauscht und gurgelt immer ein Bach, dann und wann poltert ein Stein, eine leicht kühle Brise, ein Luftstrom aus dem Norden macht die Sonnenwärme angenehm. Dann sitzt man vor dem *Petit Paradis* und trinkt ein Glas Dôle oder Fendant, dessen Trauben von der glutenden Sonne im Sommer geradezu gekocht wurden, oder einen Walliser Weißen, der in Felsenkellern überwintert und auf der Zunge prickelt wie Champagner. Die Aussicht über das Tal verändert sich ständig, alle Stunden ein ganz neues, verblüffendes Bild, meistens präsentiert es sich als Gemälde in betörender Farbenpracht, dunstige Pastell- und Umbratöne. Elizabeths kleines Chalet wird noch einmal in goldenes Licht getaucht, dann wandert die Sonne um die Ecke, und schnell senkt sich der Abend.

Mit letzter Kraft war Elizabeth nach dem Ersten Weltkrieg, durch private Tragödien und Seelenkämpfe mürbe und erschöpft, hier angekommen. Aber sie erklärte resolut, sie wolle keineswegs »deutsch und sentimental« sein und im Kummer untergehen. Sie hielt es eher wie jener berühmte Frosch, der in die Milch purzelt. Er ist fest entschlossen, nicht aufzugeben, und strampelt so lange, bis die Milch am Morgen zu Butter geworden ist und er aus dem Faß herausklettern kann. Elizabeth gönnt sich eine Schonzeit, in der sie nicht mehr unentwegt an das denken möchte, was sie beinahe ersticken oder vor Schmerz verrückt werden läßt. Sie hat ihren Kummer eingegipst wie ein gebrochenes Bein, damit er in Ruhe heilen kann.

Davon handelt ihr ›Tagebuch eines Sommers‹, in dem Elizabeth von Arnim ein faszinierendes Experiment wagt. Sie erzählt eine Geschichte so, daß der Kern der Angelegenheit kein einziges Mal wirklich benannt wird, sondern sie beschreibt gerade den Gegenentwurf so dicht, daß eine zweite Geschichte im Negativ entsteht, als eigener Roman, der nur im Kopf der Leserin existiert. Es gehört zu den Büchern, die ich besonders liebe, weil sie hier ein ganz fragiles Textgebäude baut, das luftig und schön ist, nach allen Seiten hin offen; wir können dort hinein- und wieder herausspazieren.

Unsere eigenen Geschichten haben darin auf wundersame Weise Platz. Sie erzählt von der Überwindung einer Lebenskrise. Dazu gehört auch die Metapher der Berge, sie nannte ihr Buch ›In The Mountains‹ und nimmt das Gebirge als Sinnbild für die Erhöhung der Seele über den Körper. So wie Augustinus: »Und es gehen die Menschen, zu bestaunen die Gipfel der Berge … und die Kreisbahnen der Gestirne und haben nicht acht ihrer selbst.« Möglicherweise liegt hier Elizabeths Geheimnis: Es gelingt ihr offenbar beim Anblick der majestätischen Schönheit der Walliser Berge, aus dem eigenen Elend herauszusteigen, ihrer selbst »nicht achtzuhaben«. So wie es auch dem melancholisch gestimmten Dichter Rainer Maria Rilke in den Bergen erging. Er lachte plötzlich herzlich am ersten Tag seines Besuches in der Schweiz, in befreiender Fröhlichkeit, mit einem strahlenden Blick, der die ganze Landschaft umfaßte, sagte er: »Ach, wie wohl tut mir das, wieder so zu lachen! So leicht und froh wie hier in dieser Luft war ich seit Jahren nicht!«

Elizabeth bezieht sich auf einen Satz von Friedrich Nietzsche: »Man steigt nicht vergeblich auf die Berge der Wahrheit.« Auch Nietzsche kannte und liebte die sommerliche Natur in den Bergen und erlebte sie wie eine Befreiung: »Die Wege, Wälder, Seen, Wiesen sind wie für mich gemacht.« Er genoß die Intensität seiner Gefühle in den Schweizer Bergen und weinte auf seinen Spaziergängen, »keine sentimentalen Thränen, sondern Thränen des Jauchzens«. Nietzsche bewunderte die »Leuchtkraft aller Farben, ein Blau auf See und Himmel, eine Klarheit der Luft, vollkommen unerhört …«

In der Schweiz fanden die Sommergäste Ruhe, Nervenkraft, Helligkeit und meinten, den Weltgeist zu spüren, denn die Landschaft hat hier eine seltsam pathetische Komponente. Morgens steigen aus den Tälern wie aus einer Dampfküche die Nebelschwaden auf, um dann im eisigen Blau des Himmels spurlos zu vergehen – ein Naturschauspiel mit heftigsten Gegensätzen. Unmöglich beinahe, sich davon nicht bezaubern und beeindrucken zu lassen.

Elizabeth hatte solche Seelennahrung in diesem Sommer besonders nötig. Ihr Leben ist heute hervorragend dokumentiert, wir wissen aus Tagebüchern und Briefen, die in Archiven lagern, aus den Erinnerungen, die ihre Tochter Liebet geschrieben hat, und aus Karen Usbornes vorzüglicher Biographie viel über die Hintergründe ihrer Bücher. Offenbar wollte sie selbst soviel wie möglich aufheben, denn sie schmuggelte manche Briefe an ihren Töchtern, die ihren Nachlaß verwalten sollten, vorbei, so daß sie später wieder gefunden werden konnten.

Was also passierte in der Zeit von 1913 bis 1919 in Elizabeths Leben? Es gab die große Katastrophe des Ersten Weltkrieges. Der Krieg, bei dem Europa seine Unschuld verlor und unwiederbringlich ein Idyll zerstört wurde. Elizabeth erlebte auch furchtbare private Schicksalsschläge. Ihre Biographin Karen Usborne nennt diese Zeit »Das jüngste Gericht«. Und doch hatte alles mit einem Glück ganz gegen die Zeitläufte begonnen.

Kurz vor dem Tod ihres ersten Mannes, Henning Graf Arnim-Schlagenthin, ist die Gräfin Arnim von Gut Nassenheide in Pommern nach England übergesiedelt. In der Schweiz hat sie zusätzlich einen Landsitz, ein großes Chalet, bauen lassen, mit 15 Gästezimmern, vier Bädern und sieben Toiletten. Für sich selbst ließ die Bestsellerautorin ein kleines Chalet als Refugium zum Arbeiten aufstellen. Hier verlebte sie mit ihren fünf Kindern und deren Freunden wundervolle Ferien. Die Höhenluft steigerte die Gefühle aller, es gab heftige Szenen, wenn ältere Herren, Freunde der Gastgeberin, sich in die jungen Mädchen, Freundinnen ihrer Töchter, verliebten. Ein Überschuß an Gesundheit, stellte Elizabeth lakonisch fest, bringe auch eine Steigerung des Tatendrangs mit sich: »Wenn man vor Lebenskraft überschäumt, will man entweder in der Liebe oder im Kampf seine Kräfte messen.« Sie beobachtete amüsiert die älteren Herrschaften auf Freiersfüßen. Auch Elizabeth liebte, wie sie in ihrem ›Tagebuch‹ bekennt, durchaus männliche Anwesenheit im Hause und bat Weihnachten 1913 einen Bekannten aus London, Earl Francis Russell, in das Chalet Soleil, übrigens ohne seine Ehefrau Mollie einzuladen. Francis verliebte sich unverzüglich in die schöne, kapriziöse Elizabeth und schrieb ihr nach den Weihnachtsferien aus England: »Ich liebe Dich ... nicht mit der Gier besitzergreifender Liebe, die ich zuvor für Frauen empfand, sondern mit dem Gefühl, das man für Licht auf Kristall und klarem Wasser empfindet ... Du bist mein Stern, mein Wunder, das Bad meiner Seele ...«

Elizabeth war entzückt, und Francis siedete und sprudelte in seinen wortgewaltigen Liebesbriefen. Auf den Photos sieht man ihn als Herrn, dem man das kaum zutraut: ein korpulenter, alternder Schuljunge mit einem »Schweinchengesicht«, wie Freunde spotteten, und längerem weißen Haar. Er galt als Spieler und intellektueller Raufbold, der keine Möglichkeit zu prozessieren ausließ, und er hatte eine Schwäche für elektrische Geräte und Autos. Earl Francis Russell pflegte mit sieben Hunden im Bett zu schlafen, und seine treue Ehefrau Mollie schien die einzige Person, die zu ihm paßte und es mit Hilfe von regelmäßig genossenem guten alten irischen Whiskey bei ihm aushalten konnte. Sie war sehr unglücklich und erzählte einem Freund, daß Francis sich in die Gräfin von Arnim verliebt habe und sie verlassen wolle. Das war vermutlich gar nicht in Elizabeths Sinn. Es sieht so aus, als ob sie zunächst tatsächlich nur ein Verhältnis mit Francis Russell hatte anzetteln wollen. Sie fühlte sich als alleinstehende Frau, als Witwe mit eigenen Einkünften, erfreulich frei und beweglich. Als sie sich in Francis verliebte, hatte sie plötzlich das Gefühl, in einen Brunnen gefallen zu sein. Francis war es zwar ohne Gewissensqualen möglich,

Verhältnisse mit Sekretärinnen oder Hausangestellten zu haben, aber Elizabeth war eine Frau seines Standes; er konnte nicht mit ihr schlafen, ohne sie zu heiraten, das verbot sein Ehrenkodex. Es wäre sozusagen Klassenverrat gewesen. Im Januar 1914 stapfte er also noch einmal zum Chalet in die Berge, um Elizabeth zu freien und um ihre Hand zu bitten. Schon bei diesem Antrittsbesuch erweist er sich als der Tyrann, der ihr später das Leben buchstäblich zur Hölle machen würde. Aber nachträglich weiß man in der Liebe immer, wann man bei Rot über eine Kreuzung gefahren ist, wann alle Warnleuchten geblinkt haben und man es nicht beachtet hat.

Anfangs hielten sich Francis und Elizabeth für Auserwählte, ganz füreinander bestimmt. »Behüt dich Gott, meine himmlische Liebe«, schrieb sie ihm. Ihre Freunde beobachteten verwundert, wie diese Frau, die ansonsten kraftvoll wie ein kleiner, funkensprühender Motor agierte, sich plötzlich in eine schnurrende Geliebte verwandelte, die alle seine Wünsche erfüllen wollte und sich engelsgleich seinen Launen fügte. Es gab mittags Hammelfleisch, der Weg zum Chalet wurde für ihn mit Asche bestreut und die beiden sahen so versunken glücklich aus, daß die anderen Gäste verschämt jedes Zimmer verließen, in dem die beiden saßen und einander anhimmelten. Als Francis wieder abreiste, kamen Elizabeth Zweifel, ob es wirklich gut sei, sich noch einmal zu verheiraten. Sie schrieb ihm, sie hielte es allgemein für das beste, von einem bestimmten Alter an gut allein zu leben. Francis antwortete knapp auf einer Postkarte, sie solle das Wort »gut« definieren.

In diesem Frühling und Sommer 1914 hatte Elizabeth Ärger mit ihren pubertierenden Kindern und Teenagern. Die drei ältesten Töchter Liebet, Evi und Trix waren sonderbar unentschlossen und fingen immer wieder neue Ausbildungen an, der jüngste Sohn Henning Bernd, genannt H. B., wurde nach Meinung der Mutter nicht streng genug erzogen in seinem englischen Internat, und ihre vierte Tochter, Felicitas Joyce, genannt Martin, war zwar ein bezauberndes Kind, klug und interessiert, aber das Internat in Lausanne hatte sie nach Hause geschickt, weil sie wiederholt etwas gestohlen haben sollte. Es kam zu üblen, erniedrigenden Szenen zwischen Mutter und Tochter. Felicitas wurde zu Stubenarrest verdonnert, nur eine Zofe durfte ihr das Essen bringen, sonst sprach niemand mit ihr. Dann wurde sie von Teppi, die früher schon als Haushälterin und Kindermädchen in Nassenheide zur Familie gehörte, nach Deutschland auf eine rigidere Schule gebracht. Elizabeth verabschiedete sich nicht von ihr und erteilte zusätzlich ein Verbot. Ihre Tochter durfte in der neuen Schule nicht Klavier spielen. Es war die einzige Tätigkeit, aus der das Mädchen echten Seelenfrieden zog nach dem Tod des Vaters, dem Abschied von Nassenheide, plötzlich weit weg im Internat. Wir alle kennen solch schreckliche Momente in unserem Leben, in denen wir uns schuldig machen, denn leben heißt auch, anderen Menschen Wunden zuzufügen. Vielleicht dachte Elizabeth, sie müßte so grausam streng sein mit ihrer Tochter, die heftig abstritt, das Geld gestohlen zu haben. Elizabeth glaubte ihr nicht, weil Martin schon als Kind berühmt für außerordentlich phantasievolle Lügengeschichten war. Felicitas hatte übrigens tatsächlich nichts gestohlen, aber das stellte sich erst heraus, als es für jede Versöhnung schon zu spät war.

Im August 1914 brach dann der Krieg aus. Elizabeth wollte nicht mehr in der Schweiz bleiben. Unter abenteuerlichen Bedingungen reiste sie mitten durch die Kriegsmobilisierung in Europa mit falschen Pässen ausgestattet zurück nach England. Francis empfing sie dort überglücklich, und es gab tausend Einladungen, bei denen sie die Geschichte ihrer Flucht vom Festland erzählen mußte. Die Stimmung in London war geradezu hysterisch antideutsch, die Töchter Evi und Liebet hatten arg unter ihrem deutschen Akzent zu leiden. Felicitas schrieb tieftraurige, verzweifelte und total aggressive Briefe aus Deutschland, die Elizabeth nicht verstand, als beleidigend empfand und sich schlicht verbat. Sie war inzwischen abhängig von Francis gesammelten Ein- und Ausfällen, denn glücklich konnte sie nur sein, wenn er gut gestimmt und freundlich war. Er verlangte Geld von ihr, um sich von Mollie scheiden lassen zu können. Weihnachten 1914 verbrachten sie zusammen auf seinem Landsitz, *Telegraph House*, an der englischen Südküste. Elizabeth notierte zum Jahreswechsel, 1914 sei das glücklichste Jahr ihres Lebens gewesen. Man erkläre uns die Frauen. Was machte Francis für Elizabeth so unwiderstehlich? Zum Beispiel war er, als erste Person Englands mit einem Führerschein ausgestattet, ein vorzüglicher Autofahrer. Er fuhr locker, perfekt und sicher, parlierte während der Fahrt gern ein wenig, brillierte mit beiläufigen Beobachtungen, charmant, geistreich und witzig, lauter schwebenden Bemerkungen aus Freude an der Fahrt, Vergnügen an Land und Leuten. Aber er wurde zunehmend launisch, verschwand manchmal einfach für Tage, ohne sich zu melden, und hinterließ Elizabeth wie gelähmt und verzweifelt, bis er wiederkam. Manchmal beschimpfte er sie in der Öffentlichkeit, aber sie notierte weiterhin in ihrem Tagebuch, wie sehr sie ihn liebe und wie glücklich sie mit ihm sei.

Evi und Liebet flüchteten vor den antideutschen Ressentiments in die USA. Trix arbeitete währenddessen in einem deutschen Lazarett in Frankreich und beklagte sich in ihren Briefen bitter über die geschlechtskranken Männer, die sie dort pflegen müsse. Francis' Scheidung von Mollie wurde rechtskräftig, und am 12. Februar 1916 heiratete er Elizabeth. Immerhin hatte sie den dringenden Rat ihrer Schwester Charlotte beherzigt und ihrem Mann keinerlei Rechte auf ihr Einkommen eingeräumt. Francis wurde darüber so wütend, daß ein Schatten auf die ganze Hochzeitszeremonie fiel, den Elizabeth zu registrieren sich beharrlich weigerte. Sie übte sich in Gleichgültigkeit, wollte sich nicht mehr alle seine Launen zu Herzen nehmen und ahnte, daß es eine Zeit geben könnte, in der sie all das eines Tages von der komischen Seite sehen würde. Francis traktierte und quälte seine Frau mit sinnlosen Streits und Gemeinheiten. Sie, die praktisch niemals krank war, bekam eine schwere Grippe, von der sie sich lange nicht erholte. Sie hörte, wie ihr Mann währenddessen das Personal schikanierte. Seiner Frau warf er vor, in seinen Papieren geschnüffelt zu haben, nachdem sie es gewagt hatte, einmal in seinem Arbeitszimmer zu sitzen. Wegen winzigster Kleinigkeiten fiel er in harte, wütende, schweigsame Launen.

Elizabeth hat ihren Gatten in ihrem Schlüsselroman ›Vera‹ ebenso ausführlich wie vernichtend beschrieben, und ihre Cousine Katherine Mansfield bemerkte dazu treffend, daß dieser Typus Ehemann häufiger vorkommt, als man denkt. Vermutlich kennt beinahe jede Frau einen solchen Tyrannen. Wie viele Nächte hat man auf Freundinnen eingeredet, sie beschworen, ein Exemplar dieser Sorte sofort zu ächten – oder auf sich selbst einreden lassen, bis man die Kraft hatte, zu gehen und den Spuk zu vergessen. Elizabeth war noch lange nicht so weit.

Aus den USA kamen unerfreuliche Nachrichten von den Töchtern. Keine der beiden verabsäumte es, sich über ihre Unzufriedenheit und Unbehaglichkeit im Leben bei der Mutter zu beklagen. Der Sohn von Elizabeths Schwester Charlotte, Johnnie Waterlow, kam im Krieg ums Leben, ein Tod, der in der Familie, wie es oft geschieht, eine Kette von drei anderen Todesfällen nach sich ziehen sollte.

Elizabeths Tochter Felicitas wurde von ihrer Schule in Deutschland ausgeschlossen, weil die Bank das Schulgeld nicht mehr überwiesen, sondern das Vermögen während des Krieges eingezogen hatte. Ihre Schwester Trix besorgte ihr einen Platz als Helferin in einem Bremer Kinderkrankenhaus. Dort soll sie im Winter in feuchten Kleidern am offenen Fenster Geige gespielt haben. Sie wurde mit einer schweren doppelten Lungenentzündung in ein Krankenhaus eingeliefert. Teppi, das frühere Kindermädchen, fuhr hin, um sie zu besuchen. Felicitas konnte nicht sprechen, aber der Arzt meinte, sie sei stark und werde wieder gesund. Teppi ging wieder und bekam am nächsten Tag die Nachricht, daß Felicitas gestorben sei, und telegraphierte Elizabeth. Trix war noch auf dem Weg zu ihr gewesen und hatte auch einen Onkel benachrichtigt. Aber das alles kam zu spät. Elizabeth konnte wegen des Krieges nicht einmal zur Beerdigung kommen und bestimmte, ihre Tochter solle in Schlagenthin beerdigt werden, »neben dem Vater, der sie so geliebt hat«. Vielleicht hat er sie so geliebt, wie sie war. Sie hatte einmal als kleines Mädchen in der Kirche, als ihr langweilig war, ganz laut gesagt: »Ich habe heute morgen überhaupt nichts zum Frühstück bekommen, nur eine kalte Kartoffel ...« Ihr Vater trug sie hinaus, fragte, ob denn das stimme; sie kicherte, kraulte ihn ein bißchen am Kinn und zuckte entschuldigend mit den Schultern, er schimpfte ein bißchen mit ihr, und dann haben sie zusammen etwas Lustigeres gemacht. Elizabeth schreibt in ihrem Tagebuch, das Leben sei unerträglich für sie geworden, nirgends ein Licht. An Teppi schreibt sie: »Wenn ich sie doch nur noch einmal in den Arm genommen hätte! Ihr gesagt hätte, wie sehr ich sie liebte und daß ich doch nur so sehr unter dem gelitten habe, was sie getan hat, weil ich sie liebte. Teppi, wie kann man so etwas überhaupt ertragen?«

Francis ist einen Tag lang freundlich zu ihr, aber kaum in der Lage, einen Tag nicht zum Bridge in den Club zu gehen. In immer kürzeren Abständen hat er abstoßende, brutale, kindische Wutanfälle. Sein Grundstück ist eingezäunt, Elizabeth darf es nicht verlassen, ohne um Erlaubnis zu fragen. Sie entfernt sich tatsächlich nicht ohne seine Einwilligung und bittet um Verzeihung, wenn sie etwas getan hat, das im Widerspruch zu seinen Wünschen steht. Francis nennt Elizabeth lasterhaft und bösartig und hat damit seine eigenen Wesenszüge auf sie projiziert. Eines Tages will jemand Francis wegen einer finanziellen Angelegenheit sprechen, es hört sich so dringend an, daß Elizabeth ihren Mann im Club benachrichtigen will. Dort erfährt sie, daß er nachmittags eigentlich nie da sei. Er hat ein zweites Büro gemietet und eine Sekretärin eingestellt, mit der er ein Verhältnis hat. Das bringt nun endlich das Faß zum Überlaufen. Elizabeth ist dermaßen empört, daß sie in einer Nacht- und Nebelaktion London verläßt, sie reist zu ihren Töchtern nach Amerika. Die Tochter Liebet wird dazu verdonnert, sie davon abzuhalten, Francis doch wieder zu benachrichtigen, wohin sie geflüchtet ist.

Elizabeth genießt das Klima und die Vegetation in Kalifornien und hat eine schöne, kreative Zeit dort. Aber im November 1916 gelingt es ihr, Liebet zu überlisten und Francis zu kabeln, wo sie steckt. In ihrem Tagebuch schreibt sie, 1916 sei das schlimmste Jahr ihres Lebens gewesen. Francis erscheint munter und unangemeldet am 5. Januar 1917 auf der Bildfläche, und Liebet bemerkt: »Alles Kommen und Gehen wurde jetzt durch eine harte Hand streng reglementiert und schon die kleinste, selbst unfreiwilligste Abweichung von den Gesetzen des Patriarchen wurde sofort durch anhaltende schlechte Laune bestraft.« Francis wird nicht ausfällig, er fängt einfach nur an, so hartnäckig zu maulen, wie nur Männer maulen können. Elizabeth sieht das neu verliebt anders. Für sie ist dieser Francis eine überarbeitete, bessere Version des ersten. Sie läßt sich das Gesicht liften, sieht jünger aus als ihre Töchter, klein und schmal ist sie und wirkt jetzt eher wie eine 14jährige. Francis findet das ganz reizend. Zu Hause in England inszenieren sie ein neues Bad der Liebe, Francis' Bruder Bertrand Russell kommt zu Besuch, und alles erstrahlt vor Esprit. Bertrand behandelt Elizabeth wie einen Mann, und sie bewundert ihn als den verrücktesten Menschen überhaupt, schätzt seinen bissigen Humor und seine scharfzüngige Boshaftigkeit. Auch Elizabeth hat den zarten Schmelz und Liebreiz der berühmten Elizabeth mit dem deutschen Garten verloren. Sie wirkt altklug und furchteinflößend, ist grausam klatschhaft, vernichtet andere mit dreisten Kommentaren und gibt Dummheit, wo sie sie entdeckt, der Lächerlichkeit preis.

Bald ist die Ehe wieder im alten Trott. Francis kehrt zurück zur bekannten Grobheit und Launenhaftigkeit. Er macht große Spielschulden und betrügt seine Ehefrau. Im Februar 1919 stirbt Elizabeths Mutter Louey, und jetzt endlich rafft sie sich zur zweiten Flucht vor Francis auf. Emotional, geistig und physisch erschöpft will sie sich von ihm lösen. Sie weiß, daß er niemals ihre Sachen herausrücken würde, und läßt sie darum heimlich von einer Spedition abholen. Eine Aktion, bei der Francis' Personal, seit etlichen Jahren von ihm geschunden und traktiert, übrigens begeistert hilft. Sie muß noch eine Gerichtsverhandlung überstehen, denn Francis hat sie beschuldigt, verschiedene Dinge gestohlen zu haben. Elizabeth schickt Boten zu den Londoner Geschäften, um sich Rechnungen für alles, was sie gekauft hat, zu beschaffen, und muß nachweisen, daß die Möbelstücke, die sie geholt hat, Arnimsche Familienerbstücke sind. Eine teure Farce. Berühmt ist ihr Auftritt vor Gericht. Sie ist so klein, daß sie auf einer Kiste stehen mußte, um über die Brüstung sehen zu können, und wird vom Richter gefragt, ob sie die Hängematte für sich oder den allgemeinen Gebrauch gekauft habe. Nein, antwortet sie kühl, die sei für sie selbst bestimmt gewesen, nur sehr dünnen Besuchern habe sie bisweilen gestattet, darin Platz zu nehmen. Der Londoner Gesellschaftsklatsch lebt wochenlang davon, es ist beste Unterhaltung für die Zuschauer und Marter für die Hauptdarstellerin, die gehofft hat, sich von Francis irgendwann einmal ganz friedlich und freundschaftlich trennen zu können.

Als sie endlich in ihrem Schweizer Chalet angelangt ist, schreibt ihr Bruder: »Ich hoffe, daß Du nun mit F. fertig bist. Denk doch nur, wie viele schöne, köstliche Dinge es in der Welt gibt – vergiß nicht, daß Du die Freiheit gewonnen hast, die ihren Preis wert ist – und daß Du Freundschaft mit solchen Leuten schließen kannst, die Dich schätzen, ohne Dich zerstören zu wollen ...«

Genau das will Elizabeth nun tun. Bald kommen auch wieder Gäste, sie bleibt nicht lange allein, obwohl sie erfährt, daß Francis sie in England überall verleumdet und viele ihrer alten Freunde sich zurückgezogen haben. Aber sie schließt beherzt neue Freundschaften. Auch wenn sie immer wieder behauptet, wie herrlich sie es fände, ganz allein abends am Kaminfeuer zu sitzen, machte sie sich doch Listen, wen sie in das Chalet einladen möchte.

Viele Besucher kamen, aber Elizabeth kümmerte sich keineswegs so intensiv wie ihre Heldin im ›Tagebuch eines Sommers‹ um ihre Gäste. Sie blieb eisern bei ihrem Arbeitspensum, frühstückte um acht, dann gab es einen Morgenspaziergang mit einem der Gäste, dann Arbeit bis Mittag im kleinen Chalet, nachmittags spielte sie Schach, dann Arbeit bis zum Tee, der vor dem Kamin in der Halle genommen wurde, dann noch einmal Arbeit bis 20 Uhr, abends wieder Schach. Einer der neuen Freunde, Alexander Frere, bemerkte spöttisch zu der munteren Gesellschaft im Chalet: »Sie taten, als lebten sie ein hartes, einfaches Leben und sahen sich auf dem romantischen Weg zurück zur Natur, während sie in Wirklichkeit von allem denkbaren Komfort umgeben waren.« Es ist ein bißchen so wie eine anstrengende, zum

Vergnügen und wegen der sportlichen Ertüchtigung veranstaltete Wanderung. Danach hat man immer das eigenartige Gefühl, etwas Sinnvolles getan zu haben, wie Holz hacken oder Brot zur hungernden Bevölkerung bringen, obwohl es doch nur ein Freizeitvergnügen war. Picknicks und Gesellschaftsspiele wurden inszeniert, und abends fanden alle singend, es handele sich bei ihnen um »jolly good fellows ...«.

Als das ›Tagebuch eines Sommers‹ in England erschien, wurde es rasch zum Kultbuch, es hatte viel Atmosphäre und praktisch keine Handlung, was als besonders avantgardistisch empfunden wurde. Verblüfft stellten Kritiker lediglich fest, das Buch sei fast bis zur Aufgabe der eigenen Identität deutschfreundlich. Die Deutschfeindlichkeit in England war so extrem, daß Elizabeths mildes Verständnis für eine Engländerin, die nicht nur einmal, das könnte ja in den besten Familien vorkommen, nein zweimal einen Deutschen geheiratet hat, als fast absurd empfunden wurde. Umgekehrt herrschte seinerzeit in Deutschland eine dumpf deutschnationale Stimmung. In dieser Atmosphäre war Elizabeths Toleranz geradezu ein Skandalon. Andererseits bewunderte man ihren Text, er sei scharf, bissig, komödiantisch und habe jenen seltenen Humor, der zu Tränen rühre, weil dahinter so unprätentiös einfach die Persönlichkeit, die Offenbarung der Autorin stehe. Begeistert waren die Kritiker wieder einmal auch wegen ihrer Landschaftsbeschreibungen. Sie erzählte ihren Landsleuten im feuchten, grauen London von dem scharfen Licht des Südens, den Bergen, der am Mittag so wunderbar nahen Ferne und den Abenden mit dem rosigen Licht und dem dann rubinfarbig strahlenden Ton der ganzen Landschaft. Die Luft ist trocken, und das Licht hat eine unglaubliche Kraft. Sierre, der Ort, in dessen Nähe Elizabeths Chalet steht, ist berühmt für ein besonders begünstigtes Klima, es liegt sommers im grünen Weinlaubblättermeer, zwischen Rebbergen und ist auch im Winter mild. Die

Drahtseilbahn nach Crans-Montana wurde von Elizabeth und ihren Freunden im Winter oft benutzt. Man fuhr mit der Bahn hoch und rodelte unter lautem Juchzen und Schreien zurück zum Chalet. Die alpine Kulisse hat bei solchen Ausflügen beinahe schon etwas maßlos Schönes. Elizabeth ist es gelungen, hier ihre Batterien wieder aufzuladen und die zerbrochenen Teile ihres Lebens so gut wie möglich wieder zusammenzufügen. Eine Zeit der bösen Gespenster ist für sie zu Ende.

Ganz sachte hat es angefangen mit einer kleinen Ahnung, daß das Leben vielleicht doch noch schön sein könnte. Und dann kommen die beiden Damen, die Elizabeth dazu bringen, sich zivilisiert in die glitzernde Robe der Höflichkeit zu hüllen. Es ist ja schon sonderbar, daß man manchmal jemanden zum Teufel schicken möchte und sehnlichst darauf wartet, daß er geht, aber sobald ein solcher Gast zum Aufbruch rüstet, bittet man ihn wie in Trance inständig, er möge doch noch bleiben. Hinreißend sind natürlich auch die Versuche der Heldin, sich gegen die unerschütterliche Redlichkeit ihrer beiden Besucherinnen zur Wehr zu setzen. Es gibt nichts Provozierenderes als derartig unangreifbare Redlichkeit. Die Briefe, die die Gastgeberin bekommt und die ihr wieder für Tage den Seelenfrieden rauben, kommen von Francis, der ihr schriftlich noch einmal die Hölle bereitet und alle möglichen Greuel androht. »Es sind Einzelheiten, die ich so schwer erträglich finde«, schreibt Elizabeth, die ihre Seele wieder heil zurückbekommen möchte, nicht halbzerstört. Es sind immer die kleinen, besonders schweren Kränkungen, die einem wieder einfallen und so schmerzhaft nach oben, in Augen und Ohren steigen, bis man weint: Kränkungen, die man einstecken mußte, aber auch die, die man anderen zugefügt hat.

Wie herrlich harmlos ist dagegen der Wettstreit der Guten Tat, den die tüchtigen Damen miteinander veranstalten.

Elizabeth nennt ihn treffend »die Tyrannei der Selbstlosigkeit«, die einem praktisch die Luft zum Atmen nimmt. Elizabeth will keineswegs in alles verstehender, rücksichtsvoller, verzeihender und gütiger Weiblichkeit ersticken, sie will auch nicht ab jetzt achtgeben und sich vor Liebe schützen. In ihren Gedanken entwickelt sie immer mutiger ihr eigenes Konzept. Sie läßt sich auch nicht durch die nachträgliche Häme ihres Ehemanns das Gefühl nehmen, daß es einmal schön war, daß man einmal sehr glücklich miteinander gewesen ist. »Es ist keine Sicherheit in der Liebe. Man riskiert sein Leben.«

Und sie wäre immer wieder bereit, es zu riskieren, auch wenn sie sich zur Zeit noch ganz klein fühlt, klein genug für den letzten kleinsten Schlupfwinkel mit ihren zerschlagenen Träumen. Und es ist wunderbar, ihre Genesung zu beobachten, bis sie zum Schluß wieder von einem ganz unschuldig neugeborenen Glücksgefühl überwältigt ist. Das liegt nicht zuletzt auch an dem Ort, den sie sich gewählt hat, das *Chalet Soleil*, das niemand so verläßt, wie er gekommen ist, mit einer Landschaft rings herum, durchsichtig, glühend in den Farben, alle Gegensätze, alle Mitten zwischen Eis und Süden in sich schließend.

Annemarie Stoltenberg

Auch reiche Leute sind nicht immer glücklich, eine Erfahrung, die eine englische hochadlige Familie natürlich besonders bitter trifft! Ehebruch, Intrigen und eine versuchte Erpressung schlagen Lady Midhurst in die Flucht; doch nach und nach findet sich die ganze Gesellschaft in ihrem Haus in der Provence ein – um sich wieder zu versöhnen …

Elizabeth von Arnim

Die Farm im Jasmin
Roman